E5

Marcus Schneider

ISBN: 9781521340455

WIDMUNG

Für Dagmar und Julie, die pflichtbewusst jedes neues Kapitel mit einem knappen „gut“ lobten und mich so dazu motivierten, immer weiter zu schreiben, auch wenn der Weg noch weit war.

1

Ich bin der beste Controller der Welt.

Okay, zumindest der beste Controller von Tutzenhausen. Und Tutzenhausen ist eine Großstadt. Gut, fast eine Großstadt. Es fehlen genau 4930 Einwohner, um die Hunderttausendermarke zu knacken. Das ist das Gute, wenn man Controller ist, man hat die Zahlen im Griff. Jedenfalls bin ich der beste Controller der Waldstein AG. Da lasse ich nicht mit mir reden, das kann jeder meiner Kollegen bestätigen. Zumindest die, die mich kennen. Und die, die etwas drauf haben. Nicht die Honks. Was ein Honk ist? Eine Hilfskraft ohne nennenswerte Kenntnisse. Nicht jede Stimme zählt.

Aber auch ein unersetzlicher Mitarbeiter braucht mal Urlaub. So schwer es den Kollegen auch fallen mag, ohne mich auszukommen. Sie sagen es nicht so deutlich, aber ich merke es an all den Fragen, wie schmerzlich sie mich jedes Mal vermissen.

Im Juni war es soweit. Eine Woche raus aus der Firma, rein in die Berge. Ich war ewig nicht wandern gewesen. Also kam dieser Wanderurlaub kam genau richtig. Ich musste einfach mal raus. Gar nicht so sehr wegen der Arbeit. Ich liebe meinen Job. Zu Hause lief es nicht so. Eine Ehe ist Geben und Nehmen. Und manchmal gleicht sich das einfach nicht aus. Da traf es sich gut, dass ich in einer Lotterie gewonnen hatte. Ich, Thomas Birkmüller, 45 Jahre alt, der beste Controller der Welt, würde die Alpen überqueren. Ich hatte eine organisierte Tour auf dem europäischen Fernwanderweg E5 gewonnen. In sechs Tagen würde ich von Oberstdorf in Deutschland nach Meran in Südtirol gehen.

Um zwölf sollte es am Büro der Bergschule losgehen, um elf sollten wir dort sein, um Punkt acht war ich auf der Autobahn. Die Karten-App hatte zwei Stunden Fahrtzeit berechnet, eine Stunde Pufferzeit sollte reichen. Das ist das Gute, wenn man ein Controller ist. Die Zahlen sind mein Freunde, ich bin pünktlich.

Über dreißig Grad sollten es werden. Die Sonne brannte schon am Morgen, kein Wunder, nicht eine Wolke versperrte ihren Strahlen den Weg. Ein Bilderbuchsonntag. Mein A4 Diesel Kombi schnurrte, wie nur ein deutsches Auto schnurren kann, und ich hatte das Radio bis kurz unter die Schmerzgrenze aufgedreht. Susanne hätte das nie erlaubt. Ich hatte ihre Stimme im Ohr: ›Das ist entschieden zu laut. Thomas, das reicht. Das ist nicht gut für die Ohren.‹ Aber ich drehte immer weiter, bis die Musik ihre Stimme in meinem Kopf übertönte. *Aint no sunshine when she's gone.* Geiler Song. Der Text passte so gar nicht, aber ich grölte mit, so laut es meine Stimmbänder hergaben. Ich war einfach gut drauf. Der A4 machte fast 220. Alles war perfekt. Das Lied war zu Ende und ein Jingle ertönte.

»Wir unterbrechen unser Programm für eine Sondermeldung. Vermisst wird der 25 jährige Student Benjamin Müller. Er ist ein Meter neunzig groß und hat braune Haare. Er wurde zuletzt vor drei Tagen auf der Memminger Hütte gesehen. Er wollte auf dem bekannten Wanderweg E5 von Oberstdorf nach Meran wandern. Seit dem 25. Juni fehlt von ihm jede Spur. Hinweise nimmt die Polizei in Oberstdorf entgegen.«

Honks gab eben nicht nur bei der Waldstein AG, die gab es auch in den Bergen. Wie konnte man auf so einer Wanderung nur verloren gehen? Das war doch völlig ungefährlich.

Das Büro der Bergschule war rustikal in hellem Holz eingerichtet. Neben einer Sitzecke, natürlich mit Holzbänken, gab es ein paar Regale, auf denen Bergschuhe, Socken und Wasserflaschen ausgestellt wurden. Das war bestimmt für Notfälle gedacht, für Wanderer, die sich nicht vernünftig vorbereitet hatten. Gleich rechts vom Eingang befand sich ein Tresen. Dort stellte ich mich an und dort wartete sie auf mich.

Lena stand auf dem Namensschild, das an dem eng anliegenden Funktionsshirt der Mitarbeiterin der

Bergschule steckte. Brünette Locken fielen ihr in die Stirn. Schade, dass Lena nicht mitkommt, dachte ich.
»Willkommen bei MSE«, flötete sie so betörend, als wollte sie mich auf ein Glas Wein oder mehr einladen.
»MSE?«, fragte ich deswegen verständnislos. Ich war mit meinen Gedanken nicht bei Buchstabenrätseln.
»Mountain School Edelweiß.« Sie lachte wie ein frischer Gebirgsbach. Oder vielleicht sogar wie ein Sonnenuntergang. Einer von denen, die so rot sind, dass die Welt nicht mehr unsere zu sein scheint. Ich bin Controller, aber ein Controller mit einer ausgeprägten Schwäche für Sonnenuntergänge.
»Sie haben doch bei uns gebucht? Die Alpenüberquerung?« Sie schaute belustigt.
»Nach Meran«, sagte ich.
»Nach Meran«, sagte sie und nickte. »Herr Birkmüller.«
»Ja«, sagte ich und versuchte, ihr Lächeln zu erwidern.
Sie hielt mir einen Zettel hin. Ihre Telefonnummer? Ich sah sie ungläubig an.
»Das ist Ihr Parkticket. Wir haben hier vor dem Haus nicht genug Parkplätze für alle unsere Gäste.« Sie schilderte mir den Weg zu den Parkplätzen und noch dies und das. Ich hörte nicht zu und war stattdessen beruhigt, dass ich nicht laut gedacht hatte.

2

»Ich bin der Axel«, sagte Axel Milek und bot mir damit das ›Du‹ an. Er mir.
»Und ich der Horst«, sagte Horst Kerbler.
Wir hatten uns auf dem Parkplatz getroffen und reichten uns die Hände. Milek kannte ich schon ewig. Er war beim IT-Support der Waldstein AG. Milek war fett und kleidete sich grundsätzlich geschmacklos. Er hatte keine Manieren. Aber in Sachen IT hatte er es wirklich drauf. Und wenn man IT-technisch überleben wollte, stellte man sich besser gut mit ihm. Kerbler nannten bei uns in der Firma alle nur Bohne, jedenfalls hinter seinem Rücken. Der naheliegende Grund war sein Körperwuchs. Lang wie eine Bohnenstange, aber viersilbige Worte eignen sich nun mal nicht für Spitznamen. Kerbler galt es zu meiden. Er war vor etwa fünf Jahren zu uns gestoßen. Wahrscheinlich hatte sein Bowlingbruder Milek dafür gesorgt. Fachliche Qualifikation konnte es nicht sein, denn die hatte er nicht. Er war flurauf und flurab dafür gefürchtet, das Betriebssystem immer wieder neu zu installieren, bis entweder Milek half oder der genervte Endanwender ein neues Notebook bestellte.
Ich stellte mich als Thomas vor und fragte mich, ob ich das in Zukunft bereuen würde. Bisher hatte ich meine Probleme bei ihnen stets mit Autorität vorgetragen und mich so an die Spitze der Warteliste gesetzt. Dieser Weg war mir von heute an verbaut.
»Du also auch nach Meran? Nach Bella Italia?«, feixte Axel, während er den Renault Kangoo abschloss, mit dem die beiden aus Tutzenhausen gekommen waren.
»Meran gehört zwar politisch zu Italien, ist aber Südtirol. Man spricht deutsch, jedenfalls in der Mehrheit und wäre sicherlich wenig erfreut, zu Italien gezählt zu werden«, erläuterte ich. Man hilft ja gern.
»Ach was, die sprechen da deutsch in Italien? Is ja super, hatte mich schon gefragt, wie ich da meine Spaghetti

bestelle«, erklärte Bohne dankbar.
»Warum hast du eigentlich deinen Rucksack nicht bei MSE gelassen?«, fragte Axel.
Ich wurde rot. Jedenfalls fühlte sich mein Gesicht so an. Das war eine gute Frage und ich konnte die Schuld nur auf das Lächeln von Lena schieben.
»Kann gar nicht erwarten, dass es losgeht, wollte mich schon mal etwas einlaufen«, nuschelte ich. Wir hatten unsere Wagen auf dem Aussenparkplatz U1 abgestellt und überquerten eine vielbefahrene Straße. War nicht weit, schätzte, wir würden höchstens zehn Minuten für den Weg zurück zur Bergschule brauchen.
»Top Einstellung«, sagte Axel und Bohne zeigte mir eine Faust mit dem Daumen nach oben und nickte anerkennend.
Ich spürte, wie mein Puls sich minimal beschleunigte. Ich reagiere außerordentlich gereizt, wenn sich jemand über mich lustig macht. Ich checkte die Uhr. Tatsächlich, auf 55. Mein Ruhepuls war 50. Das kam vom Sport. Ich kümmerte mich um meinen Körper, nicht so wie Milek. Ich meine, Axel.
»So ein paar Meter Extra-Training hätten euch auch gut getan.« Ich versuchte meiner Stimme etwas Warmes, Aufmunterndes zu geben.
Axel tätschelte sich seinen Bauch. »Wir wollen es ja nicht übertreiben.«
Bohne grinste leicht debil.
»Nicht übertreiben? Eine Wanderung über die Alpen?«, hakte ich interessiert nach.
»Ich seh das so. Wir Jungs sind mal unter uns. Gehen nett in den Bergen spazieren und zischen hier und da mal ein Bier«, sagte Axel.
»Und unsere Damen kriegen das eine Woche lang auch mal ganz gut alleine hin«, ergänzte Bohne fachmännisch.
Ich hatte gar nicht gewusst, dass er auch Familie hatte. Seine Frau hätte ich gern mal gesehen. Ob sie auch so eine hirnlose Giraffe war? Aber es hieß ja Gegensätze ziehen

sich an, also eher ne schlaue, kleine, Dicke.
»Außerdem war es ein Wink des Schicksals. Dass ausgerechnet wir beide so eine Wanderung gewinnen«, sagte Axel.
»Ihr habt die gewonnen?«, fragte ich überrascht. »Ihr auch?«
»Wieso auch?«, fragte Bohne.
Ich berichtete, dass ich die Wanderung bei der Tombola auf dem Stadtfest gewonnen hatte. Der *Modder* ist außerhalb Tutzenhausens nicht sehr bekannt, aber für die Einwohner ist es das höchste Fest gleich nach Weihnachten. Drei Tage im Mai geht es rund, die ganze Stadt ist auf den Beinen. Und seit vier Jahren gibt es die Modder-Tombola. Das Wahrzeichen von Tutzenhausen ist die Michaelikirche. Und deren Orgel pfeift wortwörtlich aus dem letzten Loch und muss repariert werden. Das kostet ein Vermögen, und da der größte Arbeitgeber der Stadt, die Waldstein AG, schon seit einiger Zeit nur noch in bescheidenem Maße Steuern zahlt, und da kenne ich mich aus, war der Stadtrat auf die kreative Idee gekommen, die Orgelreparatur durch eine Tombola zu finanzieren. Es war Ehrensache, daran teilzunehmen. Für jeden Tutzenhausener.
»Ich wusste vorher gar nicht, dass man eine Wanderung gewinnen konnte. Aber tolle Sache«, sagte ich.
»Witzig«, antwortete Bohne. »Genau bei der Tombola haben wir unsere Touren auch gewonnen.«
»Das ist gar nicht so ein großer Zufall. Wahrscheinlich hat der Anbieter mehrere Plätze gestiftet, vielleicht werden sogar alle Teilnehmer Gewinner der Tombola sein«, überlegte ich.
»Eine Tutzenhausener Tour. Sensationell«, überlegte Axel. »Mal gespannt, wen wir noch so kennen.«
Das stand in der Tat zu befürchten, dass wir auf weitere bekannte Gesichter treffen würden. So groß war Tutzenhausen nicht.
Axel klang schon ein wenig kurzatmig. Der Weg vom

Parkplatz zurück war weiter, als ich gedacht hatte. »Geht´s noch Axel? Wir sind gleich da«, munterte ich ihn auf.
Er schenkte mir einen wenig aufgemunterten Blick.
»Ich meine, ich würde dir ja helfen, aber du hast ja eh keinen Rucksack dabei.« Ich meinte das ernst. Mir selbst machte mein Rucksack nichts aus. Ich war gut trainiert und hatte mir zudem vernünftiges Equipment besorgt.
Auf seiner Stirn bildete sich eine Falte. Bestimmt eine Folge der ungewohnten Anstrengung. »Stimmt das eigentlich mit deiner Frau?«, fragte er mich.
»Da ist ja schon das Büro. Wir sind gleich da«, antwortete ich.

3

Wenn es ums Essen ging, war ich ein Gewohnheitstier. Um zwölf würden wir loslegen, zwölf war für mich die Zeit fürs Mittagessen. Ein Butterbrot ist kein ausreichender Ersatz für eine vollwertige Mahlzeit, aber in diesem Fall hatte ich meine Bedürfnisse dem großen Ziel, die Alpen zu überqueren, untergeordnet. Ich stellte meinen Rucksack im Büro der MSE ab. Außer meinen neuen Freunden Axel und Bohne war noch niemand da. Ich zog das Brot und eine Flasche Wasser aus dem Spezialfach – mein Rucksack verfügte für alle Lebenslagen über zahlreiche Spezialfächer – und machte es mir auf der Bank draußen vor dem Büro bequem. In der Sonne war es fast zu heiß, gut, dass ich meine Kappe dabei hatte. Die Lage mitten in einem Industriegebiet mit freier Sicht auf einen Wertstoffhof würde den richtigen Kontrast zu den Bergaussichten der nächsten Woche liefern. Hätte mir Susanne das Brot geschmiert, wäre es wahrscheinlich aus irgendeinem unglaublich gesunden Mehl gewesen, nur hauchdünn mit Butter beschmiert und ebenso hauchdünn mit Käse oder Wurst belegt. Missmutig biss ich hinein.

»Ist hier noch frei?« Eine rauhe, weibliche Stimme weckte mich aus meinen Gedanken.

»Mhmr«, versuchte ich mit vollem Mund zu sprechen. »Entschuldigung, ja, natürlich.«

Die Frau Mitte vierzig, der man ihr Alter ansah, zündete sich eine Zigarette an. »Musst sagen, wenn es dich stört.« Sie war schlank, fast hager, hatte schulterlange, dunkelblonde Haare.

»Kein Problem«, log ich. Die Dinger rochen, als würde sie eine tote Ratte verbrennen.

Sie sah mir meine Irritation an und hielt mir die Schachtel hin. »Auch eine?«

Gauloises. Vor meinem inneren Auge erschien Alain Delon. Rauchte der überhaupt? Hätte mir nicht eher Jean Paul Belmondo erscheinen müssen? Oder eine Ente?

Schon vom Passivrauchen bekam ich offenbar Halluzinationen.
»Ich rauche nicht.«
»Sicher? Das sind noch die alten, normal stark und mit Maispapier. Ach, Entschuldigung. Ich vergesse manchmal, dass die meisten Menschen nicht rauchen, wenn sie essen.«
Alle, mein Schatz, alle, ergänzte ich in Gedanken.
Sie zog tief ein und produzierte eine weitere Teerwolke, die jedem EU-Grenzwert spottete. »Du hast aber eine ordentliche Stulle. Das ist je mehr Käse und Wurst als Brot?«
Schweigend schob ich mir den Rest in den Mund und kaute mühsam. Ich hatte es mir leckerer vorgestellt.
»Auch nach Meran?«, fragte sie.
Ihre Lunge dürfte bei dem Nikotinkonsum maximal zwanzig Prozent ihrer ursprünglichen Leistungsfähigkeit aufweisen. Wie wollte die sechs Tage in den Alpen überstehen?
»In der Tat. Herrlich bei dem Wetter. Ich fühle mich so richtig fit. Das ist das Gute, wenn man mal ein paar Wochen jeden Morgen eine Runde joggt.« Diese Information wollte ich ihr auf keinen Fall vorenthalten. Ich grinste sadistisch.
»Echt, musstest du dich extra vorbereiten?«, fragte sie erstaunt.
»Du nicht?«
»Ich spiele seit dreißig Jahren Tennis. Zweimal die Woche Training, am Wochenende Spiele und Turniere.«
Ich musterte ihre Figur. So viel Sport? Sah man nicht. Ich fixierte ihre Zigarette.
»Ach«, lachte sie, »wegen dem?« Sie hielt mir die Zigarette hin. »Das ist doch nur Propaganda der Nichtraucher. Hat mich noch nie gestört.«
»Und dann dachtest du dir, immer nur Tennis, das ist doch langweilig, und hast dich für eine Transalp angemeldet?«
Sie lachte kehlig. »Nein, das war ganz lustig. Ich hab die Wanderung bei einer Tombola gewonnen.«

Ich schaute nicht überrascht.
»Du bist nicht überrascht?«
Ich berichtete von mir, Axel und Bohne. Den ich natürlich netterweise Horst nannte.
»Ach ne, lauter Tutzenhausener. Warte mal.« Sie zog ihr Portemonnaie aus der Hose und fischte eine Visitenkarte heraus, die sie mir in die Hand drückte. ›Versicherungsagentur Elke Herzog‹ las ich. Tutzenhausen. Also noch eine. Seltsamer Zufall.
»Wenn du mal was brauchst.«
Ich nickte. Ich wollte schon immer mal sechs Tage mit einem Versicherungsvertreter wandern. Ich war schon gespannt, mit welchen Policen ich in Meran ankommen würde.
»Brauchst nicht so zu gucken, ich schwatz dir nichts auf.«
Ihre Gauloises hing ihr die ganze Zeit im Mundwinkel. So wie man es aus alten französischen Filmen kannte.
»Das wird eine tolle Wanderung«, wechselte ich das Thema.
»Ich war früher oft in den Bergen. Bevor ich meine Agentur aufgebaut habe. Vor lauter Arbeit kommste da zu nichts. Außer ein bisschen Tennis. Kannste dir vorstellen, dass ich seit mindestens zehn Jahren nicht mehr im Urlaub war?«
Ich nickte. In der Zeit, in der sich andere einen Mann geangelt hatten, hatte sie gearbeitet. Die war hundertprozentig Single.
»Ich freue mich so auf eine Woche in den Bergen. Hätte man ja auch selbst drauf kommen können, aber da musste mich erst das Schicksal mit der Nase drauf stoßen.«

4

»Die Szene, in der er mit der Faust von oben auf den Kopf schlägt …«

»Das Krokodil und sein Nilpferd. Das gehört zu den heißen Kandidaten auf den ersten Platz.«

Axel und Bohne erstellten eine Top-Ten Liste der besten Prügelszenen aus den Terence Hill und Bud Spencer Filmen. Ich saß daneben und hätte am liebsten die Oropax getestet, die ich mir gekauft hatte, weil sie im Supermarkt neben den Blasenpflastern und dem Rei in der Tube standen und ich zwar im Allgemeinen keine Probleme mit Schnarchern habe, das im Speziellen aber auch ganz anders aussehen kann. Aber ich wollte mir die beiden nicht gleich am ersten Tag zum Feind machen, indem ich ihre nervige Diskussion unterband und versuchte es daher mit einem semantischen Filter. Es wurde schon oft zurecht bemängelt, dass die Ohren, anders als die Augen, keine Klappen haben, mit denen man sie schließen kann. Ähnlich nützlich schiene es mir, wenn man das Gehirn partiell lahmlegen könnte.

Elke saß noch immer draußen und rauchte. Wahrscheinlich war selbst ihr klar, dass sie zumindest während des Wanderns den Nikotinkonsum drastisch würde einschränken müssen und zelebrierte nun eine Abschiedszichte nach der anderen.

Ich schaute auf die Uhr. Kurz vor elf. Aber ich ahnte es schon, die schlauen Jungs vom MSE hatten ordentlich Pufferzeit eingeplant, damit es kurz vor zwölf pünktlich losgehen würde. Und ich, der superschlaue Controller, hatte nochmal eine Stunde Pufferzeit oben drauf gelegt. Selbst Schuld.

»Wir sind die Schröders.« Die Stimme eines Mannes um die fünfzig schreckte mich aus den Gedanken. Vor Lena hatten sich zwei weitere Mitreisende zum Check In eingefunden.

»GIULIA Schröder und ROBERT Schröder«, sagte eine

Frau mit pechschwarzen Haaren, deren Alter ich nicht recht einschätzen konnte, die jedenfalls verdammt gut aussah.

»Meine Liebe, wenn die Dame am Empfang unsere Vornamen braucht, dann wird sie uns danach fragen.« Er trug ein Outdoorhemd in Batik-Optik. Soetwas hatte es in dem Geschäft, in dem ich mein Equipment gekauft hatte, nicht gegeben. An seinem Arm erkannte ich ein tätowiertes Yin-Yang-Zeichen.

Lena schenkte auch den beiden ihr bezauberndes Lächeln und ich wurde ein wenig neidisch.

»Robert, bring du mal den Wagen weg. Ich passe auf die Rucksäcke auf«, sagte sie mit einer tiefen, melodischen Stimme, mit der sie auch im Radio hätte arbeiten können.

Robert machte keinerlei Anstalten der Gegenwehr.

»Ich wusste gleich, dass das eine zweitklassige Tour wird. Außenparkplätze. Wenn die so etwas schon auf einer Tombola verlosen.« Giulia rollte die Augen.

Robert rollte die Augen. Er machte sie dabei derart täuschend ähnlich nach, dass ich mir ein Lachen verkneifen musste.

»Es war ein Geschenk des Universums. Es war seine Antwort auf meine offenen Fragen«, erklärte er ihr langsam und eindringlich und etwas leiser.

»Dann hätte das Universum dir auch eine vernünftige Tour schenken können«, sagte Giulia um so lauter.

»Ich weiß gar nicht, was du willst. Du hättest gar nicht mitkommen müssen. Du hast doch selbst gebucht«, sagte er mürrisch.

»Und ich lasse dich alleine in die Berge?« Sie sagte das in dem Ton, in dem man auch feststellt, dass der Kleine noch nicht alleine im Garten spielen darf.

»Du musst mal loslassen. Du bist einfach zu verkopft. Lebe doch im Hier und Jetzt und such nicht überall nach Gefahren.« Er sprach immer noch deutlich leiser und auch langsamer als sie. Dafür sehr, sehr eindringlich. Als würde er am Wochenende Esoterikkurse geben.

»Super, ich genieße die Wartezeit im Hier und Jetzt, während du jetzt bitte endlich den Wagen wegbringst.« Sie unterstrich ihre Ansage durch eindeutige Gesten. Eine temperamentvolle Frau.
Robert ging langsam zur Tür.
»Und die Gefahren kommen sowieso von selbst, die muss man gar nicht suchen«, rief sie ihm hinterher. Dass sich nun alle Köpfe zu ihr drehten, schien ihr egal. Sie schaute in die Runde, lächelte und strich sich durchs Haar. »Hallo zusammen, ich bin Giulia.«
Ich lächelte zurück. Axel und Bohne schauten nur kurz auf und widmeten sich dann wieder ihrer intensiven cineastischen Diskussion. Giulia wirkte leicht empört, dass ihr nicht von allen die volle Aufmerksamkeit geschenkt wurde. Wahrscheinlich war sie das nicht gewohnt.
Ich stupste Axel an. »Wusstet ihr eigentlich, dass Bud Spencer tot ist?«
Die beiden schauten mich entgeistert an. Giulia belohnte mich dafür mit einem Lächeln und setzte sich neben mich.

5

Ich wollte mich Giulia gerade vorstellen, da wurde ich von einem Ereignis abgelenkt, das die Aufmerksamkeit der Gruppe auf sich zog. Gott stand in der Tür.
Nein, nicht DER Gott, sondern Dr. Adalbert Holtmann, der sich, da waren sich alle Kollegen einig, wenn nicht für Gott selbst, so doch für ein ihm ebenbürtiges Wesen hielt. Aber auch wenn man ihn nicht kannte, dauerte es nicht lange, diesen Eindruck zu gewinnen. Holtmann war groß und athletisch. Nicht übermäßig muskelbepackt, aber kein Gramm Fett zu viel. Der Kopf stolz erhoben, nicht einfach nur gerade, sondern diesen einen Zentimeter zu hoch, der den Unterschied zwischen Selbstbewusstsein und Arroganz ausmacht. Sein Blick durchdringend. Die Art, wie er die Tür öffnete. Mit genau der richtigen Geschwindigkeit, bewusst, überlegen. Es genießend, die Aufmerksamkeit für sich zu haben. Der souveräne Blick in die Runde. Das kalkulierte Lächeln. Ich starrte ihn an. Und war nur zu einem einzigen Gedanken fähig. ACH DU SCHEISSE. Es ist normalerweise nicht meine Art, in Fäkalsprache zu denken, aber ich fand auch im Nachhinein keine treffendere Umschreibung für das, was ich in dem Moment fühlte. Holtmann gehörte zu den Kollegen, die ich mied. Und mit Meiden meine ich nicht, dass ich den Kontakt nicht suchte. Seit der Sache mit dem Kick-Off hatte ich an keinem einzigen Meeting mehr teilgenommen, zu dem auch Dr. Holtmann eingeladen war. Das war gar nicht so einfach zu planen, immerhin war Holtmann Bereichsleiter und sein Bereich gehörte zu denen, für die ich das Business Controlling machte. Aber um das Unmögliche möglich zu machen, dafür war ich nun mal der beste Controller.
Die Show war noch nicht zu Ende. Nachdem Holtmann seinen ›Hier bin ich, wertschätzt mich‹-Blick in die Runde geworfen hatte, hielt er, Gentleman, der er war, die Tür auf, und ein weibliches Wesen erschien. Die kannte ich

vom Sehen. Seine neue Assistentin. Sie sah genauso aus, wie schon zwei ihrer drei Vorgängerinnen. Blond und verdammt hübsch. Vielleicht kleiner als die Letzte, eher zierlich. Als sie sah, dass alle Blicke auf Holtmann, die Tür und somit auch sie gerichtet waren, lächelte sie verlegen.
»Einen wunderschönen guten Morgen, die Herrschaften«, schmetterte Holtmann siegessicher in die Runde. Sein Gruß wirkte aggressiv.
Nur Giulia hielt ihm stand und gab ein deutliches »Guten Morgen« zurück, die anderen murmelten irgendetwas, mich eingeschlossen. Ich würde doch Holtmann keinen guten Morgen wünschen. Und dann auch noch vor Zeugen! Holtmann wandte sich Lena zu und erledigte souverän und charmant die Anmeldeformalitäten. Lena schenkte auch ihm ihr unglaubliches Lächeln. Damit war sie für mich gestorben.
»Eine Frau Wertheim ist aber nicht angemeldet«, hörte ich ihre engelsgleiche Stimme sagen.
»Genau. Deswegen möchte ich sie ja jetzt anmelden«, sagte Holtmann bestimmt.
Mein Magen krampfte, als ich sah, wie er Lena in die Augen schaute und sie noch herzlicher zurücklächelte als zuvor.
»Die Tour ist eigentlich ausgebucht.«
Er hatte schon gewonnen. »Eigentlich«. Ein Blick von ihm hatte genügt, die Regeln zu verändern. Er zog seine Börse aus der Tasche und schob ihr einen grünen Schein über den Tresen.
»Ich verstehe, dass eine so kurzfristige Anmeldung zusätzlichen Aufwand verursacht. Das kompensiere ich natürlich.«
Ich konnte nicht erkennen, ob er gerade vor aller Augen die Empfangsdame bestochen oder einfach einen Wucherpreis für diese Tour bezahlt hatte, jedenfalls durfte seine Assistentin mit, denn Lena nahm den Schein mit einem Lächeln entgegen und sagte, dass sie das schon hinkriegen würde, einer mehr ginge immer. Und dann

lächelten beide verschwörerisch. Seine Assistentin, die ich auf höchstens Ende zwanzig schätzte, schaute derweil nervös in die Runde. Erst als Holtmann ihr etwas zuflüsterte, setzte sie sich auf die andere Seite der Bank. Gegen eine attraktive Mitwanderin hatte ich nichts, die Gegenwart Holtmanns konnte sie aber nicht wettmachen.
»Ach, und wenn jemand meinen Wagen zu dem Parkplatz fahren könnte?« Holtmann schob Lena seinen Autoschlüssel hin.
Sie schaute ihn mit großen Augen an. »Das machen unsere Gäste selbst.«
Wieder sah ich einen Geldschein wandern.
»Normalerweise«, sagte Lena und verschwand im Büro.
Ich schaute mir die Gesichter der anderen an. Ich wusste, dass Axel und Horst Holtmann kannten. Offenbar waren sie auch nicht gerade eng befreundet, denn sie hatten ihre Fachdiskussion beendet und starrten zum Tresen, als hätten sie gerade erfahren, dass für die nächsten sechs Tage ununterbrochene sintflutartige Regenfälle angekündigt wären. Elke verfolgte die Szene eher amüsiert. Giulia, soweit ich das von der Seite sehen konnte, hatte eine Zornesfalte auf der Stirn. Die stärkste Reaktion aber zeigte Robert. Unser Batikfreund, der eben noch zu Gelassenheit aufgerufen hatte, war rot angelaufen und ich hätte schwören können, dass seine Halsschlagader geschwollen war. Kannte er Holtmann? War er auch bei der Waldstein AG? Ich hatte ihn dort noch nie gesehen.
»Alles klar«, flötete Lena, als sie aus dem Büro kam. »Der Martin kümmert sich um Ihren Wagen.«
Holtmann blinzelte ihr genauso affig zu, wie man es aus Siebziger-Jahre-Filmen kannte. Die Emanzipation war schadlos an ihm vorbeigegangen. »Und sag ihm, er soll ein bisschen achtgeben, der 911 4S weiß eine gute Behandlung zu schätzen.«
Erst jetzt schaute Holtmann in die Runde. »Ach, lauter Kollegen und sogar ein Jugendfreund.«
Er gab uns allen die Hand, als hätten wir nur auf seine

Ankunft gewartet. Ich setzte eine freundliche Maske auf. Axel und Horst taten es mir gleich. Robert nicht. Statt zu lächeln wirkte sein Gesicht angespannt, ja abweisend.
»Bert, du Arsch, was machst du denn hier?«, zischte er ihn an, verweigerte ihm die Hand aber nicht.
»Aber, aber, immer noch der gleiche Witzbold?«
»Sag mir bitte, dass du nicht die Wanderung um zwölf nach Meran mitmachst?«
Ich spürte förmlich, welche Mühe er sich gab, sich zu beherrschen.
»Mein lieber Robby, genau die.« Damit ließ er Robert sitzen und wandte sich Giulia zu.
»Und die bezaubernde Gemahlin ist auch dabei, was für eine Freude.« Versuchte er wirklich einen Handkuss? Schade, das war nicht zu erkennen, da Giulia ihm ihre Hand sofort nach der ersten leichten Berührung entrissen hatte.
»Die Freude ist ganz auf meiner Seite.« Sie lächelte wie eine Schlange.
»Entschuldigt, Cynthia und ich haben noch etwas zu besprechen. In meiner Position hat man ja leider nie wirklich Urlaub.«
Endlich setzte sich Holtmann zu seiner Assistentin. Er holte sein Tablet heraus, und die beiden vertieften sich in irgendetwas.
»Na Jungs, was machen wir jetzt?«, feixte Axel leise. »Sofort abreisen oder schmeißen wir Dr. Gott die nächste Klippe runter?«
Horst klatschte ihn ab. Hätte Axel mir die Hand angeboten, hätte ich das auch getan.

6

Ein schwerer Diesel röhrte. Ich schaute aus dem bodentiefen Fenster der Bergschule. Der Motor gehörte zu einem Pick Up, der aufgrund seiner Ausmaße amerikanisch anmutete und direkt vor der Tür zum Stehen kam. Der Fahrer stieg aus, betrat selbstsicher die Bergschule und wurde von Lena auf Schwäbisch begrüßt. Das musste der Bergführer sein. Er hatte schulterlange weiße Haare und einen dichten, grau-weißen Vollbart. Seine Augen waren hinter einer runden John-Lennon-Gedächtnisbrille verborgen, deren Glas blau verspiegelt war.

Nachdem er ein paar Worte mit Lena gewechselt hatte, baute er sich breitbeinig vor uns auf. Sein Bart bewegte sich, möglicherweise lächelte er, aber so genau konnte ich das nicht deuten.

»Guten Morgen. Ihr wollt also nach Meran?«, sagte er mit kräftiger und gleichzeitig irgendwie heiserer Stimme.

Schüchternes Murmeln und Nicken war die Antwort.

»Wir wollen nicht nur, wir werden«, tönte Holtmann. Wer auch sonst.

»Ich bin der Hansi. Hans heißt ja jeder Depp und ich bin für die nächsten sechs Tage euer Bergführer.«

Gespannt lauschte die Gruppe. Das Abenteuer hatte begonnen. Sogar Holtmann hielt ausnahmsweise den Mund.

»Bei uns im Berg ist es üblich, dass wir uns duzen. Ist das für alle in Ordnung?«

»Davon halte ich nichts. Viele von uns sind Kollegen, die sich aus gutem Grund nicht duzen«, meldete Holtmann Bedenken an.

Hansi nahm überrascht die Brille ab und wiegte sie in der rechten Hand, Ich sah, wie sich seine Augen weiteten. Das zumindest war schön, der hatte bestimmt geglaubt, alles schon mal erlebt zu haben. Es war still geworden. Die Gruppe wartete gebannt, wie die kleine Machtprobe enden

würde. Holtmann war zu schlau, um nicht klein beizugeben.
»Nun gut, ich biete mein ›Wochen-Du‹ an. Wir können uns gerne während der Wanderung duzen, danach kehren wir zum vertrauten ›Sie‹ zurück.«
Ich stöhnte innerlich auf. Das war ein echter Holtmann.

Hansi versuchte nun, sich unsere Namen zu merken. Dazu baute er sich Eselsbrücken.
»Adalbert Holtmann, wie der Adalbert aus dem kleinen Nick.«
Ich hätte mir am liebsten auf die Schenkel geschlagen. Das Gesicht von Holtmann in dem Moment, unbezahlbar.
»Und wie war dein Name gleich noch mal?« Er zeigte auf Holtmanns Assistentin.
»Cynthia«
Er sinnierte kurz.»Wie eine junge Hyazinthe. Und du trägst ein hellblaues Shirt. Das passt«, freute er sich. Dann sah er mich an.
»Thomas, wie Thomas Anders von Modern Talking, nur mit den Haaren von Dieter Bohlen.«
Wahrscheinlich guckte ich jetzt auch nicht viel besser als Holtmann eben.
»Und dann haben wir noch den kräftigen Axel und den ranken Horst, Axel und Horst.«
Seine Stirn bekam eine Denkerfalte.
»Die Giulia, mit Robert, ihrem Romeo. Das ist einfach.«
Da hätte er sie mal bei ihrer Ankunft sehen sollen. Viel falscher konnte man nicht liegen.
Er schaute in die Runde.
»Adalbert, Cynthia, Axel, Horst, Thomas, Giulia, Robert – eine fehlt mir noch. Warte, Elke, richtig?«
Die Frau, die er angesprochen hatte, nickte.
Er assoziierte etwas, das er nicht laut aussprach.
»Prima, dann kommen wir nun zum Wiegen der Rucksäcke. Denkt daran, jedes Gramm zu viel werdet ihr spätestens Morgen bitter bereuen. Nur das Notwendigste

nehmen wir mit. Insgesamt sollte der Rucksack nicht mehr als acht bis neun Kilogramm wiegen.« Der Reihe nach kamen wir zu ihm und dem Haken, der von der Decke hing, und an den wir unsere Rucksäcke zum Wiegen einhakten. Bei der Gelegenheit reichte er uns auch gleich die hellgrünen, superleichten Mini-Rucksäcke, in dem wir Wasser und Regenkleidung verstauen würden, wenn unser Rucksack sich mit einem Materiallift bereits ohne uns auf dem Weg zur Hütte befinden würde.

Das Wiegen gab mir Gelegenheit, Mensch und Material zu mustern. Axel und Horst hatten sich mit günstigen Eigenmarken vom Discounter eingedeckt. Holtmann und Cynthia trugen, ebenso wie ich, Markenrucksäcke der neuesten Generation. Giulia und Robert waren den Rucksäcken nach die Einzigen, die öfter mal in die Berge gingen.

»Na Elke, den hab ich aber auch schon lange nicht mehr gesehen«, sagte Hansi, als sie mit Wiegen an der Reihe war.

»Meine letzte richtige Bergtour war Anfang der Neunziger«, entschuldigte sie sich.

»Acht Kilo, passt. Ich muss euch ein Kompliment machen, das ist alles im Rahmen.«

Wir hatten die erste Prüfung bestanden.

»Nur eine Frage Giulia, was ist das für ein Köfferchen?«

Alle Augen richteten sich auf ein rundes, modisches Lederbehältnis, ungefähr so groß wie ein Fußball.

»Mein Schminkkoffer«, sagte sie in dem selbstverständlichen Ton, in dem sie auch über das Mitführen von Wanderschuhen und Trinkflaschen berichtet hätte.

»Wie willst du den tragen?«

»Ich habe doch beide Hände frei, der Rucksack ist ja auf dem Rücken.«

Wo andere vielleicht rot geworden wären, schien es für Giulia die normalste Situation der Welt.

Hansi schüttelte den Kopf. »Ihr habt die Hände nie frei. Entweder tragt ihr Stöcke oder ihr braucht sie, um euch an

Stahlseilen festzuhalten. Ihr könnt auf keinen Fall irgendetwas in der Hand tragen.«
Es war nett von ihm, es der Gruppe zu sagen. Außer Giulia war niemand auf eine derart dumme Idee gekommen.
»Und du hast so einen Schminkkoffer doch auch gar nicht nötig, bei deinem Aussehen.«
Das schien zu reichen, freiwillig legte Giulia das Zusatzgepäck auf den Stapel der Taschen, die wir, mit einem Satz frischer Wäsche gepackt, abgegeben hatten, um sie an unserem Ziel, in Meran, wieder in Empfang zu nehmen. Das Prospekt, das wir vier Wochen vor Beginn der Tour in der Post gefunden hatten, hatte von den Freuden frischer Kleidung geschwärmt, wenn man nach einer Woche mit Minimalhygiene aus den Bergen zurück in die Zivilisation kam.
»So, kleiner Materialcheck. Ihr habt ja die Packliste von der Bergschule bekommen. Was ihr unbedingt dabei haben solltet, sind vernünftige Schuhe, eine Regenhose und Handschuhe. Hat das jeder?«
»Wird es denn schneien? Es ist doch fast Juli?«, fragte Bohne.
Hansi wiegte den Kopf. »In den Bergen kann das Wetter schnell umschlagen. Wir gehen bis auf über 3000 Meter. Da kann es jederzeit schneien. Aber die Handschuhe sind nicht nur gegen die Kälte. Du willst nicht sehen, wie schnell eure sanfte Bürohaut an einem kantigen Stahlseil blutig gerissen ist.«
Blut. Ich hatte diese Tour bisher nicht mit Blut in Zusammenhang gebracht, schoss es mir durch den Kopf.
»Unterschätzt mir die Berge nicht. Gerade heute gab es wieder eine Vermisstenmeldung. Ein junger Kerl, stark, gut trainiert, wird vermisst. Auf der E5. Ein falscher Schritt kann schon reichen, und man findet euch erst in dreitausend Jahren wieder. Kennt ihr ja alle, den Ötzi.« Hansis heisere Stimme gab seiner Mahnung noch zusätzlich etwas Bedrohliches.

Niemand lachte.
»Wir haben dort oben viele Feinde. Das Wetter natürlich. Lawinen. Gletscherspalten. Steinschlag. Aber die größte Gefahr geht von euch selber aus. Achtet immer auf den nächsten Schritt. Wenn ihr die Landschaft bewundern wollt, bleibt stehen. Niemals in der Gegend herumschauen und gleichzeitig weitergehen. Wenn ihr ins Nichts tretet, ist es zu spät, ich kann euch dann nicht mehr helfen.«
Wenn Stille noch stiller werden konnte, dann jetzt. Mir zumindest wurde zum ersten Mal klar, dass eine Alpenüberquerung kein einfacher Spaziergang war. Dass Menschen dabei sterben konnten und auch schon gestorben waren. Ich warf einen schnellen Blick in die Runde. Axel und Horst sahen geschockt aus, der Rest wirkte gefasst.
»Und jetzt kommen wir zur heutigen Etappe. Der Bus bringt uns in die Spielmannsau. Die liegt auf ungefähr 1000 Metern Höhe. Von dort gehen wir in drei Stunden auf die Kemptener Hütte. Die liegt auf 1850 Meter. Da habt ihr also gleich einen knackigen Anstieg. Aber keine Angst, bevor es richtig steil wird, gebt ihr eure Rucksäcke an der Materialseilbahn ab. Das werdet ihr alle schaffen, das ist eine schöne Tour zum Warmwerden.«
Er blickte in die Runde.
»Habt ihr noch Fragen?«
Niemand sagte etwas, jeder schien mit sich selbst beschäftigt. Noch wäre Zeit gewesen umzukehren, aber obwohl wir noch in der Bergschule saßen, waren wir jetzt Teil dieser Seilschaft, hatte die Wanderung jetzt schon begonnen.
»Gut, der Bus wartet vor der Tür, es kann losgehen.«

7

Der Bus spuckte uns genau vor dem Berggasthof Spielmannsau aus. Das Gebäude war alt und malerisch, am Holzbalkon hingen knallrote Geranien. Davor ein Biergarten wie aus dem Bilderbuch. Bei dem Wetter war er gut besucht. Wanderer kamen uns aus den Bergen entgegen und marschierten zielstrebig in Richtung Gasthof, wo Schweinsbraten, Obatzter und Kasspatzen lockten. Doch mich lockten die Berge. Es kribbelte, endlich ging es los. Wir sammelten uns um Hansi. Ich prüfte, ob meine Stöcke fest am Rucksack angebunden waren. Ich benutzte sie nicht gern. Früher, vor Susanne, hatte ich keine besessen. Aber Toni, der Verkäufer meines Vertrauens, der ausgesehen hatte, als sei er zweimal nur mit Zelt und Rucksack um die Welt getrackt, hatte gemeint, Stöcke mussten sein. Und da ich wegen der unvergleichlich kompetenten Beratung bei »Tracking und More« gekauft hatte, tat ich, was er sagte. Dass er das Schuhdesaster verursachen würde, das konnte ich damals ja noch nicht wissen. Die Stöcke saßen fest, mein Dreiliterschlauch war mit eineinhalb Litern Wasser gut gefüllt. Ich setzte den Rucksack auf. Den Beckengurt zog ich so fest, dass er auf der Hüfte saß und die Schulterriemen nur noch der Stabilisierung dienten. Auch diese Riemen zurrte ich fest, ebenso wie die Schulterabstandshalter und den Brustgurt. Sonnenbrille und Mütze auf. Fertig. Ich sah Giulia und Robert, die sich gerade Sonnencreme ins Gesicht schmierten. Doch nicht fertig.

Ich trug die 50+ Creme in Bioqualität auf Nase, Ohren und Hals. Die Lippen schützte ich mit dem Spezialstick, auch 50+. Ich ließ meinen Blick schweifen, hielt ich die anderen auf? Nein, meine Kameraden und Kameradinnen waren auch noch mit sich selbst beschäftig. Elke rauchte eine Gauloise, wahrscheinlich ihre vorerst letzte. Robert

wühlte sogar noch in seinem offenen Rucksack rum.
Giulia telefonierte. »Und wenn ich von der Oma Beschwerden höre, gibt´s eins hinter die Ohren.«
Meine Stimmung trübte sich schlagartig. Ich dachte an Ben und Mike. Und an Susanne. An die Szene gestern Abend... Mike war zwölf, er hatte seit letztem Schuljahr ein eigenes Smartphone. Dass ich da nicht eher drauf gekommen war! Ich friemelte mein Telefon aus der Tasche im Beckengurt und betätigte die Kurzwahl. Auf dem Bild im Sternmenü war er acht und lachte neben einer Dampflokomotive. Schon damals liebte er Eisenbahnen und unseren Ausflug mit der Museumslinie war wie ein Feiertag für ihn gewesen. Ich liebte ihn wie an jedem Tag seit seiner Geburt. Und wie seinen Bruder. Das Telefon-Signal ertönte nur zweimal, dann kam die Ansage, dass er nicht erreichbar war. Mit zwölf brauchte man keine Mailbox. Ich würde es später nochmal versuchen. Falls ich später Empfang haben würde.

»So meine Lieben, dann kann´s losgehen«, ermunterte uns Hansi.
Noch während er sprach, stürmte Holtmann mit großen Schritten los. Cynthia versuchte Schritt zu halten, doch bei ihrer Größe hieß das, sie musste in leichten Trab fallen. Das konnte sie unmöglich lange durchhalten.
»Adalbert.« Hansi sagte das ganz ruhig, mit fester, freundlicher Stimme.
Holtmann verharrte.
»Man sagt Bergführer, weil der Typ führt. Vorne. Wenn ich nichts anderes sage, gehe ich voran.«
Ich bewunderte Hansis Gelassenheit, er klang immer noch nett. Ich an seiner Stelle hätte Holtmann die rote Karte gezeigt.
Hansi überholte Holtmann und drosselte das Tempo, sodass Cynthia nicht mehr rennen musste. Hinter den beiden ging ich. Ich brauchte jetzt endlich Bewegung. Heute war ich zum ersten Mal seit einem Monat nicht

gejoggt, mein Körper war süchtig. Mir folgten Elke und Giulia, den Schluss bildeten Axel und Horst.

»Hansi, warte einen Moment«, rief Axel.
Hansi blieb stehen und drehte sich um, so wie wir alle. Robert versuchte, laufend aufzuschließen.
»Robert, was ist los? Warst du noch in dem Häuschen mit dem Herzchen?«, frotzelte unser Bergführer.
»Ich musste meine Schuhe noch mal binden, die saßen nicht.«
Bergschuhe waren eine Wissenschaft für sich. Ich konnte ein Lied davon singen.
Hansi drehte sich zu der Gruppe und wartete, bis wir uns um ihn gesammelt hatten. Mit seinem weißen Bart strahlte er eine natürliche Autorität aus, im blauen Glas seiner Brille spiegelte sich die Sonne. Seine Arme hatte er lässig vor der Brust verschränkt. »Kleiner Tipp: Bindet sie unten so fest es geht. Und oben so locker, wie es geht. Wenn ihr das Schuhband um den letzten Haken von oben herumführt und dann unterhalb des Metalldorns auf der Schnalle zusammenbindet, sitzen sie am besten.«
Robert machte Anstalten, sich die Schuhe schon wieder neu zu schnüren.
»Aber nicht jetzt, während der nächsten Pause«, wiegelte Hansi ab und endlich ging es wirklich los.
Die Sonne jubelte uns immer noch zu, die Wiesen waren so grün wie in einem Prospekt der Kurverwaltung. Die Luft roch nach Feldblumen und Sträuchern. Holtmann trat Hansi bei jedem Schritt fast in die Fersen. Hansi blieb also gar nichts anderes übrig, als sich entweder schon jetzt mit Gott anzulegen oder immer schneller zu gehen. Bis zum Materiallift war es nicht weit, aber schon bald taten sich Lücken in unserer kleinen Gruppe auf. Ich merkte, wie mein Puls sich beschleunigte. Aber genau das genoss ich. Meine Gedanken hörten auf zu kreisen, ich sah meine Schuhe, wie sie Schritt für Schritt auf dem Weg aufsetzten und die Schuhe von Cynthia, die vor mir ging. Während

sich meine Mitwanderer zunächst wie bei einem Kaffeekränzchen dem gepflegten Smalltalk hingegeben hatten, war ich von Anfang an schweigsam gegangen. Aber mit der Zeit wurden auch ihre Gespräche karger. Wir überquerten einen Bach auf einem Baumstamm. Danach ging es steiler bergan. Jetzt sprach am Ende der Gruppe niemand mehr. Sie brauchten wohl die Luft.

8

Hansi erhöhte das Tempo weiter und das Feld zog sich auseinander:
Holtmann klebte an Hansi, Lücke, Cynthia und ich, Lücke, Robert, Giulia und Elke, Lücke. Die Nachhut bildeten Bohne und Axel, in dieser Reihenfolge.
»Adalbert, meinst du, wir sollten uns am ersten Tag schon so verausgaben?« Cynthia musste rufen, damit ihr Chef sie hörte.
»Keine Angst, ich verausgabe mich nicht«, rief er zurück. Aus seiner Stimme klang Begeisterung. Cynthia zuckte resigniert mit den Schultern.
»Sportlichen Chef hast du da«, bemerkte ich sarkastisch.
»Ja, der ist topfit. Ich kann wirklich noch viel von ihm lernen, nicht nur, was die Arbeit angeht.«
Sie klang vollkommen ernst. Oder machte sie sich über ihn lustig? Ich hakte nach. »In Menschenführung soll er ja auch ganz groß sein.«
»Ich habe BWL studiert. Aber das ist genau so ein Ding, das keine Universität vermitteln kann. Führung. Ich bin sehr dankbar, dass ich das gleich bei meinem ersten Job aus der Nähe erleben darf. Ich nehme so viel mit.«
Ironie klang anders.
»Ich arbeite übrigens auch bei der Waldstein AG. Wir haben uns schon mal in der Kantine gesehen. Also ich dich jedenfalls. Ich bin Controller.«
»Ach ja, stimmt. Adalbert nennt euch immer die ›Zahlenfuzzis‹«.
Warum sie danach grinste, blieb ihr Geheimnis. Ich fand das albern, sonst nichts. Aber sie war ja noch jung.
»Und was lernst du so in Sachen Personalführung?«
»Adalbert hat so einen reichen Erfahrungsschatz. Er hatte zum Beispiel mal einen Mitarbeiter, der war richtig gut, so etwas wie seine rechte Hand. Da sollte man ja meinen, so einer ist loyal«, sagte sie eifrig.
»Absolut«, stimmte ich ihr zu. Ich konnte mir tausend

Situationen vorstellen, in denen Loyalität endete, insbesondere im Verhältnis zu Holtmann, aber ich wollte die Geschichte zu Ende hören.

»Eines Tages hat sich dieser Mitarbeiter auf eine andere Stelle beworben. Einfach so. So etwas kann man sich natürlich nicht gefallen lassen." Sie klang empört. "Adalbert hat dafür gesorgt, dass er die Stelle nicht bekommt. In solchen Situationen macht sich ein funktionierendes Netzwerk bezahlt, sagt Adalbert.«

Klang so richtig mies. »Warum hat er sich auf eine andere Stelle beworben? Kam er mit Adalbert nicht mehr klar?« Das *Adalbert* kam nur widerwillig über meine Lippen, aber ich wollte ihr nicht auf die Nase binden, dass ich mit ihrem Chef nicht gerade eng befreundet war. Das würde sie früh genug mitbekommen.

»Nein, ganz und gar nicht. Das ist ja das Unglaubliche. Sie hatten jahrelang aufs Beste zusammengearbeitet. Adalbert hatte so oft seine schützende Hand über ihn gehalten und dann dieser Undank. Nur wegen etwas mehr Geld und etwas mehr Status.«

Wesentlich andere Gründe, um sich auf eine Stelle zu bewerben, fielen mir spontan nicht ein, aber wieder machte ich ein zustimmendes Geräusch.

»Irgendwie hat der Typ herausgefunden, dass Adalbert dafür gesorgt hat, dass er die Stelle nicht bekommt. Dabei ist das ganz klar, niemand würde so einen illoyalen Mitarbeiter nehmen. Und dann hat er den Betriebsrat eingeschaltet.« Bei dem Wort *Betriebsrat* machte sie ein Gesicht, als hätte sie in eine Schnecke gebissen.

»Unglaublich«, heuchelte ich Entsetzen. Mir war klar, dass der Betriebsrat in diesen Managementkreisen den Ruf eines Gauklertrupps genoss. Das konnte man talentiertem Managementnachwuchs wie Cynthia natürlich nicht früh genug beibringen.

»Das will ich meinen. Adalbert hat das einzig Richtige gemacht. Bei der nächsten Restrukturierungswelle hat er den Mann auf die Abbauliste gesetzt. Dem kann man doch

nicht mehr vertrauen. Jemandem, der einem so in den Rücken gefallen ist.« Ihr Mitgefühl für *Adalbert* schien echt, ihre Abscheu dem *Verräter* gegenüber auch.
Langsam erinnerte ich mich. Das war eine traurige Geschichte gewesen. Ich konnte mich an den Namen des Kollegen nicht erinnern, aber die Welle der Empörung über diesen unehrenhaften Abgang hatte selbst mich erreicht, obwohl ich normalerweise von den Ganggerüchten verschont blieb. Dieser Mann war der engste Vertraute von Holtmann gewesen. Nur weil er einmal an seine eigene Karriere gedacht hatte, war er von Holtmann kaltgestellt und dann abserviert worden. Ich hatte keine Ahnung, was aus ihm geworden war. Aber diese Geschichte auch noch als Best Practice für Führungsqualitäten zu erzählen, war einfach nur geschmacklos.
»Was für eine Führungsstärke! Diese Kraft zu haben, richtige Entscheidungen zu treffen, auch wenn sie emotional nicht einfach sind, darin macht niemand Adalbert etwas vor«, lobte Cynthia.
Treffender hätte man seine Qualitäten als Arschloch nicht beschreiben können, aber wieder sagte ich nichts und beherrschte mich eisern, wofür ich mich ein weiteres Mal still lobte.
»Und worin bestehen deine Aufgaben?«, fragte ich stattdessen.
»Ich bin ja erst seit einem Jahr in der Firma, das ist meine erste Festanstellung. Ich bereite Entscheidungen vor, entwerfe Organisationen, optimiere bestehende Abläufe, übernehme die Kommunikation mit dem nächsten Managementlevel im Tagesgeschäft. So Routinesachen halt.«
Nicht schlecht, Holtmann ließ das Mädel seinen Job machen und beschränkte sich offenbar auf das Umschleimen seiner Vorgesetzten und die exponiert sichtbaren Situationen, die seiner persönlichen Betreuung bedurften. In seiner Paradedisziplin Firmenpolitik machte

Holtmann wirklich niemand etwas vor.
»Und was macht ihr so im Controlling?«, fragte Cynthia interessiert.
Ich war Controller aus Leidenschaft, aber jetzt war Urlaub angesagt. Und die Erinnerung an Holtmanns Heldentaten hatte meine Lust an Themen dieser Art zum Versiegen gebracht.
»Zahlen addieren. In Excel. Im Wesentlichen.« Ich simulierte ein Problem mit meinem Schnürband. Zeit, von ihr wegzukommen, sonst würde ich mit noch mehr *Adalbert*-Bewunderungsgeschichten bombardiert, lange würde ich das nicht ertragen. »Die Schuhe sind neu, ich muss das mal richten. Wir sehen uns später.«
Ich hätte das nicht sagen müssen. Cynthia kam gar nicht auf die Idee, auf mich zu warten. Stattdessen legte sie noch einen Zahn zu, als sie sah, dass ich nicht nachkam, um vielleicht doch noch in die Nähe ihres Helden, Herrn und Meisters zu kommen. Arme, dumme Nuss. Nur die Firma im Kopf. Und dann auch noch Lucifer als leuchtendes Vorbild.

9

»Ist was nicht in Ordnung mit deinen Schuhen?«, begrüßte mich Robert, als er zu mir aufschloss.
Ich erzählte ihm, wie zufrieden ich mit meinen neuen Wanderstiefeln war.
»Eigentlich hatte ich mir für mehr als 200 € die besten Wanderschuhe gekauft, die es überhaupt gibt. Mit denen hätte man auch den Mount Everest besteigen können. Goretex-gefüttert, stabilste Sohle, schwer. Wunderschuhe. Eine Woche, bevor es losging wollte ich probegehen. Mir ging es eigentlich vor allem um den Rucksack. Und dann begannen meine Füße zu schmerzen. Aus heiterem Himmel. Und nicht nur ein bisschen. Es war die Hölle. Nach zwei Stunden konnte ich keinen Schritt mehr machen. Sowas habe ich noch nie erlebt.«
Robert sagte an den richtigen Stellen Ja, oder Wirklich? oder nickte wissend, er war der perfekte Zuhörer.
»Gott sei dank konnte ich die Schuhe zurückgeben und habe dann andere, leichtere gekauft. Aber die Schmerzen gingen nicht ganz fort. Ich dachte schon, ich kann die Wanderung vergessen. Der schwere Schuh hatte scheinbar eine Vene gelockert.«
Robert schaute irritiert, sagte aber nur »Tatsächlich?«
»So habe ich es jedenfalls im Internet recherchiert. Und dort auch die Lösung gefunden.«
Robert fragte pflichtbewusst aber nicht so neugierig und gespannt, wie es angemessen gewesen wäre »Nämlich?« So ganz hatte ich ihm die Spannung der SItuation anscheinend nicht vermitteln können.
»Ich habe mir einen Spülschwamm zurecht geschnitten, so daß er den Knöchel entlastet. Ich wandere mit einem Spülschwamm im Schuh«, offenbarte ich ihm.
»Tatsächlich«, sagte Robert wieder und ich hätte mir ein wenig mehr Bewunderung für die kreative Lösung gewünscht.
»Und das alles trotz Toni, dem Superverkäufer. Ein wahres

Schuhdesaster.«
»Das passiert häufiger als du denkst, wenn man zu schwere Schuhe auf gerader Strecke trägt.«
Wir schwiegen eine Weile, der steile Weg forderte unsere Aufmerksamkeit. Allerdings ging ich bewusst langsam, um nicht zu Cynthia aufzuschließen. Ich fand es wohltuend, dass Robert mich nicht in ein Gespräch verwickelte.
»Hansi hat uns ganz schön Angst gemacht.« Ich sagte das mehr zu mir selbst als zu Robert.
»Ich habe keine Angst. Jedenfalls nicht vor Dingen, die ich nicht beeinflussen kann«, antwortete Robert.
»Könntest du, du müsstest ja nicht mitgehen.«
»Ich habe diese Wanderung bei einer Tombola gewonnen.«
»Wie wir alle«, ergänzte ich trocken.
»Giulia nicht.«
»Und Cynthia nicht. Bei Holtmann weiß ich es nicht. Aber Axel, Horst, Elke und ich haben sie auch gewonnen. Und wir sind alle Tutzenhausener.«
»Ach.«, entfuhr es Robert überrascht.
Wir schnauften ein wenig durch.
»Jedenfalls, ich habe gelernt, ja zu sagen«, nahm Robert die Unterhaltung wieder auf.
»Zu was?«
»Zu allem, was das Leben uns anbietet. Kennst du den Film ›Der Ja-Sager‹?
»Nein.«
»Jedenfalls, wenn du zum Leben ja sagst, wenn du seine Angebote annimmst, lebst du ein erfüllteres Leben, wirst du ein glücklicherer Mensch.«
»Und darum machst du bei dieser Wanderung mit?«, fragte ich ihn.
»Ich mag die Berge, aber ich wäre nicht auf die Idee gekommen, sechs Tage von Hütte zu Hütte zu gehen. Aber als ich gewonnen und darüber nachgedacht habe, war ich Feuer und Flamme.«
»So ähnlich ging´s mir auch«, gab ich zu.

Ich dachte an meinen Onkel. Er hatte mich bei sich aufgenommen, als ich vier war. Wir waren ein tolles Team gewesen. Ich weiß noch, wie wir zusammen Modellsegelflugzeuge gebaut hatten. Der kleine Uhu. Wie er mir Physik und Mathe erklärt hatte. In den Naturwissenschaften war ich immer einer der Besten gewesen. Mit Sport konnten wir beide nichts anfangen. Was er wohl sagen würde, wenn er mich jetzt sehen könnte? Ich hier, am Berg, auf einer Tour über die Alpen. Wäre er stolz? Oder würde er entsetzt aufstöhnen und mir raten, meine Zeit mit sinnvollen Dingen zu verbringen? Zum Beispiel damit, mein Schachspiel zu perfektionieren? Er hatte immer an meiner spanischen Eröffnung herumgemäkelt. Er selbst würde so eine Wanderung wahrscheinlich dazu nutzen, die Pflanzen zu bestimmen und eine vollständige Liste der Alpenvegetation anzulegen. Ich musste schlucken. Es war fünfzehn Jahre her, dass er plötzlich in seiner Küche tot umgefallen war. Herzinfarkt. Er hatte gerade ein neues Gulaschrezept ausprobiert. Er war ein begnadeter Koch gewesen. Man fand die rußigen Reste in der glühenden Pfanne. Ein Wunder, dass sein kleines Häuschen nicht abgebrannt war.

Hinter mir hörte ich ein pfeifendes Atemgeräusch.
»Alles okay bei dir?«
»Geht schon«, ächzte Robert. »Ich mach jeden Morgen Yoga, das hilft.«
»Na, dann drück ich dir mal die Daumen«, sagte ich ironischer, als ich das eigentlich vorgehabt hatte. »Geht doch nichts über eine gute Vorbereitung.«
»Du bist ganz schön von dir eingenommen«, sagte er ernst.
»Sagen wir mal so, ich weiß, was ich kann«, lächelte ich selbstzufrieden. Er hätte mich mal zu Schulzeiten sehen sollen, ich hatte damals die Kondition eines Faultiers. Wieder gingen wir schweigend, noch ein wenig langsamer. Roberts Pfeifen wurde leiser, hörte schließlich ganz auf.
»Du kennst Holtmann? Arbeitest du auch für die

Waldstein AG?«, fragte ich ihn und blickte mich zu ihm um.
»Nein, ich kenn ihn von früher. Wir sind zusammen zur Schule gegangen.«
»Ach. Wie war er denn so, als Kind?« Vielleicht war das die Gelegenheit etwas über Holtmann zu erfahren, dass ich bei Gelegenheit gegen ihn verwenden konnte. Und bei Holtmann würde so eine Situation todsicher kommen, in der ich mich wieder einmal gegen ihn würde wehren müssen.
Robert brauchte einige Zeit, bis er antwortete. Außer Atem war er nicht, das Thema schien ihn zu bewegen. »Er wohnte in der gleichen Arbeitersiedlung wie ich, im Haus neben uns. Wir haben viel zusammen gespielt. Im Sommer jeden Tag Fußball. Aber er war nie mein bester Freund.«
»Weil er damals schon ein Arsch war?«
»So hab ich das nicht empfunden. Er kannte aber schon früh Gott und die Welt, Jungs aus den Klassen über uns und so. Er war der erste, der Zigaretten und Bier beschafft hat. Er hatte als erster ein Mofa. Nein, die meisten fanden ihn ziemlich cool.«
»Du nicht?«
»Er hatte diese Art. Du fühltest dich immer irgendwie weniger wert als er. Aber das eigentliche Problem waren die Abi-Prüfungen.«
Ich sagte nichts.
»Er war nicht sonderlich gut in der Schule. Ich auch nicht, aber ich kam zurecht. Physik war sein Problemfach, zumindest seit er es als Leistungskurs hatte. Wir saßen nebeneinander in der schriftlichen Abi-Prüfung. Er hatte sich verspekuliert, hatte das Thema, das dran kam, nicht gelernt. Und dann von mir abgeschrieben.«
»In der Abiprüfung?«
»Irre, oder? Das flog natürlich auf. Aber sein Onkel kannte jemanden aus dem Direktorium, irgendwie haben sie es so gedeichselt, dass ich eine sechs bekam und er nicht.«
»Das geht doch nicht so einfach?«, hakte ich nach.

E5

»Nein, einfach geht das nicht. Aber sein Onkel war in der richtigen Partei. Da wäscht eine Hand die andere. Mein Vater war stadtbekannter DKP-Wähler. Wahrscheinlich der einzige in Tutzenhausen. Und so hat Bert das Abi bestanden.«
»Passt zu ihm. Und du musstest wiederholen?«
»Du kennst meinen Vater nicht. Der ist ausgerastet. Ein ewiger Choleriker. Ich musste runter von der Schule. Arbeiten. Bin dann zur Post. Alles dank Bert.«
»Das wars dann mit euch zweien, oder?«
»Leider nein.«
»So, meine Lieben. Ende der ersten Etappe«, unterbrach uns Hansi.
Ich hatte gar nicht gemerkt, dass wir die Materialseilbahn erreicht hatten. Schade, gerade jetzt, wo es spannend wurde. Langsam kam auch Horst. Und weitere zehn Meter hinter ihm Axel. Schweiß lief ihm von der Stirn. Er atmete hörbar schwer.
»Axel, alles in Ordnung bei dir? Soll ich die Sauerstoffflasche holen?«, frotzelte ich.
»Alles, bestens, könnte, Bäume, ausreißen.« Zwischen den Wörtern keuchte er. Er setzte den Rucksack ab, zog die Wasserflasche aus ihrem Fach und goss sich einen Schwall über den Kopf. »So, jetzt kann´s weitergehen.« Er grinste, erschöpft aber glücklich.

10

Auch ich setzte meinen Rucksack ab. Obwohl er fabelhaft saß und ich das Gewicht kaum gespürt hatte, fühlte ich mich erleichtert. Kein Vergleich mit dem unförmigen Ding, mit dem ich vor hunderten von Jahren in den Sommerferien vor meinem Abi durch Südeuropa gezogen war und das mir ein Gefühl für die Qualen von Galeerensträflingen vermittelt hatte. Mein Rücken war nass geschwitzt, trotz der High-Tech-Air-Max-Flow Technologie, die für gute Luftzirkulation sorgen sollte. Ich setzte mich auf einen Baumstamm und atmete tief durch.

»Viel Zeit für eine Pause haben wir nicht. Macht es euch gar nicht erst gemütlich«, mahnte unser Sklaventreiber.

Obwohl die Sonne noch immer brannte, suchte ich nach Regenhose und Regenjacke und packte sie in den kleinen, hellgrünen Plastikrucksack. Mein Trinkschlauch hatte sich beim Aufstieg als ungemein praktisch erwiesen, auch ohne Pause konnte ich jederzeit am Trinkstück saugen, wenn mir danach war. Doch jetzt schaute ich ein wenig neidisch Axel zu, wie er in Sekunden seine Ein-Liter-Plastik-Wasserflasche umsteckte. Ich hingegen musste den Schlauch umständlich aus dem Spezialfach befreien und in den kleinen Rucksack umlagern, der für derartiges Zubehör überhaupt nicht geeignet war. Sehr ärgerlich. Aber ohne Wasser zu gehen, war keine Option. Ich steckte mir zwei Proteinriegel ein. Ich hatte mich während der Vorbereitung auf die Reise durch ein halbes Dutzend dieser Dinger gegessen. Alle waren sie höchst künstlich, sowohl was Geschmack, Inhaltsstoffe als auch Farbe anging. Aber sie funktionierten. Zwei davon ersetzten schon rein kalorienmäßig eine komplette Hauptmahlzeit. Fertig. Ich stellte meinen schwarzen Treckingrucksack neben Hansi, der sich um die Verladung kümmerte, und kehrte zurück zu meinem Baumstamm. Die anderen waren intensiv am Packen, Robert suchte in den Innereien seines Rucksacks noch immer den kleinen grünen. Statt zu

fluchen, gab er einen seltsamen Singsang von sich. Das hatte er bestimmt in irgendeinem Seminar zur Stressbewältigung gelernt. Giulia stand daneben, war längst fertig und rollte genervt mit den Augen. Holtmann hatte sich den grünen Rucksack bereits aufgesetzt. Wäre er ein Pferd gewesen, er hätte mit den Hufen gescharrt.
»Schau mal, Berti will weiter«, sagte Bohne so laut, dass es alle hören konnten. Holtmann ignorierte ihn tapfer.
»Ich auch, gibt ja kein Bier hier«, feixte Axel ebenso laut zurück.
»Holtmann ist auch nicht gerade euer bester Freund?«, fragte ich.
Axel schaute mich überrascht an. »Hat der Freunde?« Dieses Mal sprach er weniger laut, so dass nur Axel und ich ihn hören konnten.
»Also bitte, etwas mehr Respekt vor dem Herrn Bereichsleiter«, tat ich empört.
Die Jungs grinsten breit. Axel sprach nun auch leiser. »Im Nachhinein freut es mich, dass ich damals seine Daten gelöscht habe.«
»Du hast was?«, fragte ich entsetzt.
»Es war ein ganz normaler Supportfall. Er hatte sich einen Virus eingefangen. Kommt vor.« Das Grinsen in Axels Gesicht wurde noch breiter.
»Und du hast sicherheitshalber seine Daten gelöscht?«
»Natürlich nicht. Aber in so einem Fall hast du nur zwei Möglichkeiten. Du spielst eine Sicherung ein. Hatte er nicht. Oder du setzt den PC komplett neu auf. Und alle Daten sind weg. Nun kannst du vorher versuchen, die Daten, beziehungsweise das, was nach dem Virenbefall noch brauchbar ist, irgendwohin zu sichern. Ist aber eine Mörderarbeit. Also hab ich ihn gefragt, ob er denn wenigstens eine Sicherung der Daten hat, wenn schon nicht vom System.«
»Hatte er?«
»Er hat ja gesagt. Ich hab noch zweimal nachgefragt. Er war am Telefonieren und ich hatte schon so einen

Verdacht, dass er mir nicht aufmerksam genug zuhörte. ›Ja‹, sagte er, ›ja, ja. Machen Sie mal. Los.‹«
»Und dann hast du gemacht.« Ich musste jetzt auch grinsen.
»Genau. Er hatte natürlich keine Kopie der Daten. Das war eines der wenigen Male, dass ich seine Maske fallen sah. Er hat getobt. Geschrien. Gedroht. Aber nur kurz. Wir waren allein in seinem Büro. Ich dachte, er wird handgreiflich. Er hat einen Schluck Wasser getrunken. Sich entschuldigt. Gesagt, es war sein Fehler. Und die meisten Daten wären eh auf dem Mailserver.«
»Klingt jetzt nicht so schlimm. Da hab ich schon ganz andere Holtmann-Geschichten gehört.«
»Geht ja noch weiter. Gleich am nächsten Tag hat mich mein Chef zu sich zitiert. Und mir die Hölle wegen Holtmann heiß gemacht. Ich habe seinetwegen eine Abmahnung kassiert. Hör mal, Alter, wegen so etwas. Eine Abmahnung.« Er klang immer noch ungläubig, obwohl die Geschichte bestimmt schon eine Weile her war.
Ich pfiff anerkennend. Das war mal eine Nuance überreagiert.
»Nachdem er sich bei mir entschuldigt und mir vorher gesagt hatte, alles sei in Ordnung. Aber dafür gab es keine Zeugen.«
Wir schwiegen, die Geschichte hallte nach. Holtmann war einfach ein Schwein.
»Und du?«, fragte ich Bohne.
»Ich geh nicht freiwillig zum Holtmann. Wenn der einen Support-Case eröffnet, wird bei uns gelost. Ich bin bisher davongekommen. Aber was die Kollegen erzählen! Immer von oben herab, immer Druck. Der Typ geht gar nicht.«
Ich schaute in die Runde, um abzuschätzen, wann es weitergehen würde. Holtmann machte Gymnastik. Er hatte wohl Angst, dass er auskühlen könnte. Giulia hielt sich einen kleinen Spiegel vor das Gesicht und schminkte sich die Lippen nach. Robert hatte inzwischen den kleinen Rucksack gefunden, der Inhalt des Großen lag auf einem

Stapel neben ihm und er sortierte angestrengt hin und her. Das konnte noch dauern.
»Dann war Holtmann also so ein DAU, ein Dümmster anzunehmender User?«, nahm ich den Faden wieder auf.
»Nee, Holtmann ist böse, nervig, gefährlich. Ein DAU ist was anderes. So richtig dumm. Als ich anfing, gab´s noch Kollegen, die Texte ausgedruckt und sie dann mit Hilfe von Schere und Kleber bearbeitet haben. Sozusagen echtes cut and paste«, sagte Axel kopfschüttelnd.
»So wie die, die Texte auf dem Monitor mit Tipp-Ex korrigieren«, wollte ich eine witzige Geschichte beitragen.
»Quatsch, das ist doch nur so ein moderner Mythos. Das hat's bei uns jedenfalls nicht gegeben«, sagte Axel.
»Was es mal gegeben hat, war ein Typ, dessen PC nicht ging. Als der Support kam, stellte sich heraus, dass der Stecker nicht eingesteckt war. Und zwar, weil er gar kein Stromkabel hatte«, erzählte Bohne schmunzelnd.
»Und das Beste war, man konnte auch gar kein Stromkabel anschließen. Es war nur ein Messemodel aus Holz, das man ihm da hingestellt hatte, warum auch immer.« Axel klopfte sich schnappatmend auf die Schenkel. »Es stellte sich heraus, dass der Typ noch nie mit einem PC gearbeitet hatte. Ist aber auch schon ein paar Tage her. War übrigens ein Mitarbeiter von Holtmann, und gar nicht mal son unwichtiger.«
»Das machte natürlich die Runde in der Firma. Dafür haben wir schon gesorgt.« Bohne grinste noch immer breit. »Das Wort Shitstorm gab´s damals noch nicht, aber so was in der Art war das.«
»Leute gibt's.« Axel schüttelte den Kopf.

»Der letzte Rucksack ist unterwegs. Wir können weiter. Auf geht´s«, unterbrach uns Hansi.
Unser Bergführer setzte sich an die Spitze. Tatsächlich, auch Robert war fertig. Gerade setzte er sich den kleinen grünen Rucksack auf. Ich war überrascht, bis zu welcher Größe man den ausstopfen konnte. Ob er auf die Art

überhaupt Gewicht gespart hatte?

11

Der Wald wurde dichter. Urwald mitten in Europa. Ich wollte weder in Holtmanns noch in Cynthias Nähe kommen und gab ihnen etwas Vorsprung. Doch Axel begann Häschenwitze zu erzählen, und ich bemühte mich, etwas weiter nach vorne zu kommen. Das war nicht schwer. Hansi zog das Tempo merklich an und ich profitierte von meinen Trainingseinheiten der letzten Wochen. Axel und Bohne kamen kaum mit, man merkte es auch daran, dass sich die kurzen Witze durch zahlreiche Schnaufpausen in die Länge zogen. Ich überholte Giulia, die ebenfalls nicht gerade fit wirkte. Hinter Elke reihte ich mich ein, um nicht auf Cynthia aufzulaufen. Der Weg beschrieb eine Kurve und bot freien Blick auf unsere Führungsgruppe, Hansi, Holtmann und Cynthia, dann Robert. Irritiert stellte ich fest, dass selbst Holtmann Schwierigkeiten hatte, Hansis Tempo zu gehen.

»Du hältst dich wacker«, lobte ich Elke, die vor mir ging. Ihre Schritte waren sicher und forsch.
»Das hast du mir nicht zugetraut?«, fragte sie fast beleidigt. »Hab dir doch vom Tennis erzählt.«
»Ich kenn mich mit Tennis nicht aus. Von außen wirkt das auf mich eher statisch«, versuchte ich mich herauszureden. Sie stieß eine Art empörten Pfeifton aus.
»Statisch. Das ist ein technisch überaus anspruchsvoller Sport, gepaart mit Athletik auf allerhöchstem Niveau.«
»Klingt wie aus einem Werbespot.«
»Ist aber wahr. Und was ich vor allem schätze: Nicht nur das sportliche Niveau ist hoch, auch das gesellschaftliche«, sagte sie mit arrogantem Unterton.. Mir schien, sie hielt ihre Nase dabei unwillkürlich einen Fingerbreit höher.
»Ist das so? Wer etwas auf sich hält, spielt doch heutzutage Golf.«
»Es ist nicht mehr so, wie vor dem Beginn des Golfbooms, das ist wahr. Nehmen wir mal meinen Verein, Blau-Weiß.«

Jetzt war es an mir, zu pfeifen. Von den Tutzenhausener Tennisclubs war Blau-Weiß der edelste. Selbst ich, der ich keinerlei Verbindung zum Tennissport hatte, wusste, dass man dort nicht so einfach reinkam, und dass diese Mitgliedschaft gesellschaftlich etwas galt.
»Blau-Weiß hat noch diesen Ruf. Der Verein hat mir viel gegeben, gerade beruflich. Ohne dieses Netzwerk hätte ich meine Agentur niemals so schnell voranbringen können. Aber glaub mir, es ist nicht leicht in dieser Zeit, den Mythos zu bewahren.«
Den Mythos. So hatte ich Blau-Weiß nun auch wieder nicht wahrgenommen. Stolz war sie auf ihren Verein. Vielleicht auch ein bisschen eingebildet?
»Bei anderen Vereinen bekommst du die Mitgliedschaft heute nachgeschmissen. Blau-Weiß musst du dir immer noch leisten können. Aber auch wir kämpfen. Umso wichtiger ist es, darauf zu achten, dass du die richtigen Mitglieder hast.«
»Und wer sind die richtigen?« Ihre Ausdauer beeindruckte mich. Ich spürte, wie sich mein Puls beschleunigte und sie redete, als wären wir auf einem Sonntagsspaziergang.
»Die oberen fünfhundert von Tutzenhausen. Städtische Verwaltung, Unternehmer, gehobenes Management der Großunternehmen.«
»Verstehe. Und du managst das?«, riet ich.
»Kann man so sagen. Ich bin zwar nur zweite Vorsitzende, aber ich hab da ein Händchen, die richtigen Menschen zusammenzubringen.«
»Wie machst du das?«, fragte ich neugierig.
»Ich arrangiere zum Beispiel Freundschaftsspiele für Mitglieder, die sich noch nicht so gut kennen, aber von denen ich vermute, dass sie voneinander profitieren können.« An ihrer Stimme hörte ich, dass ihr die Frage schmeichelte. »Und schon bekommt der eine einen lukrative Auftrag und der andere kurzfristig die Hilfe, die er braucht.«
»Klingt gut, davon haben alle was.«

»Natürlich gibt es auch eine andere Seite ...«
»Wie, eine andere Seite?«
»Na, dass wir feststellen müssen, dass bestimmte Mitglieder, auch wenn sie seit Jahren dem Verein angehören, nicht mehr zu uns passen.«
»Wie meinst du das?«
»So, wie ich es sage.«
»Dass Mitglieder den Verein verlassen müssen?«
»Nein, nicht müssen. Wir bewegen sie dazu, sich von uns zu trennen.«
»Versteh ich nicht, kannst du mir ein Beispiel geben?
»Na gut. Nennen wir ihn Mister X. Er war einmal im Management eines lokalen Multis, wurde aber entlassen. Ich schaute mir das eine Zeitlang an, hätte ja sein können, dass er schnell etwas Neues findet. Aber er suchte und suchte und fand nichts. Arbeitslos. Das brachte dem Club auf Dauer nichts. Das zerstörte sein Image. Blau-Weiß ist kein Verein für Arbeitslose. Nun konnte man warten, bis er sich so einen Verein nicht mehr leisten konnte oder leisten wollte. Aber dann war es vielleicht schon zu spät. Also wurde ich aktiv. Ein paar Worte an der richtigen Stelle. Dass man ihn angeblich zur falschen Zeit in der Mädchenumkleide gesehen hätte. Du glaubst nicht, wie schnell der weg war.« Sie lachte wieder ihr kehliges Lachen, das ich schon von der Bergschule kannte. Jetzt machte es mir Angst.
»Du bist ein Profi.« Und das meinte ich überhaupt nicht positiv.
»Das kann man so sagen.« Und sie lächelte selbstgefällig.
Ich wusste nicht, wie ich dieses Gespräch weiterführen sollte. Und ich wollte das auch gar nicht. Robert rettete mich. Er war vor Elke gegangen und hatte uns zwei ausgebremst. Er merkte das und wollte uns passieren lassen. Elke überholte, ich blieb hinter Robert und ging langsamer. Elke schien das nicht mal zu merken, sie schloss zu Cynthia auf.
»Die hat's aber eilig«, sagte Robert.

»Sie ist ein Profi«, sagte ich, noch in Gedanken.
»Wirklich schnell für ne Kettenraucherin.«
»Rauchen verleiht Flügel«, witzelte ich.
»Auch so eine, der es nicht schnell genug gehen kann«, sagte er verächtlich.
»Wie meinst du das?«
»Das ist doch der Krebs unserer Gesellschaft, dieses Schneller, Höher, Weiter. Ein ewiger Wettlauf. Wir gehen hier in die Alpen, und ich will einfach nur hier sein. Und die da«, er zeigte mit seinem rechten Stock in Richtung der Führungsgruppe, »die machen ein Wettrennen daraus. Das macht mich krank.«
Ich nickte, was er nicht sehen konnte, da er vor mir ging. Es folgte eine Pause, die wir beide brauchten, um nicht zu sehr ins Schnaufen zu geraten.
»Kennst du Eckhart Tolle?«, fragte Robert mich aus heiterem Himmel.
Ich verneinte.
»Er hat mir die Augen geöffnet. Dass es mehr gibt, als unsere kleinen Probleme. Dass es eine Ebene des Seins gibt, die wirklich zählt.«
Schnaufpause. Robert machte wieder so ein pfeifendes Atemgeräusch.
»Dass wir endlich lernen müssen, im Hier und Jetzt zu leben und das anzunehmen. Ich wandere. Ich spüre den Boden unter meinen Füßen. Ich sehe den Berg vor mir aufragen, spüre die warmen Sonnenstrahlen auf meiner Haut. Atme die frische Bergluft. Und ich fühle mich gut und frei.«
Schnaufpause.
»Klingt gut.« Ich hörte ihm gar nicht richtig zu. Dieser Tolle schien so ein Esoterik-Guru zu sein. Das war so gar nicht meine Welt. Was mein Onkel dazu gesagt hätte? Er hatte nie Schimpfwörter benutzt, hatte aber zu diesen Dingen eine klare Meinung.
»Dieser Tolle, hat der eine Sekte oder so?«
»Giulia versteht das auch nicht.«

E5

»Sie hält sich tapfer.«
»Sie ist auch so ein Schneller-Höher-Weiter-Mensch, nur dass ihre Disziplin die Schönheit und das Überwinden des Alterns ist.«
Das klang bitter. »Ihr versteht euch nicht wirklich gut?«
»Wir haben drei wunderbare Kinder, alles Jungs.«
»Eine Ehe ist kein Wunschkonzert, sondern harte Arbeit«, dozierte ich.
»Arbeit alleine rettet keine Ehe. Gutes Aussehen auch nicht. Es gibt Tage, da kann ich ihre Oberflächlichkeit einfach nicht mehr ertragen.«
»Man muss dem anderen die Freiheit geben, er selbst zu sein«, riet ich ihm. Ich, der Großmeister in der Rettung von Beziehungen, insbesondere der eigenen.
Schnaufpause.
»Über mangelnde Freiheit konnte sich Giulia nie beschweren. Wir haben vorhin über Bert gesprochen.«
»Ja genau, was war da?«
»Giulia und er kennen sich. Und Giulia liebt es zu flirten. Ich sag da auch nichts. Das hat sie wahrscheinlich von ihrer Mutter geerbt. Italienerin. Giulia hat Feuer im Blut.«
»Und sie und Holtmann?«
»Ich will es gar nicht wissen«, grummelte Robert. »Allein der Gedanke widert mich an.«

12

Endlich tat sich eine Lichtung auf. Wir verließen Gebüsch und Bäume und damit die letzten Reste von Schatten. In der prallen Sonne wurde es noch heißer. Ein Gebirgsbach, der Sperrbach, lag vor uns. Wir standen vor einer einfachen Metallbrücke.

»Eine halbe Stunde Pause«, verkündete Hansi mit seiner heiseren Stimme. Erschöpft setzte ich meinen kleinen, grünen Rucksack ab und ließ mich auf dem nächstgelegenen Felsblock nieder. Ich schwitzte aus allen Poren und fühlte mich schwach. Mein Körper sprach zu mir, er forderte Energie. Aber zuerst zog ich an meinem Trinkschlauch. Erst dann suchte ich nach meinem Bergsteigerriegel. Er schmeckte nach Schokolade und Nüssen, ganz schön gut für so ein Kunstprodukt. Und mit jedem Bissen merkte ich, wie ich wieder zu Kräften kam.

»Ihr habt eine wichtige Lektion gelernt«, erklärte Hansi. »Am Anfang konnte es euch gar nicht schnell genug gehen, da habt ihr euren alten Bergführer vor euch hergetrieben.«

Ich sah, wie Holtmann selbstzufrieden schmunzelte.

»Dann habe ich den Spieß umgedreht. Ich habe eine Geschwindigkeit gewählt, die so eine Seilschaft nicht schaffen kann. Ihr habt euch gut geschlagen, aber jetzt seid ihr fix und fertig.«

Ich schaute mir meine Mitwanderer genauer an. Axel hatte sein nasses Hemd und auch sein Funktionsshirt ausgezogen und schwitzte mit nacktem Oberkörper nach. Bohne hatte sich zumindest des Oberhemds entledigt. Seine Haare waren klatschnass. Giulias Schminke war zerlaufen, sie putzte sich gerade mit einem Tuch durchs Gesicht, um das Schlimmste zu korrigieren. Elke hatte sich eine Fluppe angesteckt und wirkte nicht ganz so erschöpft wie die anderen. Robert trank und trank. Cynthia kaute ebenfalls an einem Proteinriegel. Ich prostete ihr mit meinem zu, aber sie drehte sich in dem Moment

Holtmann zu. Dafür sah der mich und runzelte die Stirn. Er war der einzige, der noch ziemlich frisch wirkte.
Hansi führte seine Rede fort. »Wir sind eine Gruppe. Wir gehen hier als Team durch die Berge. Es zählt nicht, wie gut oder schlecht der einzelne ist. Es zählt nur, ob wir als Gruppe durchkommen. Und damit wir das schaffen, gebe ich euch die richtige Geschwindigkeit vor.« Er lächelte.
Die meisten von uns lächelten auch.
Holtmann nicht. »Das ist doch kalter Kaffee. Oder Sozialismus. Oder beides. So langsam wie unser moppelliger Freund vom Support kann ich nun mal nicht gehen.«
Holtmann nickte dabei in Richtung Axel, und der zuckte überrascht zusammen. Auch wenn man glaubte, man kannte ihn, Holtmann hatte immer noch ein *Ass* im Ärmel.
»Jede Gruppe profitiert von ihren starken Wanderern«, sagte Hansi. Er schaute dabei Holtmann fest in die Augen. »Aber nur, wenn sie mitspielen. Du kannst natürlich auch alleine über die Alpen gehen. Aber ich garantiere dir, du wirst Situationen erleben, in denen du genauso von der Gruppe profitieren wirst. Es kommt nicht immer nur auf die Kondition an.«
Alle Blicke wanderten von Hansi zu Holtmann, gespannt, wie er reagieren würde. Insgeheim freute ich mich, dass endlich mal jemand Holtmann in die Schranken wies. Würde er uns vielleicht sogar den Gefallen tun, die Wanderung vorzeitig anzubrechen?
Holtmann hielt Hansis Blick stand. Es war mucksmäuschenstill. Der Sekundenzeiger meiner Uhr schien langsamer zu gehen.
Endlich begann Holtmann breit zu lächeln. »War nur ein Spaß. Ist ja auch viel schöner, in der Gruppe zu wandern, oder nicht?«
Er blickte sich beifallheischend um, aber die meisten schauten betreten zu Boden. Schade. Nur Cynthia merkte man die Erleichterung an. Wäre Holtmann alleine weitergezogen, hätte sie sich wohl verpflichtet gefühlt, mit

ihm zu gehen.
»Ich bewundere deinen feinen Humor«, bemerkte Hansi und schien unter seinem dichten Bart seltsam zu lächeln. Da war keine Erleichterung, ich konnte es im ersten Moment nicht deuten, kam aber zu dem Schluss, dass diesem Lächeln etwas Boshaftes innewohnte. Hansi ging ein paar Meter weiter und setzte sich abseits der Gruppe auf einen Stein. Axel und Bohne waren schon wieder ganz die Alten, sie waren bei Blondinenwitzen angelangt und Robert und Elke hatten sich zu ihnen gesellt und amüsierten sich prächtig. Giulia und Cynthia sprachen leise und eindringlich miteinander. Holtmann erneuerte seinen Sonnenschutz. Ich hatte weder Lust auf schlechte Witze noch auf Frauengespräche und erst recht nicht auf Holtmann. Also saugte ich an meinem Trinkschlauch und schaute mir erst die wunderbare Bergwelt und dann unseren Bergführer genauer an. Er tat das, was alle taten. Trinken, Essen, Kleidung lüften. Aber er tat es für sich. Und obwohl sein weißer Bart seine Mimik verbarg, wirkte er auf mich grimmig. So hatte ich ihn bisher nicht erlebt. Gut, Holtmann hatte ihn gereizt, ihn herausgefordert, aber das war bestimmt nicht das erste Mal gewesen, dass er so jemanden in seiner Gruppe gehabt hatte, und er hatte die Situation souverän gemeistert. Warum wurmte ihn das so? Wahrscheinlich brauchte ein Bergführer auch mal eine Auszeit, überlegte ich. Aber wir waren gerade erst ein paar Stunden unterwegs. Und Holtmann ließ sich nicht so schnell unterkriegen, der hatte seine Höchstform noch nicht erreicht.
Hansi stand auf und kehrte zu uns zurück. »Auf, auf, meine Lieben, es geht weiter.« Jetzt klang er wieder ganz wie der alte.
»Einen Moment noch, ich muss erst meine Regenkleidung wieder einpacken.« Neben Robert lag sein leerer Rucksack und ein eindrucksvoller Materialhaufen. Ich konnte mir ein Grinsen nicht verkneifen. Robert sah das und fand das gar nicht lustig. Schade, nicht jeder hatte Sinn für Humor.

13

Die Brücke über den Sperrbach war niedrig, mehr ein Steg. Auf der anderen Seite schmiegte sich der Weg an den Hang, immer dem Bachlauf folgend. Überall lag Altschnee. Er war als solcher kaum zu erkennen, da er von einer zentimeterdicken, schwarzen Geröllschicht bedeckt war. Der Weg selbst war frei, doch gleich daneben konnte man sich nicht sicher sein, ob man auf festem Boden oder auf Schnee stand. Schnee, der womöglich von unten durch Tauwasser ausgehöhlt war, und plötzlich unter einem nachgeben konnte. Doch genau diese Herausforderung machte mir Spaß. Meine Mitwanderer waren mir jetzt egal, es gab mich und den Weg. Sicher setzte ich meine Schritte. Ich war als einer der ersten aufgesprungen, die Pause hatte für mich zu lange gedauert. Vor mir gingen Hansi und Holtmann. Dass Holtmann direkt vor mir ging, war mir jetzt egal. Ich beachtete ihn ebenso wenig wie er mich. Er lief wieder auf Hansi auf und ich klebte an seinen Sohlen. Hansi forderte ihn mehrmals auf, sein Tempo zu drosseln. Doch das schien ihn nur zu reizen. Hinter mir war der Abstand zu Cynthia und den anderen schon auf etliche Meter angewachsen. Ich hatte meinen Rhythmus gefunden. Schritt für Schritt. Auf dem Weg lief Schmelzwasser hinunter, es störte mich nicht, ich war Konzentration. Das Wandern hatte etwas Meditatives, ich dachte nicht, ich ging. Mein Kopf war ganz frei. Nichts war da außer dem Sein. Jetzt klang ich schon wie dieser Typ, von dem Robert erzählt hatte. Wir kamen an eine vielleicht zehn Meter lange Passage, in der der Weg unter Altschnee hindurchführte, wie durch einen Tunnel. Es fühlte sich seltsam an. Wie stabil waren diese Schneereste eigentlich? Wenn das Gebilde in sich zusammenbrach, würde all das Geröll, das auf ihm lag, uns auf die Köpfe fallen und uns erschlagen. Ich fühlte etwas in der Magengegend, ein Warnsignal?

Ohne zu zögern ging Hansi weiter, also war es nicht gefährlich. Als wir durch waren, drehte ich mich um. Unsere Mitwanderer hatten wir nun noch weiter hinter uns gelassen. Und jemand scheute vor dem Tunnel, der Physiognomie nach mussten es Axel und Bohne sein, die stehenblieben, sicherlich diskutierten, dann doch langsam weitergingen und so noch weiter zurückfielen. Ich schwitzte. Aber es war nicht unangenehm. Ich nahm einen kleinen Schluck Wasser aus meinem Wasserbeutel. Holtmann hatte natürlich auch so einen Schlauch. Ich war sicher, jedes einzelne Stück seiner Ausrüstung war das Beste, was man für Geld kaufen konnte. ›Für die Besten nur das Beste‹, hätte er dazu wohl süffisant lächelnd bemerkt, wenn wir miteinander gesprochen hätten.
Unter uns gurgelte immer noch der Sperrbach, hier gab es noch mehr Schnee, insbesondere dort, wo ihn der Berg gegen die Sonne abschirmte. Auf dem Weg lief Wasser. Gut, dass meine Schuhe neu waren. Neu und wasserdicht. Ich sah, wie Elke kämpfte. Ihre Wanderstiefel waren, so wie der Rest ihrer Ausrüstung, gut und gerne zwanzig Jahre alt. Die Sohle wurde im Alter hart und rutschig. Sie ging wie auf Eiern. Das kostete Kraft. Meine Schritte waren fest, als wenn die Sohlen mit Haftcreme eingerieben worden wären. Der Weg wurde steiler, aber Holtmann und ich hielten unser Tempo. Immer wieder drehte sich Holtmann um.
»Cynthia, alles gut bei dir?«, rief er jedes zweite, dritte Mal. Das war wohl seine Art, fürsorglich wirken zu wollen.
Cynthia nickte dann, es war ihr wohl nicht recht, mit ähnlicher Lautstärke zurückzuschreien. Vielleicht war ihr das auch zu anstrengend. Ich vermutete allerdings, dass sich Holtmann weniger für den Fortschritt seiner Assistentin interessierte, sondern wissen wollte, ob ich immer noch mit ihm mithielt. Seine Maxime war immer gewesen, dass es an der Spitze nur einen geben konnte. Sein Leben war ein Wettkampf und es ging nur ums Gewinnen. Und dann um die Frage, wie hoch man

gewann. Sonst nichts. Der steile Weg wurde nun auch technisch anspruchsvoller. In der Felswand neben uns war ein Stahlseil angebracht worden.

»Zieht die Handschuhe an. Nasser Stahl ist nicht gut für die Haut«, warnte Hansi.

Ich dachte sofort an Blut und streifte meine Handschuhe über. Das fühlte sich gut und sicher an. Ich blickte zurück. Robert kramte in seinem Rucksack und hielt alle auf, die hinter ihm gingen. Überholen war hier nicht möglich. Elke hatte, soweit ich das aus der Ferne sehen konnte, Wollhandschuhe dabei. Ich schüttelte unwillkürlich den Kopf. Es schien, als hätten Axel und Bohne keinen Handschutz mitgenommen. Prost Mahlzeit, dachte ich. Aber vielleicht hatten sie die auch nur in ihrem großen Rucksack vergessen.

Ich zog mein Handy raus und machte ein paar Fotos. Die Sonne war inzwischen hinter den Wolken verschwunden. Das machte die Fotos nicht gerade schöner. Konnte ich gleich wieder löschen. Ich zoomte Giulias Gesicht heran, sie japste. Klick. Sie hatte nichts davon mitbekommen. Ich steckte das Smartphone wieder ein und nahm Tempo auf. Endlich konnte ich etwas schneller gehen, Hansi hatte zuletzt auf der Bremse gestanden. Und dann, der Weg hatte eine Kurve beschrieben, kam die Kemptner Hütte in Sicht. Was für ein erhabenes Gefühl. Der Weg war immer anspruchsvoller geworden und ich hatte mich immer besser gefühlt. Ich hatte den ersten Tag fast hinter mir, ich hatte die erste Prüfung bestanden. Erst jetzt drehte sich Holtmann um, rief nicht nach Cynthia, sondern sah mich an, sah mir direkt in die Augen.

»Na Birkmüller, hast du also den Warm-up-Spaziergang überstanden.« Er betonte das *Du* in einer Art, die mich daran erinnern sollte, dass es nur den Umständen geschuldet war. Sein Satz war keine Frage, es war eine mitleidige Feststellung. Er lächelte breit. »Morgen geht es dann schon anders zur Sache.«

Ich überlegte noch, was ich darauf antworten sollte, da

hatte er sich bereits wieder umgedreht und ging zügig dem Tagesziel entgegen. Was hatte Axel gesagt? Wollen wir ihn gleich in eine Gletscherspalte schmeißen? Gute Idee eigentlich.

14

Die Stimmung hätte ausgelassen sein können. War sie aber nicht. Die Erschöpfung hinderte uns daran. Und im Hinterkopf nagte der Gedanke, dass wir uns zwar wacker geschlagen hatten, aber noch fünf Tage Alpenüberquerung auf uns warteten. Ich fühlte mich überraschend gut. Ich hatte damit gerechnet, dass diese Tour alles von mir fordern würde, dass ich auf den Knien mit letzter Kraft in die Hütte rutschen würde. Aber so war es nicht.

Gleich hinter dem Eingang deponierten wir unsere Stöcke und tauschten die Bergstiefel gegen Hüttenschuhe. Meinen Rucksack nahm ich an der Materialseilbahn wieder in Empfang, quetschte den kleinen grünen hinein, ohne groß umzupacken und ließ ihn im Treppenhaus stehen. Wichtige Dinge zuerst: Ich holte mir an der Theke ein Bier und begab mich auf die Terrasse. Auf über 1800 Metern Höhe war die Luft um diese Zeit bei weitem nicht mehr so wohlig wie im Tal. Aber die Sonne kroch gelegentlich durch die Wolken und wärmte mich. Nach einem Tag an der frischen Luft hatte ich keinerlei Verlangen nach geschlossenen Räumen. Meinen neuen Kameraden ging es genauso. Robert, Axel und Bohne saßen zusammen. Bestimmt erzählten sie sich wieder Witze. Mit einem Bier in der Hand wäre das leichter zu ertragen gewesen, aber als ich näher kam, machten sie keine Anstalten, mir Platz zu machen. Ich blieb einen Moment bei ihnen stehen, nahm einen ersten Schluck, genoss ihn und schaute mich um. Cynthia stand alleine an der Mauer. Ich wollte ihr zuprosten, sah aber noch rechtzeitig, dass sie ihr Handy am Ohr hatte. Telefonieren, gute Idee, dachte ich, zog meine Handy aus der Tasche und musterte die Balken, genauer gesagt die Ecke oben Links auf dem Display, wo sie hätten sein müssen. Komisch, ich hatte hier keinen Empfang. Giulia kam. Sie sah Robert und setzte sich demonstrativ eine Bank weiter.

Ich ging zu ihr. »Ist hier noch frei?«

Sie besetzte eine leere Bierbank, ihre Ausrede hätte schon sehr gut sein müssen. Sie machte eine einladende Geste.
»Gutes Gefühl, wenn man oben ist, oder?«, sagte ich.
Wir stießen an, auch sie hatte ein großes Bier. Wir tranken.
»Diese Aussicht ist es fast wert«, sagte Giulia.
Ich stimmte ihr zu, ich hatte vergessen, wie schön es in den Bergen war. Welche Ruhe es hier gab. Wie erhaben sie wirkten.
»Aber auch nur fast. Für mein Aussehen ist es eine Katastrophe. Allein wie die Haut unter der Sonne und der Höhenstrahlung leidet.« Sie sah mich an. »Aber das interessiert euch Kerle ja eh nicht.« Sie lachte.
Holtmann kam auf die Terrasse. Sein Getränk sah verdächtig nach Johannisbeerschorle aus. Oder es war ein halber Liter Rotwein mit Schaum. Unwahrscheinlich. Er ging schnurstracks zu Cynthia, die sofort ihr Handy einsteckte und ihm entgegenlächelte.
»Ein Asket, unser Freund.« Ich nickte in Holtmanns Richtung.
»Wessen Freund?«, sagte Giulia verächtlich.
Holtmann legte seinen Arm um Cynthia und zeigte ihr mit ausgestrecktem rechten Arm irgendetwas in den Bergen.
»Schlag bei den Frauen hat er ja.«
Giulia nickte, ihr Gesichtsausdruck verlor jede Gelassenheit und Zufriedenheit. Eine Zornesfalte bildete sich oberhalb ihres Nasenansatzes.
»Er ist immer noch der Alte. Er spielt mit ihr«, sagte sie.
Cynthia zog ihr Handy wieder aus ihrer Hosentasche, lehnte ihren Kopf an Holtmanns Schulter und grinste betont fröhlich in die Kamera.
»Selfies für Facebook«, riet ich.
»Er schmückt sich mit der Kleinen, der alte Sack«, sagte Giulia mit ihrer tiefen, wohlklingen Stimme so, als habe sie ein Urteil über ihn gesprochen.
Wo kam diese Verbitterung her, fragte ich mich. Ich wollte die Situation ein wenig auflockern.
»Wer kann, der kann. Er ist nun mal ein Frauentyp.

Zumindest fallen die billigen Dumpfbacken auf ihn rein.«
Giulia nahm ihr Bier und stand auf. »Mir ist kalt. Ich geh rein.«

Weit kam sie nicht, denn Hansi gesellte sich zu uns und dessen Ausführungen wollte sie anscheinend nicht verpassen.
»Prima, hier seid ihr ja alle. Willkommen auf der Kemptner Hütte. Wir haben hier puren Luxus.«
»Heiße Duschen«, sagte Axel. Sein Gesicht spiegelte seine Freude.
»Das nicht. Sie beziehen heißes Wasser aus Sonnenkollektoren. Wenn die Sonne nicht scheint, gibt es kein heißes Wasser.«
»Die Sonne hat geschienen«, triumphierte Axel.
»Ja, aber dieses heiße Wasser haben die Wanderer vor uns schon weggeduscht. Und Neues«, er zeigte auf die Sonne, die nur noch zaghaft durch die wieder dichter werdende Wolkendecke zu sehen war, »gibt es erst morgen.«
»Also kein Luxus«, resümierte Bohne.
»Doch. Der Luxus ist, dass wir hier kein Bettenlager, sondern Zimmer bekommen haben. Und zwar zwei Vierer. Wer mag denn mit wem?« Er sah in die Runde.
Ich schaute mich um, aber niemand schaute zu mir. Also abwarten.
»Wir zwei sind schon mal zusammen«, meldete sich Giulia zuerst. Robert seufzte.
»Wir auch«, meldete Holtmann nach einer kurzen Pause seinen Anspruch an. Cynthia lächelte sibyllinisch.
Hansi gab Giulia den Schlüssel für das erste Zimmer, die, ebenso wie Robert, immer noch entsetzt auf Holtmann starrte.
»Na, dann bleiben wir vier«, übernahm Axel das Kommando und ließ sich von Hansi den Schlüssel Nummer zwei geben. Mit Axel, Bohne und Elke in einem Zimmer. Warum nicht, solange keiner von denen schnarchte. Wahrscheinlich würde ich nach der vielen

frischen Luft sowieso wie ein Stein ins Bett fallen.
»Um sieben Uhr gibt es Abendessen. Und wer mag: Um acht treffen wir uns hier zu einem kleinen Ausflug auf die Nachbaralm. Von dort haben wir einen wundervollen Blick ins Tal.«
Ich fühlte mich frisch genug dafür. Ich trank mein Bier aus und ging in die Hütte, um meinen Rucksack ins Zimmer zu bringen. Alles lief wie am Schnürchen.

15

Zum Abendessen gab es Nürnberger Bratwürstchen mit Kartoffelbrei und Sauerkraut. Oder Braten mit Knödeln. Ich entschied mich für die Würstchen, aber nach diesem Tag hätte ich wahrscheinlich auch gebratene Sägespäne mit Genuss verspeist. Den anderen ging es wohl ähnlich, es herrschte gefräßiges Schweigen. Nur Robert maulte. Auf seine Frage nach der veganen Option grinste Marvin, der Wirt, nur hämisch und machte einen derben Scherz in seinem Dialekt, den nur Hansi, seinem grölenden Gelächter nach zu urteilen, verstand.

Hansi übernahm die Bedienung. Er erklärte uns, dass er dafür weniger für das Essen zahlte. Ich hatte Bergführer immer für einen Traumjob gehalten. Ein Leben in der Natur. Für Urlaub auch noch bezahlt zu werden. Aber ganz so üppig konnte sein Gehalt nicht sein, wenn ihm der Preisnachlass wichtig war. Hüttenessen war an sich schon günstig.

Wir saßen an einem runden Tisch mit freiem Blick auf die Berge. Es hätte so schön sein können, aber ich war als letzter zum Essen gekommen und hatte den verbliebenen freien Platz zwischen Holtmann und Robert einnehmen müssen. Robert war anscheinend immer noch nicht gut auf mich zu sprechen, warum auch immer. Er war schon ein kleines Sensibelchen. Cynthia, die links neben Holtmann saß, stand auf, sobald sie mit dem Essen fertig war.

»Ich mach mich mal frisch«, säuselte sie Holtmann zu.

Der wandte sich seinem rechten Nebenmann zu. Mir. »Birkmüller. Du hast dich wacker geschlagen«, sagte er gönnerhaft.

»Danke.« Ich fügte das Wort Gott in Gedanken hinzu und nippte an meiner Halben

»Ich bin ja nicht ganz untrainiert. Mir macht das nicht so viel aus«, gab Holtmann an.

Oh je, er wollte, dass ich fragte, warum er ›nicht ganz untrainiert‹ sei. Ich wollte das aber nicht wissen.

»Das ist hier natürlich nicht der Kilimandscharo. Allein schon wegen der Höhe. Der geht ja auf über 6000.«
»Fast 6000«, korrigierte ich und trank einen Schluck Bier.
»Gut, man hat dort seine Träger. Aber laufen musst du immer noch alleine. Verglichen damit ist so eine kleine Alpenüberquerung doch ein Spaziergang.«
»Warum gibst du dich dann mit so einer kleinen Wanderung zufrieden? Das ist doch für dich gar keine Herausforderung?«, stichelte ich.
Er dachte kurz nach, prüfte wahrscheinlich, wie ich das gemeint haben könnte. Ließ den Spott aber nicht an sich ran.
»Ich hatte für dieses Jahr Nepal geplant. Mount Everest Basislager. Super Tour. Aber das mach ich wahrscheinlich trotzdem. Das hier ist ja mehr was zum Warmwerden. Sie, äh, ich meine du, kennst doch Dr. Klöter?«
Jeder kannte unseren Vertriebsvorstand. Was für eine Frage.
»Ja?«
Es gibt da so einen Führungszirkel, dem meine Wenigkeit auch angehört. Anscheinend werden demnächst die Weichen gestellt.«
Ich schaute offenbar noch ein wenig dümmer als sonst.
»Klöter wird nächstes Jahr 65.«
»Ach?« Die Möglichkeit, dass Holtmann in den Vorstand aufrücken könnte, hatte ich bisher nicht in Erwägung gezogen. Ein furchtbarer Gedanke.
»Jedenfalls kam da diese Mail von der Mountain School mit dem dezenten Hinweis, dass sich in den Bergen beweist, wer zu höheren Aufgaben berufen ist.« Er lächelte überheblich, mit schmalen Lippen. »Ich hatte gleich so eine gewisse Ahnung.«
»Respekt.« Hoffentlich hörte er meine Häme nicht.
»Eine bessere Prüfung hätten sie sich für mich nicht ausdenken können.« Er streckte sich wohlig auf seinem Stuhl und grinste selbstgefällig.
»Und Cynthia? Hat sie die Mail auch bekommen?«

Er schaute mich irritiert an. »Nein, nein. Sie ist ja nicht in diesen Zirkeln. Viel zu jung. Aber smart ist die. Und was fürs Auge, oder?« Er blinzelte anzüglich.
Ich überlegte kurz, ob ich genau so zurückblinzeln sollte, um ihm vor Augen zu führen, wie überaus bekloppt das aussah, verzichtete aber weise um des lieben Friedens willen darauf. Cynthia kam zurück. Ihre Haare waren nass. Hatte sie kalt geduscht? Respekt. Sie setzte sich.
»So eine gemeinsame Zeit in den Bergen, die schweißt ja auch zusammen«, sagte Holtmann.
Ich wurde hellhörig. Holtmann war kein Freund des Smalltalks. Für ihn gab es immer ein Ziel zu erreichen. Worauf wollte er hinaus?
»Man lernt sich bestimmt besser kennen«, blieb ich vage.
»Birkmüller, das ist doch eine ausgezeichnete Gelegenheit, unsere Sichtweisen zu überprüfen. Vielleicht können wir uns hier und da, was die Beurteilung gewissen Ausgaben angeht, annähern?«
Ich glaubte nicht, was ich da hörte. Es war kein Jahr her, da war ich mit Holtmann ernsthaft aneinandergeraten. Er hatte eine exorbitant teure Kick-Off-Veranstaltung für sein Management-Team durchgezogen. In einer Zeit, in der die Waldstein AG wieder mal zu kämpfen hatte und eine weitere Abbaumaßnahme ins Haus stand. In der sogar die Kekse in den Kunden-Demo-Centern gestrichen worden waren. Zu zehnt waren sie in ein Wellness-Hotel in der Toskana gefahren, um sich auf das neue Geschäftsjahr einzustimmen. Eine Woche lang. Zufällig an Holtmanns 50. Geburtstag. Ich hatte die Rechnungen nicht freigegeben. Holtmann hatte mich unter Druck gesetzt. Ich hatte dagegen gehalten. Mit Betriebsrat und Dr. Klöter gedroht. Holtmann war es gelungen, die Sache unter den Teppich zu kehren. Ich wollte meinen Job behalten und kannte seine Methoden. Wir hatten uns darauf geeinigt, dass ich den Mund halte und die Teilnehmer des Kick-Offs die Hälfte der Kosten privat trugen. Das war ein bemerkenswerter Teilerfolg, aber ich wusste, für Holtmann

war das eine seiner seltenen Niederlagen und Holtmann vergaß nicht.
»Sie, äh, du willst nicht ernsthaft wieder von dem Kick-off anfangen?«, zischte ich leise und gereizt.
»So eine dumme Sache sollte doch nicht auf Dauer zwischen uns stehen«, sagte er kalt.
»So siehst du das?«, gab ich genauso kalt zurück.
»So sehe ich das.«
»Mein Tipp: Lies mal die neue Ethics-Policy.«
Robert tippte mich an der Schulter an. »Thomas, lass mich doch mal raus, muss ein Bier wegbringen.«
Das kam zur rechten Zeit. Ich stand auf, ließ ihn raus und rückte dann auf seinen Platz zur Linken von Giulia vor. Ihrem Gesichtsausdruck nach hatten die beiden sich ähnlich gut unterhalten wie Holtmann und ich.

16

Robert kam zurück und setzte sich auf meinen alten Platz.
»Mein Freund Robby.« Holtmann schenkte Robert ein Schlangenlächeln. »Wir hatten noch gar keine Gelegenheit, uns in Ruhe zu unterhalten.«
Robert ignorierte ihn. Jedenfalls schien er es zu versuchen. Ich sah, wie er schluckte, wie der Griff um sein Bierglas fester wurde, seine Pupillen hin und her gingen.
»Worüber sollten wir auch reden?«, platzte es aus ihm doch noch heraus. »Gemeinsame Schulerinnerungen? Nein, danke.«
»Bist du so nachtragend? Komm schon, das ist so viele Jahre her«, sagte Holtmann sich anbiedernd.
»Ich werde dir das nie vergessen.« Robert sagte das ohne Pathos. Nur mit Bitterkeit.
»Bist doch selbst schuld. Hättest das Abi doch nachmachen können. Daran erkennt man Verlierer. Sie geben immer den anderen die Schuld.«
Ich sah, wie Robert seine Hand zur Faust ballte, und machte mich bereit, einzugreifen.
Robert stand auf.
»Wenigstens habe ich nie meinen Anstand verloren. Wenigstens kann ich in den Spiegel sehen, ohne vor Scham rot zu werden. Wenigstens habe ich die Finger von anderer Männer Frauen gelassen«, sagte er laut.
Die Gespräche am Tisch verstummten, die beiden hatten nun die volle Aufmerksamkeit der Reisegruppe. Auch von den anderen Tischen starrten einige Wanderer herüber.
Auch Holtmann stand auf, er war fast einen Kopf größer als Robert.
»Was soll das heißen? Was willst du andeuten?«, sagte er ruhig, von oben herab.
»Meinst du, ich habe das Tuscheln der Leute nicht bemerkt? Die Andeutungen der Nachbarn nicht verstanden? Weil du mich einmal reingelegt hast glaubst du, es würde dir immer wieder gelingen?«, sagte Robert

aufgeregt.
»Du Frettchen. Schau dir deine liebreizende Gattin doch mal an. Was genau sollte ich denn an ihr finden?«
»Tu doch nicht so, sie hat schon immer allen Männern den Kopf verdreht. Und für dich ist es doch sowieso eher ein Sport. Dir geht es doch nur darum, eine Frau rumzukriegen, sie zu besitzen.«
»Das ist doch lächerlich.« Holtmann ließ seinen Blick durch die Runde schweifen, er sprach nun nicht mehr nur zu Robert, sondern zu allen an unserem Tisch. »Ich hatte nichts mit ihr. Ich steh nicht auf solariumbraune Haut, Fingernägel mit Seepferdchenmotiv und Herzchen-Tattoos.«
Robert stieß einen Schrei aus. Ich schaute irritiert zu Giulia, die mit den Tränen kämpfte. Was war denn?
»Du solltest vielleicht erwähnen, du Sau, wo genau Giulia ihr Herzchen-Tattoo hat.«
Holtmann wurde rot. »Also gut. Ja. Aber es ging nur ein paar Wochen. Und es ist gute acht Jahre her. Es ist doch nicht mein Problem, wenn du ihr nicht geben konntest, was sie brauchte. Ich helfe gern, wenn Frauen in Not sind.« Er grinste süffisant.
Ich hätte verstanden, wenn Robert jetzt auf Holtmann losgegangen wäre. Stattdessen setzte er sich wieder hin. Er wurde leichenblass, sein Blick war starr, seine Kiefermuskeln traten deutlich hervor.
»Adalbert, das ist unterste Schublade«, sagte Axel.
Bohne sprang ihm bei: »Schlage vor, einfach mal die Fresse zu halten.«
»Ich hab ja schon einiges gehört. Aber sich öffentlich damit zu brüsten, das gehört sich einfach nicht«, empörte sich Elke.
Holtmann schaute in die Runde, die ihm eine geballte Ladung Verachtung entgegenschleuderte. »Komm Cynthia, lass uns gehen.« Er stand auf und berührte Cynthia an der Schulter, doch die drehte sich von ihm weg. Sie war ganz blass geworden. Holtmann schaute verdattert, schüttelte

den Kopf und ging wortlos ohne sie.
Wir standen nun alle. Axel und Bohne kümmerten sich um Robert, Cynthia und Elke um Giulia. Ich gesellte mich zu Hansi, der gedankenverloren aus dem Fenster starrte.
»Viel Spaß dabei, diesen Riss wieder zu kitten«, sagte ich zu ihm.
»Wirst schon sehen, morgen sind wir wieder ein Team.« Aber es klang so, als wollte er sich selbst Mut zusprechen.

17

Um Punkt acht ging ich in Richtung Terrasse. Schon von weitem roch ich den üblen Dampf von Gauloises. Es war empfindlich kalt geworden, die Sonne schickte sich an, sich für heute von uns zu verabschieden. Dank meiner Fleecejacke war mir trotzdem warm. Ich dachte an meine beiden Kleinen. Aber mein Handy signalisierte mir noch immer, dass der nächste Mobilfunkmast zu weit entfernt stand, als dass eine Verbindung zustande kommen konnte. Morgen würden wir hoffentlich, zumindest für kurze Zeit, wieder in die Zivilisation kommen.

»Guten Abend.« Hansi tat, als wäre beim Abendessen nichts vorgefallen. »Ihr habt euch hier auf 1850 Metern ja schon gut eingelebt. Morgen früh gehen wir da hinten auf das Mädelejoch hinauf. Das dauert ungefähr eine halbe Stunde und führt uns auf knapp 2000 Meter. Es folgt ein wunderbarer Abstieg durch das Tal des Höhenbachs bis runter nach Holzgau.«

»Haben wir dort Handyempfang?«, fragte ich voller Vorfreude.

»Aber ja, das ist ein ganz normales österreichisches Dorf«, antwortete Hansi.

»Und trotzdem gibt´s da Handyempfang?«, scherzte Axel. Er erntete einige müde Lacher.

»In Holzgau essen wir zu Mittag und fahren mit dem Bus zur Materialseilbahn am Ende des Madautals. Das liegt auf ungefähr 1500 Meter Höhe. Von dort geht's hoch zur Memminger Hütte. Das sind 800 Höhenmeter Anstieg.« Axel und Bohne stöhnten.

»Ihr schafft das. Das ist nicht viel anstrengender als heute. Ach, übrigens, Frühstück gibt es morgen früh um sechs.«

»Ab sechs?«, fragte Axel.

»Nein, um sechs. Und um sieben gehen wir los«, erklärte Hansi.

»Ich geh dann mal ins Bett, Leute«, sagte Axel.

»Ich auch, gute Nacht zusammen«, sagte Bohne.

»Denkt dran, die Tür offen zu lassen«, rief ich ihnen hinterher. Sie waren schon auf dem Weg zurück in die Hütte. Ich sah sie noch nicken.
»Ist mit irgendwelchen Gefahren zu rechnen?«, meldete sich Robert zu Wort. Giulia verdrehte wieder einmal die Augen. Hansi dachte kurz nach. »Nein. Das ist eine schöne Etappe. Wir sind deutlich unterhalb der Schneegrenze. Klar, hinter dem Mädelejoch geht es ziemlich steil runter. Und vor Holzgau geht's über eine Brücke, die ist nicht ohne. Aber ich sehe da keine Probleme.«
Robert nickte. Erleichtert sah er nicht aus. Eher entschlossen.
»So, ihr geht alle mit rüber zur Alm?« Hansi blickte uns erwartungsvoll an.

Es war ein einfacher Weg, praktisch ohne Steigung, und wir brauchten vielleicht eine Viertelstunde, bis wir die Kuppe erreicht hatten, von der aus der Blick weit in die Ebene hineinreichte, umrandet von Bergen. Wir standen und staunten. Holtmann und Cynthia setzten sich etwas nach links ab, Giulia und Robert nach rechts. Es gab wohl Redebedarf. Die untergehende Sonne veränderte das Grün der Hänge. Sie versetzte uns nach Irland. Alles wirkte malerisch, unwirklich. Ich holte mein Handy raus. Empfang hatte ich auch hier nicht, aber dieser Sonnenuntergang würde einen Ehrenplatz in meiner Sammlung bekommen. Der erste meiner Alpenüberquerung. Aber auch wegen des wunderschönen Kontrasts zwischen dunklen Wolken, den letzten Strahlen der Sonne und den schwarz-grauen Silhouetten der Berge. Ich konnte mich daran nicht sattsehen.
Gestört wurde die Idylle nur von lauten Stimmen.
»Das hättest du mir ruhig sagen können«, sagte Cynthia zu Holtmann.
»Aber meine Liebe, sollte ich mit dir eine Liste meiner Beziehungen durchgehen?«, entgegnete Holtmann.

»Wie konntest du nur so eine Szene machen?«, sagte Giulia zu Robert.
»Wie konntest du nur mit Holtmann etwas anfangen? Du wusstest doch genau, was er mir angetan hat«, antwortete Robert.
Zwar hatten sich beide Paare etwas von Hansi, Elke und mir entfernt. Doch das Ende vom Lied war, dass wir genau in der Mitte zwischen ihnen waren und beiden Diskussionen lauschen durften. Sie waren wohl zu erregt, um leise zu sprechen.

»Ich weiß nicht, was du dir von dieser Tour versprochen hast«, sagte Cynthia.
»Dr. Klöter wird stolz auf mich sein.«
»Nicht wegen Klöter, ich meine, warum du mich gebeten hast, mitzukommen.«
»Du weißt, wie sehr ich dich schätze.«
»Ich denke, du hast dir jedenfalls zu viel dabei gedacht.«
»Vergiss doch die Sache mit der Schröder. Das ist Jahre her. Das hat doch nichts mit uns zu tun.«
Cynthia antwortete nicht, stattdessen kam sie zu uns rüber. Holtmann folgte ihr.

»Was erwartest du eigentlich von mir, Robert?« Nach kurzer Pause wurden Giulia und Robert wieder lauter.
»Nur, dass du mich respektierst. Dass ich in Ruhe mein Leben leben kann«, antwortete Robert.
»Du dein Leben. Dir geht es immer nur um dich. Was ist mit meinen Bedürfnissen?«
»Schau dich doch an. Du schminkst dich wie eine Fünfzehnjährige. Wirst du denn nie erwachsen? Vor acht Jahren. Ludwig ist jetzt sieben. Wir hatten damals keine gute Zeit. Die Geburt von Ludwig hatte unsere Ehe noch mal gekittet. Was soll ich jetzt denken?«
»Denk doch, was du willst.«
Sie standen schweigend. Endlich. Dann kamen sie langsam zu uns zurück. Wenn Blicke töten könnten, wären die

beiden nie bei uns angekommen.

18

»Hier stand die alte Materialseilbahn«, erklärte Hansi. Wir standen um ihn herum, genossen das Lichtspiel auf den Almen und hörten unserem Bergführer zu.
»Hierher gibt es nur drei Wege, zu Fuß, mit dem Helikopter oder mit der Seilbahn.«
»Dann nehm ich nächstes Mal den Helikopter«, scherzte ich, doch niemand lachte.
»Jeder Hüttenwirt weiß, dass es verboten ist. Aber trotzdem wird es gemacht: Die Kinder nutzen die Seilbahn, um schnell ins Tal und wieder hoch zu kommen. Und so kam es hier vor vielen Jahren zu dem tragischen Unfall.«
Ich hatte die Geschichte in der Speisekarte der Hütte gelesen. An der Wand hingen Todesanzeigen mit Bild, nicht nur von der letzten Generation, sondern auch von einem jungen Mann, der bei seinem Tod keine zwanzig Jahre alt gewesen war.
»Der Friedrich?«, fragte ich.
»Genau. Damals wurde die Seilbahn noch von einem Traktor angetrieben. Es gab ein Problem, die Seile verdrehten sich. Und in der Gondel saßen die beiden Kinder des damaligen Hüttenpächters, der Fritz und seine Schwester, die Louise, die war damals vierzehn.«
»Wer hat den Traktor bedient?«, fragte Elke.
»Der Vater. Das müsst ihr euch mal vorstellen. Er sieht das Problem, die Gondel steckt fest, mitten auf dem Weg, hunderte von Metern über dem Boden. Und seine beiden Kinder sitzen da drin.«
»Was hat er gemacht?«
»Da kannst du nicht viel machen. Wenn du an den Seilen arbeitest, ist die Gefahr viel zu groß, dass die Gondel zu rotieren beginnt und die Kinder den Halt verlieren. Da hilft nur der Hubschrauber. Aber der Fritz, der hat sich was getraut. Der ist auf die Gondel geklettert und wollte die Seile von dort aus trennen. Doch der Wind war stark.

Er hat den Halt verloren. Und dann ist er über zweihundert Meter tief gestürzt.«

Stille.

»Und die Tochter?«, fragte Elke.

»Die saß da noch drin. Hat den Tod ihres Bruders erlebt. Der Wirt hat die Bergwacht gerufen.«

»Und die haben einen Hubschrauber geschickt?«

»Ja, aber das war nicht so einfach. Du musst genau über der Gondel in der Luft stehen. Und das bei dem Wind. Und wenn du die Last aus der Gondel nimmst, also in dem Fall die Louise, geht die Gondel hoch. Und wenn du das nicht genau richtig machst, trifft die Gondel den Hubschrauber oder den Menschen, den du retten willst. Niemand hat sich getraut, den Einsatz zu fliegen.«

»Die haben sie da doch nicht sitzen lassen?«, fragte ich entsetzt.

»Nein, der Walter, der ist heute achtzig, der war der erfahrenste Pilot der Bergrettung. Der ist schon damals mehr als 1000 Einsätze geflogen. Der hat gesagt, er macht´s. Aber er hat auch gesagt, er macht´s nur einmal. Ohne Probe. Die Nerven hätte er nicht. Und er ist da rauf, hat einen Bergretter abgeseilt, der hat die Louise angegurtet und der Walter hat die Zwei da rausgezogen.«

»Und dann haben sie den neuen Lastenlift gebaut«, sagte ich.

»So ähnlich.«

Stille.

Hansi schaute in die Runde. Sein Blick blieb eine Sekunde zu lange auf Giulia ruhen. Er sah, dass ich das sah. Er erzählte weiter.

»So ein Unglück begleitet eine Familie ein Leben lang. Darum hängt die Todesanzeige dort. Und sie ist auch eine Mahnung. Ihr seht diesen fantastischen Sonnenuntergang. Diese herrliche Idylle. Aber auch im Paradies gibt es Unglück. Es lauert hinter jeder Ecke, gerade in den Bergen. Der moderne Mensch vergisst so oft, wie nah der Tod ist.«

Mich fröstelte. Ich verschränkte meine Arme vor der Brust, um mich zu wärmen. Wortkarg gingen wir zurück zur Hütte.

19

Cynthia hatte Holtmann vorgehen lassen. »Der Sonnenuntergang war außergewöhnlich«, sagte sie zu mir. Mir stand nicht der Sinn nach Smalltalk mit der Holtmann-Jüngerin. »Hab schon schönere gesehen«, antwortete ich daher.
»Wo?«, fragte sie.
»Thailand, Florida, Tunesien.«
»Aha«, sagte sie. Meine subtile Botschaft schien angekommen zu sein. Sie ging schneller und schloss zu Hansi auf.

Ich ging neben Giulia, die auf einen gewissen Abstand zu Robert achtete. Sie sah seit heute Morgen um Jahre gealtert aus. Vielleicht lag es aber auch am Licht, die Sonne war fast untergegangen, alles wurde grau.
»Tut mir leid, dass so private Dinge vor der Gruppe ausgebreitet wurden. Für Holtmann muss man sich immer wieder fremdschämen«, sagte ich.
»Musst du nicht. Wenn du ihn hörst, weißt du, wie er ist.«
Die anderen waren deutlich vor uns. Ich vermutete, die Kälte ließ sie schneller gehen. Giulia trug auch eine Fleecejacke, uns machte die kalte Abendluft weniger aus.
»Du kennst nicht die ganze Geschichte. Robert ist nicht mein erster Mann.«
»Nein? Ich hätte gewettet, er war deine erste große Liebe.«
»Warum?«
»Der Tutzenhausener Klassiker, schon in der Schule zusammengekommen, früh geheiratet, früh Kinder …«
»Früh geschieden?« Sie lächelte gequält. »Ich habe tatsächlich meine erste große Schulliebe geheiratet. Wir kamen zusammen, als ich in der Neunten war. Sein Name war Leander. An meinem zwanzigsten Geburtstag, er war fünf Jahre älter, feierten wir eine echte Low-Budget-Hochzeit, sie war wunderschön. Mit allen unseren Freunden. Sogar meine Verwandten aus Italien waren

gekommen. Er war die Liebe meines Lebens. Wegen ihm habe ich die Schule nach der mittleren Reife beendet. Ich lernte Friseuse, denn ich wusste, für ihn wollte ich zu Hause bleiben, unsere Kinder großziehen. Karriere bedeutete mir nichts.«

»Hat aber nicht geklappt?«

»Mein Mann musste vier Wochen nach der Hochzeit auf Dienstreise. Er war neu in dem Job, er war ehrgeizig, wollte mir etwas bieten. Statt Hochzeitsreise hat er also gearbeitet. Und ich saß da, frisch verheiratet und allein. Robert war der beste Freund meines Mannes. Er fragte mich, ob wir nicht zusammen rausgehen wollen. Das hatten wir schon oft gemacht. Meist zu dritt, manchmal zu viert, aber auch schon mal nur wir beide. Ich dachte mir nichts dabei.«

Wir sahen, wie die letzten Strahlen der Sonne über die Felder leckten, nun war es fast dunkel, der Mond war schon deutlich zu sehen.

»Ich habe viel zu viel getrunken. Ich hätte das nie tun dürfen. Leander hat mir so gefehlt. Aber das Schlimmste war, dass er ausgerechnet in der Nacht zurückkam. Drei Tage früher als erwartet. Er hatte es ohne mich nicht ausgehalten. Und dann fand er mich mit seinem besten Freund. Wie in einem schlechten Film. Er warf mich noch in der Nacht aus der Wohnung. War ja seine. Drei Monate sprach er kein Wort mit mir. Ich lief ihm hinterher wie ein Hund. Er sah durch mich hindurch, wenn ich ihm auflauerte, morgens, auf dem Weg zur Arbeit, abends, wenn er wiederkam. Endlich hat er zugestimmt, dass wir uns in einem Café treffen. Dass wir reden. Ich wusste, wenn er mir nur zuhören würde, war noch nicht alles verloren. Wir führten ein gutes Gespräch an jenem Abend. Es fühlte sich an wie ein Neubeginn. Eine Woche später bin ich zum Frauenarzt. Ich war schwanger.«

»Von Robert?«

»Ja, von Robert. Ich habe mich also scheiden lassen und Robert geheiratet. Das war der Fehler meines Lebens. Wir haben uns wirklich Mühe gegeben. Aber ich habe Robert nie geliebt. Er mich schon, jedenfalls am Anfang. Aber ich habe ihm nie wirklich eine Chance gegeben.«

Die Kemptner Hütte lag vor uns, wir waren fast da.

»Danke«, sagte Giulia.

»Wofür?«

»Dass du mir zugehört hast. Es tut mir gut, darüber zu reden. Ich fühle mich jetzt weniger schuldig, wegen der Sache heute Abend.«

»Keine Sorge, im Zweifelsfall sind sowieso immer die Männer die Schweine.« Ich wollte lustig sein, sie aufmuntern, aber ich hatte das dumpfe Gefühl, das mir das nicht wirklich gelungen war.

20

Auf Zehenspitzen schlich ich ins Zimmer. Wie erwartet schliefen Horst und Axel schon. Elkes Bett war noch leer. Axel schnarchte. Na super. Eine Dunstglocke hing in dem Raum. Ich kramte aus meinem Rucksack die Stirnlampe, schaltete sie ein und setzte sie auf. In dem fahlen Licht öffnete ich das Fenster. Wie gut die frische Luft doch tat. Meine Haut prickelte noch von der Sonne. Ich schnappte mir meinen extrakleinen Kulturbeutel und machte mich auf den Weg zum Waschraum. Das eiskalte Gebirgswasser taugte zum Zähneputzen und für eine Katzenwäsche, mehr brachte ich nicht über mich. Mit dem High-Tech-Mikrofaserhandtuch war ich in Null-Komma-Nichts wieder trocken und bereit für meinen seidenen Hüttenschlafsack. Es war zwar erst kurz nach neun, aber ich war todmüde. Ich krabbelte in den Schlafsack, breitete die Decke über mich und schloss die Augen. Axels Schnarchen wurde leiser, er röchelte, das Geräusch schwoll an, eruptierte, verwandelte sich in ein Schnaufen. Hätte er klassisch gesägt, es hätte mich kaum gestört. Der Variantenreichtum forderte immer wieder meine Aufmerksamkeit. Ich drehte mich von der einen auf die andere Seite, jedes Mal knirschte das Bett, als würde es in Kürze in sich zusammenstürzen. Am Geruch kalten Rauchs erkannte ich Elke. Sie knipste das Licht an und räumte lautstark in ihren Sachen herum. So konnte ich nicht schlafen, also dachte ich darüber nach, mit welcher unerwartet kuriosen Bande von Menschen ich unterwegs war.

Da war ein Bergführer, der uns zwar bisher nett und kompetent begleitet hatte, von dem ich aber nichts wusste, nicht woher er kam, wie er Bergführer geworden war, warum er diesen Job machte.

Axel und Horst waren die Pausenclowns der Wanderung. Sie waren zwar nicht gut auf Holtmann zu sprechen, aber das konnte auch eine Management-Allergie sein. Wer

wusste, was sie über mich sagten, wenn ich nicht dabei war.
Mit Elke würde ich normalerweise auch nicht meine Freizeit verbringen wollen. Mal abgesehen davon, dass ich nicht auf Raucherinnen stand, schon gar nicht auf solche, die nach toter Ratte rochen, hatte mir die Story mit dem Rufmord die Augen geöffnet. Die Frau war gefährlich.
Robert und Giulia waren ein seltsames Paar. Ich mochte sie, warum auch immer, aber sie hatten ganz schöne Macken. Er auf seinem Eso-Trip, sie mit ihrer Gut-Aussehen-Marotte. Und mit meinem Humor waren sie beide nicht kompatibel.
Dass von allen Kollegen, die ich nicht ausstehen konnte, ausgerechnet Holtmann dabei war, setzte dem ganzen die Krone auf. Wenn ich das auch nur geahnt hätte, ich wäre nicht hier.
Ach ja, und seine Kleine. Das hätte er uns ja nicht auch noch antun müssen. Die fand ich gleich nach Holtmann am ärgerlichsten. Derartig eindimensional und beschränkt.
Übermorgen würden wir in Zams übernachten. Von dort fuhr die Bahn zurück nach Bayern. Ich überlegte, ob ich die Tour dort nicht einfach beenden sollte, bevor ich eine Woche Urlaub mit den schrillsten Menschen verbrachte, die ich kannte. Mit diesem Gedanken musste ich eingeschlafen sein. Ich hoffe, ich hatte keine Alpträume.

21

Um fünf Uhr morgens wurde ich wach. Draußen war es hell. Mir tat alles weh, das Bett war zu weich oder zu hart oder beides. Axel schnarchte nicht mehr, dafür röchelte nun Bohne wie ein Erstickender. An Schlaf war jedenfalls nicht mehr zu denken, ich kramte meine Sachen zusammen und schlich vor die Tür, um die anderen nicht zu stören. In der Hütte, in der es am Abend zuvor noch wie in einem Bienenstock zugegangen war, die Kemptner Hütte war eine der größten Hütten der Alpen, war es nun ruhig und beschaulich, so, wie ich mir eine Berghütte eigentlich vorstellte. Im Waschraum traf ich auf zwei andere Frühaufsteher, die ihre Zähne putzten. Ich freute mich auf ein ruhiges Frühstück. Tatsächlich war schon gedeckt, Kaffee in Thermoskannen stand auf dem Tisch. Ich wollte mich setzen, doch dazu kam es nicht.

»Ihr seid um sechs dran, früher nicht.«

Die Frau im weißen Kittel steckte ihren Kopf durch die Essensausgabe und blaffte mich mit einem Nachdruck an, der keinen Widerspruch duldete. Ich musterte den Tisch. Butter, Marmelade, je eine Sorte Käse und Wurst, die keinesfalls in Bioqualität auf einer Alm hergestellt worden waren, standen schon bereit. Auf den Tellern lag Graubrot. Ich hasste Graubrot.

Ich ging zu ihr rüber. »Gäbe es eventuell auch Müsli statt Brot?«

Sie konnte lächeln. »Aber ja, das kriegen wir hin. Sagen Sie um sechs einfach Bescheid. Und einen Kaffee, den können Sie sich schon mal nehmen.«

Ich ging zurück zum Tisch, füllte eine Tasse und verzog mich damit auf die Terrasse. Ich liebte einen heißen Kaffee in der kühlen Morgenluft in den Bergen. Gut, dass ich meinen Fleece schon trug, jetzt erst wurde ich langsam wach. Ich beobachtete, wie die Sonne die Almen weckte, und genoss die Stille. Jetzt hätte ich gerne die Kids bei mir gehabt. Vielleicht sogar Susanne.

Ich dachte zurück an den Abend vor dem Aufbruch. Ich war zu dem Haus gefahren, unserem Haus, das seit ein paar Wochen nur noch das Haus von Susanne und den Kindern war. Wehmütig parkte ich an der Straße, nicht auf meinem Stellplatz. Ich musterte die Häuser der Nachbarn, ich hatte keine Lust, einen von ihnen zu treffen, mir mitleidige Kommentare oder vielleicht sogar Vorwürfe anhören zu müssen. Wer wusste, was Susanne ihnen erzählt hatte. Ich klingelte. Susanne machte auf, aber nur einen Spalt.

»Was willst du?«

»Morgen fahre ich für eine Woche in die Berge. Hab ich dir doch erzählt. Ich wollte mich von den Kindern verabschieden.«

»Du lernst es nie, oder? Weißt du eigentlich, wie spät es ist? Die schlafen, die müssen morgen zur Schule.«

Ich schaute auf die Uhr. Es war sieben. Ich kannte das Einschlafritual. Sie waren jetzt umgezogen und versuchten durch tausend Tricks den Moment des Einschlafens hinauszuzögern. Vor acht schliefen sie nicht.

»Es geht schnell, bitte.«

»Dann hättest du früher kommen müssen. Du denkst immer noch nur an dich. Scheinbar hat sich in den letzten Wochen in dieser Hinsicht nichts geändert.«

Diese Festung war uneinnehmbar, die Kriegerin würde mich nicht hereinlassen. Und die Kinder nicht herunterholen, ihnen nicht Bescheid sagen. Und ich würde hier an der Tür keinen Streit anfangen, den ich sowieso nicht gewinnen konnte. Ich fühlte mich schlecht, enttäuscht. Und ging zurück zu meinem Wagen. Gerade als ich den Motor gestartet hatte und einen letzten Blick auf das Haus warf, sah ich sie, am Fenster ihres Zimmers. Sie winkten mir fröhlich zu. Ich ließ das Seitenfenster herunter und winkte zurück. Meine Jungs. Mir wurde warm ums Herz. Dann zog jemand sie vom Fenster weg, noch bevor ich wieder aussteigen konnte.

Der Kaffee war nicht stark genug, aber dafür zu heiß. Ich starrte vor mich hin, bis mich der Gestank von Gauloises aus meinen Gedanken weckte.
»Guten Morgen. Na, konntest du auch nicht schlafen?« So früh am Morgen war ihre Stimme noch rauchiger als sonst.
»Guten Morgen«, nuschelte ich zurück. Ich war stolz, so früh schon so viele Worte sagen zu können.
»Axel schnarcht ja ...« Sie sagte nicht, wie genau er schnarchte. War auch nicht nötig. Wir wussten es beide. »Ich hab ihm gesagt, wenn er nicht aufhört, erwürg ich ihn im Schlaf.« Sie lachte kehlig. »Das hat geholfen.«
»Warum hast du Horst nicht erwürgt?«
Wieder dieses Lachen. »Der Arme. Der hat eine Hausstauballergie. Ich glaube, der hat die ganze Nacht nicht eine Minute geschlafen.«
Ich schaute auf meine Uhr. Endlich war es sechs. »Sie lassen uns jetzt essen, ich geh dann mal.«

»Ich hätte gern Müsli statt Graubrot«, sagte ich.
An der Durchreiche stand nicht die resolute, aber freundliche Dame, sondern Marvin, der Hüttenwirt. »Die Bergschule hat Brot geordert.«
»Ich hätte aber lieber Müsli.«
»Das macht dann drei Euro.«
Ich schaute ihn ungläubig an. »Drei Euro? Um Brot gegen Müsli zu tauschen?«
»Das ist viel Arbeit.«
»Nicht euer Ernst?«
»Doch.«
»Wirklich?«
Endlich wurde es ihm zu bunt. »Hier, nimm.«
Ich setzte mich zu den andern und löffelte muffig los.
»Oh super, es gibt auch Müsli?«, fragte Cynthia.
»Klar, musst nur fragen«, antwortete ich boshaft.
»Magst du kein Brot?«, fragte mich Axel.
»So sehr, dass ich es mir für Feiertage aufspare und alltags lieber Müsli esse«, giftete ich.

E5

»Tschuldigung.« Er wandte sich wieder Bohne zu, mit dem er mehr Spaß hatte.

Um sieben trafen wir uns vor der Hütte und wären auch pünktlich losgekommen, wenn Robert seine Stöcke gefunden hätte. Die ganze Gruppe half ihm suchen und um zehn nach sieben ging es wirklich los.
Die Morgenetappe war harmlos, hundertzwanzig Höhenmeter rauf zum Mädelejoch. Das kostete uns etwas mehr als eine halbe Stunde. Die frische Luft und die Bewegung verscheuchten meine schlechte Laune. Wurde auch Zeit, sonst hätten mich die anderen irgendwann gelyncht. Auf dem Joch passierten wir die Grenze zu Österreich. Das Schild mit dem Bundesadler, das die Grenze markierte, war über und über mit Aufklebern verziert. Meine Mitwanderer knipsten es um die Wette, ich genoss die Pause. Die Stimmung war fast ausgelassen, auch Hansi wirkte freundlich wie immer.
»Hier seht ihr den Kratzer. Und der Berg auf der anderen Seite des Jochs, das ist der Muttlerkopf«, erklärte er.
Seine Worte verwaberten zu einem Tonbrei, ich schaute mir meine Mitwanderer an. Nur Elke hörte interessiert zu, die anderen waren viel zu sehr mit sich selbst beschäftigt.
Die Vorkommnisse des Abends waren verblasst. Robert reckte die rechte Hand in den Himmel, Zeige- und Mittefinger formten ein V, Giulia hielt mit dem Handy drauf. Holtmann klatschte mit Cynthia ab. Eine ausgelassene Gesellschaft, doch gute Schauspieler waren sie alle nicht, mit Ausnahme von Giulia vielleicht. Ich fand, die anderen drei schauten irgendwie verbissen.

22

Auf der Südseite des Jochs ging es steil bergab. Ich ließ mich zurückfallen, noch hinter Axel bildete ich das Schlusslicht unserer Gruppe. Hansi legte ein ordentliches Tempo vor. Ich blieb immer wieder kurz stehen, um das Panorama zu genießen. Gelegentlich machte ich ein Foto mit meinem Handy. Ich malte mir aus, wie sich eine schöne Bergansicht in meinem Büro machen würde, gleiche neben der Urkunde, die meine Alpenüberquerung bestätigte. Spontane Pausen, das ging nur, weil ich ganz hinten ging. So hielt ich niemanden auf. Und zu Axel konnte ich jederzeit wieder aufschließen, egal wie lang meine Minipause gewesen war. Der Weg war glitschig, der Morgentau noch nicht getrocknet. Überall war Schotter und man musste höllisch aufpassen, um nicht ins Rutschen zu geraten. Wenn ich ging, war ich zu hundert Prozent konzentriert.

Und dann ging alles ganz schnell. Unser Gehirn ist ein komisches Organ. Bei einem einschneidenden Erlebnis, wie zum Beispiel einem Unfall, funktioniert die Übertragung der Erinnerung vom Kurzzeit- ins Langzeitgedächtnis nicht mehr. Ich habe darüber mal zusammen mit meinem Onkel einen Film gesehen. Das Ergebnis: Man kann sich an die Sekunden unmittelbar vor dem Ereignis nicht erinnern. Mir ging es genauso. Ich weiß nur noch, ich hörte einen Schrei. Vor mir war Bewegung. Waren da Hände? Waren mehrere Personen in die Szene verwickelt? Ich kann es nicht sagen. Jedenfalls lief ich nach vorne, um nachzuschauen, was da los war. Und dann sah ich Holtmann. Er war gestürzt. Schnell rutschte er den Hang hinunter. Seine Stöcke lagen noch auf dem Weg. Er selbst lag auf dem Rücken und damit auf seinem Rucksack. Hansi hatte uns erklärt, dass man sich in so einer Situation auf den Bauch drehen musste, um Füße und Hände in das Geröll zu wuchten und so den Körper abzubremsen. Doch Holtmann drehte sich nicht, er schrie und fuchtelte

hilflos mit den Armen. Er wurde nicht langsamer. Ich sah die Klippe, weil nun auch Cynthia schrie und mit dem Arm darauf deutete.
»Hansi, mach doch was, er stürzt da runter«, schrie sie. Hansi stand wie versteinert, seine Augen glasig.
»Hansi?« Ich schrie ihn an, packte ihn an der Schulter, schüttelte ihn. Er reagierte nicht. Die anderen standen daneben, wirkten geschockt und wussten anscheinend nicht, was zu tun war. Holtmann würde sterben.

Ich konnte nicht untätig zusehen. Ich setzte meinen Rucksack ab und riss das Seil aus der Schnalle an Hansis Rucksack. Er reagierte nicht. Ich band mir ein Ende um den Bauch, gab den Rest des Seils Axel und schrie ihm zu:
»Du und Horst, ihr müsst mich halten. Legt das am besten um den Baum da.«
Nur gut, dass in dieser Höhe Bäume wuchsen, wenn auch nur wenige, sonst wäre die Sache wahrscheinlich noch gefährlicher geworden. Ich begann den Abstieg, indem ich meine Füße in den Schotter stemmte. Gut, dass ich wegen der Morgenkälte meine Handschuhe trug. Ich krabbelte bäuchlings so schnell ich konnte den Abhang herunter. Auch ich geriet ins Rutschen, die Fuß- und Handbremse wirkte nur bedingt, doch das Seil half, Axel hatte die Situation im Griff. Unter mir aber rutschte Holtmann immer weiter. Immerhin kam ich ihm näher, ich hörte seine Stimme lauter.
»Ich bin gleich da, dreh dich auf den Bauch«, schrie ich.
Seine Schreie waren unartikuliert. Er rutschte immer noch direkt auf die Klippe zu. Ich würde ihn unmöglich vorher zu fassen kriegen. Ich überlegte fieberhaft, während wir beide rutschten.
»Versuch, nach rechts zu kommen, zu den Büschen«, brüllte ich.
Wie ein Käfer zappelte Holtmann mit Armen und Beinen. Ich setzte alles auf eine Karte und ließ mich auf den Rücken gleiten. Sofort nahm ich Fahrt auf.

»Mehr Seil, ich brauche mehr Geschwindigkeit.« Ich spürte die harten Steine in meinem Rücken, an meinen Beinen, an meinen Armen. Es tat sauweh. Ich steuerte wie beim Schlittenfahren mit den Fersen, schon war ich bei Holtmann. Ich zog meine Beine an, schlitterte rechts an ihm vorbei und gab ihm einen kräftigen Stoß in die Seite. Er änderte seine Richtung und blieb in den Büschen hängen. Geschafft. Sie neigten sich, aber sie hielten.
»Axel, jetzt halten«, schrie ich hysterisch. Denn nun schlitterte ich viel zu schnell auf die Klippe zu. Axel hielt. Zentimeter vor dem Abgrund kam ich zum Stillstand. Mein Puls war bestimmt auf 180. Ich atmete rasselnd.

Ich wartete.
»Thomas, alles O.K.?«, schrie Axel.
»Ja!«, schrie ich zurück. »Zieh an!« Ich versuchte zu Holtmann rüberzurobben. Mühsam drehte ich mich auf den Bauch. Was für Schmerzen. Mit den Füßen und Händen im Geröll, das Seil straff gespannt, bewegte ich mich Trippelschritt für Trippelschritt auf ihn zu.
»Holtmann?«
Ein ächzendes Geräusch war die Antwort.
»Kannst du dich an mir festhalten?«
Ich war nun nah genug bei ihm, um ihm ins Gesicht zu sehen. Er sah mich panisch an.
»Hol mich hier raus. Bitte, hol mich hier raus.«
»Axel!«, schrie ich.
»Ja?«
»Hat Hansi noch ein Seil?«
Ich hörte Stimmen. Sie diskutierten ewig.
»Ja.«
»Lass es runter. Ihr müsst Holtmann hochziehen. Alleine schaff ich das nicht.«
»Was?«
»Lass das Seil runter«, schrie ich, so laut ich konnte.
Ich sah von unten, wie Hansi ein zweites Seil aus seinem Rucksack zog und es Axel gab. Der band es sich um den

Bauch und warf es mir zu. In der Luft wickelte es sich teilweise ab, das lose Ende blieb wenige Meter über mir im Geröll liegen.
»Sorry, soll ich nochmal?«
»Ja«, schrie ich zurück. Mir war jede Pause recht, Hauptsache die Büsche hielten. Allerdings hatte Holtmann inzwischen meine Arme umklammert und hielt sich wie ein Ertrinkender daran fest.
Beim dritten Versuch lag das Seilende fast neben mir. Ich nahm es und band es an Holtmann fest. Ich reckte den rechten Daumen nach oben. »Fertig, hoch, langsam!«
Es war im Grunde nichts anderes, als bei einer dieser Teambuilding-Maßnahmen. Meine Gefährten teilten sich in zwei Gruppen auf, jede war für ein Seil zuständig und unter Axels Kommando zogen sie uns nach oben. Bei mir ging es etwas schneller, da ich tatkräftig mithalf, bei Holtmann dauert es länger, da er die Dynamik eines Kartoffelsacks an den Tag legte. Nun gut, er wäre fast gestorben, so etwas konnte einen bestimmt ziemlich stressen.

23

Ich saß auf einem Stein neben dem Weg und fühlte nichts, außer den Schmerzen an Rücken, Armen, Beinen. Meine Kleidung sah übel aus, Hemd und Hose hatten Löcher, an einigen Stellen war meine Haut aufgeschürft. Schlimmere Wunden schien ich nicht davongetragen zu haben. Giulia und Elke redeten auf mich ein, ich hörte ihnen nicht zu. Ich versuchte erstmal zu verstehen, was da gerade passiert war. Ich ging es in Gedanken durch. Holtmann war gestürzt. Niemand, auch nicht Hansi, hatte ihm geholfen. Ich war in Lebensgefahr gewesen. Immerhin hatten sie dann das Seil gehalten und uns hochgezogen. Und jetzt saßen wir hier, am Leben.

Ich blickte zu Holtmann. Der saß zwei Steine weiter. »Alles in Ordnung, Adalbert?«

Er reagierte nicht, wahrscheinlich stand er noch unter Schock.

»Adalbert?«, sagte ich lauter. Giulia und Elke schwiegen endlich.

»Ist schon in Ordnung, mir geht es gut«, sagte er erstaunlich gefasst.

»Eure Wunden müsst ihr aber desinfizieren«, sagte Cynthia. »Könnt ihr überhaupt weitergehen?«

Interessante Frage. Ich fühlte mich leer und kraftlos, stand aber trotzdem auf und bewegte meine Gliedmaßen. Alles tat weh, aber nichts so, dass es mich vom Weitergehen abhalten würde.

»Es wird gehen.« Ich setzte mich wieder.

Holtmann schüttelte kurz die Beine aus. »Komme klar«, sagte er kurz angebunden. »War nur der Schock, geht schon wieder.«

»Ich habe Desinfektionsmittel dabei«, meldete sich nun auch Hansi zu Wort, der endlich aus seiner seltsamen Lethargie erwacht war. »Aber lasst uns die Wunden unten am Höhenbach versorgen. Dort haben wir Platz und frisches Wasser. Und dann haben wir das steilste Stück

hinter uns.«
Ich glaube, dass alle froh waren, von der Stelle des Sturzes so schnell wie möglich wegzukommen. Wenn ich so in die Gesichter schaute, steckte nicht nur mir der Schrecken noch in den Knochen.
»Sag mal Adalbert, was für einen Rucksack hast du eigentlich?«, fragte Axel.
»Stronghold, wieso?«
»Krasse Marke, der hat ja fast nichts abbekommen. So einen hol ich mir auch.«
Normalität. Axel tat so, als wäre Holtmann nur mal so ausgerutscht und nicht beinahe tödlich verunglückt. War das seine Art, mit dem Erlebten fertig zu werden?
Hansi setzte sich wieder an die Spitze. Obwohl er langsamer ging als vor dem Unfall, zog sich unsere kleine Gruppe sofort weit auseinander. Holtmann humpelte kaum merklich. Er ließ sich an das Ende zurückfallen, noch hinter Axel. Ich hörte, wie Cynthia ihm anbot, ihm Beistand zu leisten.
»Nein, lass nur, ich brauche jetzt etwas Zeit für mich«, antwortete er ihr.
Bei mir lief es erstaunlich gut. Ich spürte zwar jeden Muskel meines Körpers und noch ein paar Abschürfungen mehr, aber das hinderte mich erfreulicherweise nicht wirklich beim Abstieg. Und der war steil.
»Macht kleine Schritte, tretet mit dem Fußballen auf. Versucht, die Beine nie ganz durchzustrecken«, leitete Hansi uns an.
»Warum?«, fragte Elke, die hinter Hansi ging.
»Es geht darum, den Schritt im Oberschenkel abzufedern. Sonst geht's auf die Knie. Ihr habt die Wahl zwischen Muskelkater in den Oberschenkeln oder ganz fürchterlichen Knieschmerzen. Der Muskelkater ist spätestens übermorgen wieder weg.«
Ich versuchte, in kleinen Schritten zu gehen. Es fühlte sich ungewohnt an. Hansi sah das. Er lächelte.
»Wenn ihr geht wie John Wayne, dann ist es genau richtig.«

»Oder als wenn man die Hose voll hätte«, ergänzte ich.
Durch die kleinen Schritte verlor ich schnell den Anschluss, die anderen machten das nicht so konsequent wie ich. Das kam mir ganz gelegen. Ich verstand Holtmann, nach diesem Erlebnis konnte ich etwas Ruhe gebrauchen. Doch auch Cynthia ließ sich zurückfallen. Die brauchte ich jetzt eigentlich nicht.

»Danke«, sagte sie einfach.
»Keine Ursache.«
»Du hast ihm das Leben gerettet«
»Wahrscheinlich«, brummte ich.
»Sei nicht so bescheiden. Kein anderer hätte auch nur den kleinen Finger für ihn gekrümmt.«
Ich sagte lieber nichts, sonst hätte ich ihr zustimmen müssen.
Wir gingen eine Zeitlang wortlos hintereinander.
»Habt ihr das eigentlich mitgehört, gestern Abend auf der Alm?«, fragte sie dann.
»Nun, ja, ließ sich nicht überhören«, gab ich zu.
»Sorry. Ich finde es immer lästig, wenn einem andere Menschen ihr Privatleben aufdrängen. Deswegen fahre ich auch ungern U-Bahn.«
»Das geht mir allerdings auch so«, stimmte ich zu. »Aber jetzt wissen wir wenigstens Bescheid, wie es zwischen dir und Holtmann steht.«
»Das ist kein Geheimnis. Habt ihr euch ja denken können, dass er mich nicht ohne Hintergedanken eingeladen hat, mitzukommen. Aber ich habe ja auch nicht ohne Hintergedanken zugesagt.«
»Ach?«
»Nicht, wie du denkst. Ich schätze ihn als Chef, ich finde ihn auch im Gegensatz zu scheinbar allen anderen hier nicht unsympathisch, aber ich hatte keine konkreten Absichten. Ich suche gerade keinen Mann, ich bin froh, meinen letzten Freund endlich losgeworden zu sein.«
»Du bist frisch getrennt? Ich auch.« Ich hatte das nicht

sagen wollen, es war mir rausgerutscht.
»Dann weißt du, wie das ist, wenn eine Beziehung zu Ende geht. Er konnte nicht loslassen. Wir waren zwei Jahre zusammen. Aber es lief schon seit ein paar Monaten nicht mehr rund. Im Grunde seit die erste Verliebtheit verflogen war. Ich habe zu lange gewartet. Letzte Woche habe ich es ihm dann gesagt. Sehr deutlich. Seitdem ruft er ständig an, schickt Briefe, Blumen, das volle Programm. Ich hatte schon überlegt, die Polizei einzuschalten. Aber Briefe und Blumen zählen nicht als Stalking.«
»Wenn er dich noch so sehr liebt, das ist doch auch ein Kompliment«, wagte ich ihn zu verteidigen.
»Aber ja, er ist auch ein echt Netter. Aber das hilft ihm nichts und mir auch nichts. Da kam das Angebot von Adalbert genau richtig. In den Bergen erreichen mich weder Briefe noch Blumen. Nicht mal Handyempfang hat man hier. Perfekt.«
»Aber dafür Holtmann, der nervt?«
»Ich bin nicht naiv, aber Adalbert hat Manieren. Der macht das mit Charme.«
»Und du spielst mit ihm?«
»Würde ich nie tun«, sagte sie. Ironie hatte ich ihr gar nicht zugetraut. »Wenn du das Selfie meinst, das ist Teil meines Programms. Das kann mein Ex nicht missverstehen.«
»Also ist Holtmann bei dir chancenlos? Hätte ich nicht gedacht.«
»Ich bin nicht auf der Suche. Aber seit gestern habe ich eine etwas differenziertere Sicht auf meinen Chef. Schlimme Szene beim Essen. Sowas gehört sich nicht.«
Wir schwiegen wieder eine Weile. Der steile Weg forderte unsere Aufmerksamkeit, und auch wenn mich meine Schürfwunden nicht nachhaltig am Gehen hinderten, lenkten sie doch ganz schön ab.
»Ich hatte dich nach unserem ersten Gespräch anders eingeschätzt.«
»Wie denn?«
»Sehr auf den Job fixiert.«

»Ich dich auch«, sagte sie.
»Ich habe nicht von meinem Job erzählt.«
»Eben. Und auch sonst wenig. Du kommst ganz schön arrogant rüber.«
»Bin ich nicht.«
»Und ich bin nicht so karrieregeil, wie ich dir weisgemacht habe. Aber ich erzähle nicht jedem sofort meine Lebensgeschichte. Die Berge öffnen dir das Herz. Kaum gehst du mit jemandem, den du gar nicht kennst, drei Stunden durch die Gegend, schon erzählst du Dinge, die du deinem besten Freund nicht anvertrauen würden. Seltsam, oder?«
»Vielleicht weil wir zu Hause so gerne aus unserem Herzen eine Mördergrube machen und so wenig von dem preisgeben, was uns wirklich bewegt. Aber jetzt erzählst du mir von deinem Freund und so?«
»Jetzt kenn ich dich ja auch schon ewig, mehr als einen Tag«, sagte sie und lächelte kokett. Ich musste grinsen.
»Du hast gesagt, du hast dich auch gerade getrennt? Schätze, das war keine flüchtige Beziehung, oder?«
Ich erzählte von Susanne und den Jungs. Cynthia hörte geduldig zu. Ich erzählte von all den Missverständnissen, den faulen Kompromissen, den Streitereien, dem Tag der Trennung. Sie stellte die richtigen Fragen und schwieg an den richtigen Stellen. Und ich war verwundert, wie sehr ich mich in Cynthia getäuscht hatte.

24

Endlich erreichten wir die Stelle, von der Hansi gesprochen hatte. Dort, wo der Roßgumpenbach sich in einem Wasserfall ins Tal ergoss und eine Brücke über den Bach führte, der hier flach und idyllisch abwärts plätscherte. Als sei dieser Fleck von einem Disney-Architekten als Picknickstelle angelegt worden. Inzwischen hatte sich die Sonne den Tag zurückerobert. Sie brannte unerbittlich und uns war wegen des fordernden Abstiegs sowieso schon heiß. Wir ließen uns an der Brücke nieder. Holtmann setzte sich abseits. Hansi und Cynthia waren bei ihm und versorgten seine Schürfwunden. Ich konnte mich jetzt nicht einfach so setzen, ich war noch zu aufgewühlt. Lieber folgte ich dem schmalen Weg zum Wasserfall. Hier, in der engen Felsschlucht, war es so kühl, dass mir etwas fröstelte. Über einige glitschige Steine kletterte ich so nah heran, dass mir Gischttropfen ins Gesicht flogen. Ich spürte das kalte Wasser auf meiner Haut und langsam bekam ich wieder einen klaren Kopf. Die letzte Stunde war ich halb in Trance gegangen. So viele Fragen waren offen und ich war einfach weitergewandert. Ich hielt dem Gefühl der Klarheit noch ein paar Minuten stand. Dann wurde es mir zu kalt und ich kehrte zu der Brücke zurück. Dort herrschte bedrückte Stille. Ich setzte mich zu den anderen. Elke hatte sich gerade eine neue Zigarette angezündet. Giulia wusch sich mit einem Schwamm das Gesicht. Horst aß einen Schokoriegel. Er bot Axel einen an, der nur müde den Kopf schüttelte.

»Da ist ja der Retter«, begrüßte mich Robert mit einem ironischen Unterton, nachdem ich mich schon gesetzt hatte. Ich öffnete meine Stiefel und befreite meine leicht geschwollenen Füße auch aus den Socken und tunkte sie in das frische Bachwasser.

»Wie bist du denn auf die Idee gekommen?«, fragte er mich. Seine Stimme klang feindselig.

»Er wäre gestorben«, rechtfertigte ich mich und wunderte

mich darüber, dass ich mich überhaupt rechtfertigen musste. Streit ist das eine, ein Unfall auf Leben und Tod etwas anderes. So sah ich das jedenfalls.
»Es hätte nicht den Falschen getroffen«, stellte Axel trocken fest.
»Ich finde das nicht lustig«, sagte ich.
»Hansi hat auch nichts unternommen, warum musstest ausgerechnet du dich hervortun?«, fragte Bohne.
»Vielleicht eben weil Hansi nichts unternommen hat?«, fragte ich gereizt. »Was wird das hier? Ein Verhör wegen nicht unterlassener Hilfeleistung?«
»Wir versuchen nur, deine Motivation zu verstehen«, sagte Giulia eisig. Sie begann, ihre Frisur mit einer Bürste zu richten.
»Nächstenliebe?«, fragte ich nicht weniger kalt zurück.
»So hätte ich dich gar nicht eingeschätzt«, spottete Axel.
Ich konnte nicht glauben, was ich da hörte. Machten mir meine Mitwanderer tatsächlich Vorwürfe, weil ich Holtmann gerettet hatte? Oder interpretierte ich in ihre sarkastischen Bemerkungen und schlechten Witze zu viel rein?
»Nächstes Mal fällt er jedenfalls tiefer«, hörte ich Robert Axel zuraunen.
»Das hab ich gehört, Robert«, sagte ich aggressiv.
»Ich habe aber gar nichts gesagt«, entgegnete Robert scheinheilig.
Hansi kam zu uns. »Der Nächste bitte. Komm Thomas, wir sind mit Adalbert fertig, jetzt bist du an der Reihe.«
Ich folgte ihm zu der Stelle, an der Cynthia saß, inmitten von Desinfektionsmitteln, Tape und Mullbinden.
»Bist du eigentlich Krankenschwester oder so was?«
Sie grinste frech. »Ich habe zwei linke Hände, zittere, wenn ich Blut sehe, und klebe Pflaster immer genau in die Wunde. Aber ich habe vor ein paar Wochen einen Ersthelferkurs in der Firma gemacht. Das macht mich in dieser Gruppe zur bestausgebildeten medizinischen Fachkraft.«

Mir fehlte die Energie, um angemessen zurückzugrinsen. Ich zog Hemd, Hose und Funktionsshirt aus und die beiden begutachteten meine Abschürfungen. Nur gut, dass die Zeiten von Jod und Co vorbei waren. Nichts brannte, Cynthia arbeitete schnell, gründlich und geschickt, Hansi assistierte ihr.

»Ist wirklich nicht so schlimm bei dir, Adalbert hat mehr abbekommen«, sagte Cynthia.

»Den Rest schafft ihr ohne mich, ich muss mich auch mal frischmachen. Aufbruch in einer halben Stunde«, verabschiedete sich Hansi.

Es gab keinen Rest, alle meine Wunden waren versorgt. Ich kramte Ersatzkleidung aus meinem Rucksack und zog sie an.

»Schade, versteckst du deine Muskelpakete schon wieder«, frotzelte Cynthia.

»Ich konnte meinen Bauch nicht länger einziehen«, spielte ich das Spiel mit. Dann wurde ich ernst. »Hast du gesehen, wie es passiert ist? Ist er wirklich ausgerutscht? Was hat er gesagt?«

»Nein, genau gesehen habe ich nichts. Ich war ziemlich weit hinten. Es war jemand bei ihm, kurz bevor er stürzte. Wer das war und ob er nachgeholfen hat, das konnte ich nicht erkennen.« Sie überlegte. »Adalbert hat nichts gesagt. Ich habe ihn aber auch nicht gefragt. Er war noch mit sich selbst beschäftigt. Er ist nicht der Typ, der Schwäche zeigt.«

»Ist das Schwäche, wenn man fast umgebracht wird?« Ich ließ sie nicht aus den Augen.

»Es ist Schwäche, wenn man durch eigene Ungeschicklichkeit fast stirbt.«

»Wer ging denn vor ihm, wer hinter ihm? Erster war bestimmt Hansi. Meistens ging Adalbert doch als Zweiter. Wer kam dann?«

»Arbeiten wir mit der Ausschlussmethode. Du warst letzter. Vor dir gingen Axel und Horst. Dann ich, vor mir Elke. Und vor ihr Giulia und Robert.«

Ich dachte nach. »Axel war die ganze Zeit vor mir, aber ob er es in dem Moment auch noch war, weiß ich gar nicht genau. Mist, ich kann mich an die Zeit kurz vor dem Absturz kaum erinnern.«
»Geht mir genauso. Aber das kriegen wir leicht raus, wir befragen die anderen und gleichen deren Aussagen ab.«
»Gute Idee, es sei denn, die stecken alle unter einer Decke.« Ich berichtete ihr von dem seltsamen Empfang an der Brücke.
»Giulia trägt ihm nach, dass er sie verführt hat. Axel, dass er wegen ihm eine Abmahnung kassiert hat. Horst hält ihn sowieso für böse. Und Robert hat gleich zwei gute Gründe, Adalbert zu hassen«, zählte ich auf.
Cynthia staunte. »Axel und Horst auch? Das wusste ich nicht. Was ist mit Elke und Hansi?«
Ich zuckte mit den Schultern. »Soweit ich weiß, kennen sie sich nicht. Wenn es kein Missgeschick war, dürfte einer von den vieren seine Finger im Spiel gehabt haben.«
»Und auf der Pole Position steht zweifelsfrei Robert«, sagte Cynthia.

25

»Unsere Verletzten sind wieder hergestellt, es kann weitergehen«, trommelte Hansi uns zusammen.
Wir trockneten unsere Füße, zogen die Wanderstiefel wieder an, einige erneuerten den Sonnenschutz. Und schließlich hatte auch Robert alles verstaut und war startbereit. Wir warteten gar nicht so lange auf ihn, vielleicht fünf Minuten.
»Unser nächstes Ziel ist Holzgau. Dort wartet ein leckeres Mittagessen auf uns und eine bequeme Taxifahrt. Aber vorher werden wir noch ein ganz besonderes Abenteuer erleben.«
Abenteuer klang gut, dachte ich, das hatte uns an diesem ereignislosen Tag gerade noch gefehlt.
Hansi ging voran, endlich mal in einem Tempo, das alle mitgehen konnten, ohne zu hyperventilieren. Das war mir nach diesem Morgen ganz recht. Trotzdem ging ich am Ende der Gruppe, zusammen mit Holtmann, der noch nicht wieder rund lief. Ich hatte einige Fragen an ihn.
Doch bevor ich die stellen konnte, sprach Gott zu mir. Und er klang ganz menschlich. »Thomas, ich möchte mich bei dir bedanken.«
»Keine Ursache.« Ich hatte ein ›Das hättest du doch für mich auch gemacht‹, auf den Lippen, doch dann war ich mir da gar nicht so sicher.
»Ich bin noch nie so nah am Tod vorbeigeschrammt. Tod ist etwas Abstraktes, selbst wenn du ihn aus der Nähe erlebst, es sind nun mal fast immer die anderen. Klingt jetzt dumm, aber was ich sagen will, es fühlt sich ganz anders an, wenn man plötzlich selbst in Lebensgefahr ist.«
»Adalbert, …«
»Nenn mich doch bitte Bert, niemand sagt Adalbert zu mir. Was für ein schrecklicher Name.«
»Gut, Bert, was ist passiert? Hat dich jemand gestoßen? Wer war das?«, fragte ich eindringlich
»Wie kommst du darauf? Siehst du zu viele schlechte

Filme? Du bist den Weg selbst gegangen. Die Steine waren nass und rutschig. Du passt einen Moment nicht auf und – wutsch geht es abwärts.« Er machte eine kurze Pause. »Du erinnerst dich an Hansis Ansprache. ›Achtet auf den Weg. Ich kann euch da nicht helfen.‹ Wahrscheinlich habe ich mir das Panorama angeschaut und bin einfach weitergelaufen. Kein Problem. Ist ja nochmal gut gegangen.«

Ich glaubte ihm kein Wort. Wen deckte er und warum?

»Bert, du wanderst hier nicht gerade unter Freunden. Axel, Horst, Giulia und allen voran Robert hatten gute Gründe, dir nicht gerade Gesundheit und ein langes Leben zu wünschen, findest du nicht?«

»Wie kommst du darauf?«, fragte er überrascht.

»Du hattest eine Affäre mit Giulia, sie war nicht gut auf dich zu sprechen.«

»Wenn alle meine Affären mir nach dem Leben trachteten, dann hätte ich wirklich ein Problem.« Er rang sich ein Lächeln ab. »Aber Gott sei Dank machen Frauen das typischerweise nicht. Warum auch? Giulias Ehe war längst am Ende, als wir etwas miteinander hatten. Sie wollte es, ich wollte es. Es waren ein paar Wochen voller Leidenschaft. Ich bereue nichts, ich wüsste nicht, warum sie das bereuen sollte. Und deswegen wirft sie mich acht Jahre später einen Berg runter? Ich bitte dich.«

»Axel hat wegen dir fast seinen Job verloren.«

»Erzählt er das? Die Wahrheit ist, sein Chef hatte ihn eh schon auf dem Kieker. Du kennst doch die Helden vom Support, die führen sich auf wie Halbgötter, schieben aber in Wirklichkeit eine ruhige Kugel. Borowski hatte den Supportbereich übernommen und er wollte ein Exempel statuieren. Ich hatte ihn von der Sache mit den gelöschten Daten beim Essen erzählt. Ich wollte Axel nicht reinreiten. Aber verdient hatte er es. Borowski suchte nur nach einem Vorwand. Die Abmahnung hätte er so oder so bekommen, als Schuss vor den Bug. Ist auch schon wieder ein paar Tage her. Deswegen soll Axel versucht haben, mich

umzubringen? Wenn das Axels Stil ist, dann möchte ich aber nicht in Borowskis Haut stecken.«
Ich schluckte. »Und Bohne?«
»Thomas, ich bitte dich«, er sprach das gedehnt und ungläubig aus. »Du weißt und ich weiß, dass er nur in der Firma ist, weil Axel ihn geholt hat. Bohne kann nichts und jeder ist froh, wenn er nicht bei ihm aufkreuzt. Axel macht immerhin Dienst nach Vorschrift. Bohne arbeitet gar nicht. Borowski ist auf Axel angewiesen, nur deswegen ist Bohne noch in der Firma. Der hat gegen mich genauso viel wie gegen dich oder irgendjemand anderen, der ihn in seiner Ruhe stört. Aber ein Mörder? Also wirklich.«
In Sachen Bohne gab ich ihm recht. Unwahrscheinlich. »Aber Robert. Der ist nun wirklich nicht dein bester Freund.«
Holtmann schwieg.
Ich wartete.
»Nein. Mein bester Freund ist er nicht. Aber er war tatsächlich mal mein Freund. Bis zu dieser Sache mit dem Abi. Er hat mir die Schuld dafür gegeben, dass er es nicht geschafft hat. Aber ganz ehrlich? Das war eine Ausrede.«
»Du hast nicht bei ihm abgeschrieben in der Abi-Prüfung?«
»Das hat er erzählt?«, wunderte sich Holtmann.
Ich berichtete kurz von Roberts Version.
»Ja, ich habe in Physik abgeschrieben. Aber nur eine Aufgabe. Ich hätte auch ohne die bestanden, denn er hatte sie nicht richtig gelöst. Mit seiner schlechten Note hatte ich nichts zu tun.«
»Und dein Onkel?«
»Das sind diese Geschichten. Seit dem Schlötterer mit seinem ›Macht und Missbrauch‹ traut man den Bayern und der CSU ja alles Mögliche zu. Aber Bayern ist keine Bananenrepublik. Es ist praktisch unmöglich, auf eine Abiturprüfung Einfluss zu nehmen. Robby hat schon immer gern die Schuld bei anderen gesucht. Er ist durch die Prüfung gefallen. Er hätte die ja wiederholen können.

Aber am Ende war es sein Vater, der sowieso nie wollte, dass sein Sohn Abi macht. Gegen den hat er sich nicht durchsetzen können.«

»Warum gibt er dir die Schuld?«

»Ich glaube, es ist Neid. Robby und ich, wir sind beide Arbeiterkinder. Unsere Väter waren beide bei der Waldstein AG in der Produktion. Damals, als das Kerngeschäft noch Metallverarbeitung war. Das waren echte Malocher. Die haben sich noch die Hände schmutzig gemacht. Das war harte Arbeit. Bei meinem Vater war mit fünfzig der Rücken kaputt, mit achtundfünfzig ist er in Frührente gegangen und zwei Jahre später am Krebs verreckt. Meine Mutter war in ihrem Leben genau zweimal im Urlaub. Einmal in Bad Reichenhall und einmal am Gardasee. Thomas, ich wollte da raus. Das hab ich mir schon in der vierten Klasse vorgenommen. Ich hatte ein Buch über einen Selfmade-Millionär gelesen. Klingt jetzt wahrscheinlich großkotzig und blöd. Aber ich wollte was aus mir machen. Das war mein Vorbild. Ich war ein kleiner Bub in einer bayrischen Kleinstadt und träumte den American-Dream. Und so ein bisschen habe ich ja auch geschafft in meinen Leben. Und Robby ist im mittleren Dienst bei der Post gelandet. So sieht es doch aus.«

26

»Da ist sie«, unterbrach uns Hansi. »Das ist die Brücke über die Höhenbachtalschlucht. Das ist eine der größten freischwebenden Hängebrücken der Alpen.«
In der Tiefe rauschte der Bach, wir konnten ihn kaum hören. Wir alle starrten auf das Brückenungetüm vor uns.
»Fuck«, sagte Holtmann leise.
Axel und Robert wurden blass. Auch ich fühlte mich eher flau.
Hansi sah uns an und lächelte. »Die Brücke ist zweihundert Meter lang. Mitten über der Schlucht ist sie hundert Meter hoch. Und keine Sorge. Seht ihr die Seile, mit denen sie abgespannt ist? Die verhindern zu starke Schwingungen.«
»Was genau meinst du mit *zu starke Schwingungen*«?, fragte ich.
»Nun ja«, wieder lächelte Hansi, vielleicht ein wenig boshaft, »so eine Hängebrücke schwingt immer, die kriegst du nicht ruhig. Aber wegen der Abspannseile macht das nichts, sie reißt sich nicht aus ihrer Halterung.«
»Ich glaube, mir wird schlecht«, sagte Axel und seiner Gesichtsfarbe nach schien das nicht nur so dahingesagt.
Die Brücke war aus Stahl, der Boden bestand aus einem Gitter, man konnte hindurchsehen, geradewegs in den Abgrund.
»Wer mag anfangen?« Hansi schaute betont freundlich in die Runde.
Elke meldete sich. Ihr schien die Höhe nichts auszumachen. Sie ging hinüber, machte unterwegs noch kurz ein Foto und winkte uns lächelnd von der anderen Seite zu.
»Ihr müsst übrigens nicht einzeln gehen, die Brücke ist für bis zu 630 Personen gleichzeitig zugelassen.«
Fakten konnten uns nicht überzeugen. Als nächste ging Giulia. Sie hielt sich am Geländer fest und ging langsam und konzentriert, aber ansonsten ohne Probleme. Ihr

folgte Cynthia, die fast so lässig unterwegs war wie Elke. Nun machte sich Bohne auf den Weg. Er hielt sich am Stahlseil fest, das als Geländer diente. Er ging langsam. Sein Blick war starr auf das Ziel geheftet. Er schaffte es. Jetzt blieben nur noch die Angsthasen und Hansi. Alle schauten betreten zu Boden, niemand wollte als Nächstes gehen.

»Na gut, ich machs«, sagte Bert schließlich. Langsam näherte er sich der Brücke.

»Brauchst du Hilfe?«, fragte Hansi.

»Geht schon.« Seine Stimme klang anders als sonst, etwas höher, weniger sicher.

Er ging noch langsamer als Bohne. Nach einem Drittel der Strecke hielt er an. Der Wind frischte auf, die Brücke begann stärker zu Schaukeln als bisher. Ein kurzer Schrei.

»Ich helfe ihm«, sagte Robert und schaute finster.

Ich hielt ihn am Arm. »Warte, er schafft das auch alleine.« Der Gedanke, Robert und Holtmann allein auf der Brücke zu haben, beunruhigte mich, warum auch immer.

»Sag mal, Axel«, nutzte ich die Wartezeit. »Wie war denn das eigentlich heute Morgen. Hast du das gesehen, wie er abgerutscht ist?«

Axel sah mich argwöhnisch an. »Nein, dafür war ich viel zu weit hinten. Ich habe nur seinen Schrei gehört. Warum?«

»Wer ist denn hinter ihm gegangen?«

»Schätze mal Robert. Oder?«, er blickte zu ihm.

»Ja, glaube schon. Hab auch nicht so genau drauf geachtet. Warum willst du das wissen?«, fragte Robert.

»Vielleicht ist Holtmann nur ausgerutscht«, sagte ich.

»Die Steine waren glitschig«, sagte Robert.

»Weißt du ja selbst«, ergänzte Axel und lächelte vielsagend.

»Adalbert. Ich komme zu dir«, rief Hansi. Holtmann stand immer noch wie versteinert. Seine Arme zitterten. »Ich kann nicht mehr weitergehen.«

»Doch, du kannst. Schließe die Augen. Stell dir vor, du gehst auf einem festen Weg. Und dann setze einen Fuß vor

den anderen.«
»Feste Wege wackeln nicht.«
Hansi stöhnte leise. »Stell dir vor, du gehst über einen Steg auf einem See. Der wackelt, aber er ist festgemacht. Es kann nichts passieren.«
Gottseidank hatte der Wind nachgelassen. Bert setzte den rechten Fuß vor. Endlich. Und dann den linken. Rechts, links, rechts, links. Es dauerte, aber er bewegte sich.
»Das wird mir zu langweilig. Ich gehe jetzt auch«, sagte Robert. Axel ging ihm nach. Ich wollte die beiden nicht alleine aufschließen lassen und folgte ihnen.
»Na, jetzt könnt ihr es gar nicht mehr abwarten?« Hansi setzte sich auch in Bewegung.
Bert hatte die Mitte der Brücke erreicht, als wir ihn einholten. Wieder kam ein Windstoß und wieder wackelte die Konstruktion bedenklich. Auch ich klammerte mich mit beiden Händen an den Seilen fest. Robert und Axel schauten sich ängstlich um. Robert war weiß im Gesicht, Axel eher grün. Aber an Holtmann kamen wir nicht vorbei. Zurück wollte auch niemand. Hansi stand hinter uns und lächelte. Weidete er sich etwa an unserem Unglück? Was für ein absurder Gedanke. Ich versuchte, nicht in den Abgrund zu blicken. Hier waren wir hundert Meter vom Grund entfernt. Wer hier fiel, der überlebte das nicht.
»Da hinten könnt ihr schon Holzgau sehen. Da wartet unser Mittagessen.«
Das Ziel zu sehen war beruhigend. Der Gedanke an eine Mahlzeit war es nicht.
Bert ging Schritt für Schritt. Wir standen alle viel zu nah zusammen. Langsam fühlte ich Panik in mir aufsteigen. Ich erinnerte mich an Hansis Worte. Er hatte recht, Angst entsteht im Kopf, wir können unserem Gehirn eine andere Erklärung für das liefern, was es sieht und die Angst vertreiben. Ich stellte mir vor, ich sei in einem Vergnügungspark und diese Brücke wäre eine täuschend echte Installation mit 3-D-Projektion. Es funktionierte,

meine Muskeln entspannten sich. Zwanzig Minuten später waren wir alle auf der anderen Seite der Schlucht angekommen.
»Wo wart ihr so lange? Habt ihr schon mal überlegt, wo man das Bungee-Seil am besten befestigt?«, fragte Elke.
Axel sagte nichts. Er war jetzt grün wie ein Frosch. Er schaffte es gerade noch zum nächsten Baum, dann übergab er sich.
»Na Axel, morgen auch lieber Müsli?«, foppte ihn Cynthia. Die wurde ja richtig witzig.

27

Vom Ende der Brücke zum Hotel Bären in Holzgau war es nur noch ein Katzensprung. Meine sieben Mitwanderer, mehr oder minder vom Brückenabenteuer gezeichnet, ließen sich draußen unter einem großen Sonnenschirm nieder. Hansi stapfte zur anderen Seite des Hauses. So sehr mich interessiert hätte, was Axel zum Essen bestellen würde, folgte ich doch Hansi. Angenommen Holtmann war wirklich nur ausgerutscht, so blieb Hansis Reaktion seltsam.

»Darf ich mich zu dir setzen?«

Hansi schaute auf und lächelte. »Ja gerne. Ich warne dich aber lieber gleich, ich muss mich erst noch um die Taxen kümmern. Alle, die den E5 gehen, lassen sich von hier aus fahren. Es macht einfach keinen Spaß, das ganze lange Tal zu durchlaufen. Da gibt's auch nicht viel zu sehen. Und wenn man Pech hat, kann man hier richtig lange warten.«

»Kein Problem, wollte mich sowieso mal ein bisschen aus der Gruppe ausklinken, um etwas Ruhe zu haben«, gab ich einen Grund an, der gar nicht so falsch war.

Hansi telefonierte. Es schien tatsächlich nicht ganz einfach zu sein, aber nach zehn Minuten lächelte er zufrieden. »Passt.«

Wir bestellten große Johannisbeerschorlen und Tiroler Gerösteltes und beobachteten, wie immer wieder neue Wanderer eintrafen.

»Sag mal Hansi, hast du gesehen, wie Holtmann abgestürzt ist?«

Sein freundliches Gesicht wurde ernst. »Nein, er war ja hinter mir. Erst als er schrie, drehte ich mich um. Doch da rutschte er schon.«

Klang logisch. Wenn Hansi keine aktive Rolle gespielt hatte.

»Wer stand denn hinter ihm?«

»Du meinst, wer hinter ihm gegangen ist? Denke das war Robert. Oder Cynthia, wie sonst immer? Oder Axel? Der

stand da auch, als wir das Seil hielten.«
Das war wenig hilfreich. Entweder erinnerte er sich wirklich nicht oder wollte sich nicht erinnern oder mich ganz bewusst verwirren.
»Warum interessiert dich das so brennend? Glaubst du nicht, dass Holtmann ausgerutscht ist? Der Weg war nass …«, fragte er mich.
»Ja, ja, und die Steine waren rutschig. Ich weiß.« Ich unterdrückte meinen Ärger. Warum hatte ich das Gefühl, er wollte mich für dumm verkaufen?
Die Getränke kamen. Wir stießen an. Oh, wie erfrischend das war. Die Österreicher wussten, wie groß ein Glas sein musste, um den Durst zu löschen und nicht nur noch mehr Durst zu machen.
»Was mich wirklich interessiert ist, warum du nichts gemacht hast«, nahm ich den Faden wieder auf.
Er sah mich an und schwieg. Ich hielt die Stille aus.
»Weißt du, Thomas«, begann er dann unvermittelt doch noch zu sprechen, »da standen Sträucher. Die haben ihn aufgehalten. Es war mutig von dir, ihm hinterherzurutschen. Aber das war auch ganz schön leichtsinnig. Wenn die Sträucher nicht gewesen wären, hätten wir ihn verloren. So oder so.«
Ich trank. Das entsprach ganz und gar nicht meiner Erinnerung. Ohne mich hätte er die Sträucher verfehlt und wäre in den Tod gerutscht. Hatte Hansi das nicht gesehen?
Das Geröstelte kam. Wir waren beide hungrig und machten uns über Bratenstücke und Kartoffeln her. Noch etwas, das sie wirklich gut konnten, die Österreicher.
»Du hast dir mit der Aktion nicht gerade Freunde gemacht«, sagte Hansi.
Ich sah erstaunt auf. »Hast du auch was gegen Holtmann?«
Er schmunzelte. »Es wird ja so dies und das erzählt. Und die Szene beim Abendessen ist mir nicht entgangen. Einige aus der Gruppe kennen Holtmann und sind nicht gut auf ihn zu sprechen. Dass du seinetwegen Kopf und Kragen riskiert hast, wissen sie nicht zu schätzen. Hättest du dich

bei der Aktion ernsthaft verletzt, hätte das das Ende dieser Tour sein können.«
Ich schluckte. Das Gespräch nahm eine unerwartete Wendung. Holtmann war in Lebensgefahr gewesen und alles, was wir diskutierten, war, ob die Tour hätte abgebrochen werden müssen? Wenn Holtmann gestorben wäre, wäre das Schlimmste daran gewesen, dass wir die Tour hätten abbrechen müssen?
»Hansi, ich muss noch telefonieren.«
»Das Taxi kommt um eins, du hast noch fünf Minuten Zeit.«
Danke. Ich legte einen Zwanzig-Euro-Schein auf den Tisch.
»Zahlst du für mich mit?«
Hansi nickte. Ich ließ die Hälfte des Geröstelten stehen, den Rest Schorle trank ich mit einem großen Schluck. Das, was Hansi gesagt hatte, musste ich erstmal verdauen. Und ich wollte endlich mit meinen Söhnen sprechen. Ich zog das Handy aus der Tasche und presste meinen rechten Zeigefinger auf den Home-Knopf. Nichts geschah. Ich konnte es nicht glauben. Ich hatte vergessen, es auf Flug-Modus zu stellen und aufgeladen hatte ich es auf der Kemptner Hütte auch nicht. Der Akku war leer. Ich fluchte still vor mich hin. Fieberhaft dachte ich nach. Ich würde mir einfach ein Handy leihen, hatte doch sicherlich jeder eins dabei. Ich ging um das Hotel zur anderen Seite, wo meine Wanderkameraden saßen und traute meinen Augen nicht. Sie waren alle am telefonieren. Alle, bis auf Axel.
»Axel, du bist meine Rettung«, begrüßte ich ihn.
Er sah mich an wie einen Fremden.
»Kannst du mir mal dein Handy leihen? Ich müsste mal dringend telefonieren.«
Ein Lächeln huschte über sein Gesicht. »Sorry, Akku ist leer. Ich hab vergessen es aufzuladen.«
Mist. Immerhin war ich nicht der einzige Volltrottel hier.

28

Punkt eins fuhr ein feuerroter Kleinbus vor. Der Fahrer stieg aus. Das einzig Sportliche an ihm war seine Sonnenbrille, ich fragte mich, wie er hinter das Steuer gepasst hatte. Er winkte Hansi zu, man schien sich zu kennen.

»Jetzt kommt der gemütliche Teil dieser Etappe«, sagte Hansi und verschaffte sich einen Überblick. »Wo sind denn Giulia und Robert?«

»Ich glaube, die wollten ihre Wasserflaschen auffüllen«, sagte Axel.

»Kannst du sie bitte suchen und ihnen ausrichten, dass das Taxi nicht wartet?« Hansi wirkte sichtlich nervös.

Cynthia war ein paar Meter in Richtung der malerischen Kirche gegangen und hatte eine Fotoserie geschossen. Was sie mit denen wohl anfangen wollte? Erst als sich unsere Blicke trafen, verstand ich, zog mein Handy raus und tat so, als würde ich auch Kirchenbilder machen. Siedend heiß fiel mir ein, dass es ja nicht geladen war und es besser niemand sehen sollte, dass der Bildschirm dunkel blieb.

»Das hat ja gedauert«, begrüßte mich Cynthia schnippisch. »Du hast doch wohl nicht im Ernst gedacht, ich steh auf Kirchen?«

Ich sagte ihr lieber nicht, dass ich in dem Moment gar nicht gedacht hatte und dass ansonsten die Vorlieben von Frauen nicht vorhersehbar waren. »Nein, natürlich nicht, ich wollte nur nicht direkt hinterher, das wäre zu auffällig gewesen.«

Sie nickte. »Ich habe mit Giulia und Elke gesprochen. Beide sagten, dass kurz vor dem Unfall Axel hinter Adalbert ging. Und direkt hinter Axel ging Robert. Danach war eine Lücke. Sie sind sich ziemlich sicher, denn nach dieser Lücke gingen die beiden.«

»Na wunderbar. Axel und Robert behaupten das Gegenteil. Axel sei relativ weit hinten gewesen.«

»Und was sagt Hansi?«

»Er legt sich nicht fest, will sich nicht genau erinnern können.«
»Warum hat er nicht geholfen?«
Ich erzählte ihr von Hansis seltsamer Ausrede.
Sie dachte einen Moment nach. Wir sahen Axel, Giulia und Robert kommen.
»Das beweist natürlich nichts. Aber auch wenn es ein Unfall war, irgendetwas in dieser Gruppe stimmt nicht.«
»Was meinst du?«, fragte ich neugierig.
»Wir müssen zum Bus.«

Wir hatten uns kaum angeschnallt, da gab der Fahrer Gas. »Ich bin der Tobias«, begrüßte er uns in seinem Dialekt. Ich schätzte ihn auf Mitte zwanzig. »Ihr wundert euch vielleicht ein bisschen über meine Fahrweise, aber keine Angst. Ich bin die Strecke schon ein-, zweimal gefahren.«
An der nächsten Kreuzung kamen wir gerade noch vor dem Stop-Schild zum Stehen. Zwei Autos rauschten vorbei.
»Komisch, normalerweise kommt hier nie einer«, scherzte unser Fahrer.
Er beschleunigte so, dass wir in die Sitze gedrückt wurden. Mit hundertvierzig jagten wir über die Bundesstraße. Angst vor Geschwindigkeitskontrollen schien er nicht zu kennen. Schon nach kurzer Zeit bog er in eine Seitenstraße ein. Er reduzierte die Geschwindigkeit nur unwesentlich.
»Schätze, hier gibt's weder Menschen noch Tiere«, sagte Axel zu Bohne. Die beiden saßen neben mir in der letzten Reihe.
»Warum?«, fragte der.
»Wurden alle totgefahren.« Die beiden lachten grölend.
»Seht ihr den Friedhof da zur Rechten?«, meldete sich unser Fahrer zu Wort. Mir wäre es lieber gewesen, er hätte sich voll und ganz auf die Straße konzentriert.
»Da liegen die ganzen Fahrer unseres Taxiunternehmens, die sich totgefahren haben.«
Darüber konnte ich nicht mal schmunzeln. Wir nahmen

eine Kurve so sportlich, dass es mich gegen die Wand des Transporters drückte. Die Straße wurde schmaler. Rechts war Wald, links ging es hinab ins Tal, wir gewannen langsam an Höhe.
»Diese Fahrt erspart uns mehr als vier Stunden relativ eintönige Wanderung. Am Anfang hätten wir an der Hauptstraße entlang gehen müssen. Hier wird es netter und dieser Abschnitt wird tatsächlich gelegentlich gewandert«, erläuterte Hansi. In seiner rechten Hand hielt er lässig die Halteschlaufe der Beifahrertür.
Davon würde ich dringend abraten, dachte ich bei mir. Es sei denn, man war bereit, beherzt in den Wald zu springen, wenn ein Taxi kam.
Die Straße wurde noch enger und beschrieb Kurven. Tobias fuhr nun etwas langsamer, aber das war immer noch viel zu schnell.
»Keine Sorge. Hier fährt sonst keiner. Hier ist ja nichts außer dem Materiallift zur Memminger Hütte.«
Genau in dem Moment kam uns ein anderes Taxi entgegen. Tobias verzog keine Miene. Er schlug das Steuer hart ein. Die Straße war hier nicht geteert, die heftige Bewegung brachte den Wagen ins Schlingern und wirbelte so viel Staub auf, dass wir fast nichts mehr sahen. Die, die links an der Scheibe saßen, schworen später, dass die Außenspiegel sich berührt hätten. In der Gegenbewegung schleuderte unser Kleinbus auf den Abgrund zu. Wieder riss Tobias das Lenkrad mit einem Ruck herum. Angeblich stand unser linkes Hinterrad bereits über dem Nichts. Ich sah das nicht, ich saß rechts. Und außerdem war da der Staub. Und die Panik. Das wär es ja noch, auf einer einwöchigen Wanderung in einem Auto zu sterben. Nach dieser Aktion fuhr Tobias den Rest der Strecke tatsächlich mit mäßigem Tempo. Endlich kam das Fahrzeug zum Stehen und ich torkelte heraus, so sehr hatte mich die Fahrt mitgenommen. Axel sah schon wieder ungesund aus, er hatte die Schwingbrücke wahrscheinlich noch nicht ganz überwunden und nun das. Hansi drückte Tobias ein

Trinkgeld in die Hand. Der Lohn dafür, dass er uns lebendig abgeliefert hatte.
»Fahren die immer so?«, krächzte ich, als Hansi sich wieder zu uns gesellte.
»Eine Alpenüberquerung ist kein Kindergeburtstag«, sagte er mit seiner heiseren Stimme. »Die Gefahr lauert überall.«
Ich wusste nicht, ob das ein Scherz sein sollte.

29

Im Umpacken vom großen in den kleinen Rucksack waren wir nun geübt. Ich hatte mir auf der Kemptner Hütte eine Flasche Wasser gekauft. Daher sparte ich mir das umständliche Umlagern des Schlauchs, ich steckte einfach die Flasche in den kleinen grünen Rucksack. Selbst Robert war kurz nach allen anderen fertig, und noch bevor Elke ihre Gauloise ausgeraucht hatte, waren unsere Rucksäcke bereits auf dem Weg nach oben. Immerhin hatten wir 800 Höhenmeter vor uns, unser Ziel lag auf 2242 Meter.
»Normalerweise sollten wir ungefähr zweieinhalb Stunden brauchen«, sagte Hansi. Er schaute zu Axel und Horst. »Bei der Hitze kann es aber auch etwas länger dauern. Wir lassen das lieber langsam angehen.« Was Hansi alles unter langsam verstand, hatten wir schon erfahren. Ich war gespannt. Wir gingen auf einem Metallsteg über den Parseier Bach. Gleich dahinter führte der Weg an Latschenkiefern vorbei steil bergauf. Es dauerte keine zehn Minuten, da schnaufte Axel schon laut. Bohne schnaufte leiser, und auch Giulia hing schon etwas zurück. Holtmann hingegen lief zu alter Form auf. Er klebte wieder an Hansi. Cynthia und ich versuchten, an Holtmann dran zu bleiben.
»Für deine Größe bist du wirklich flott unterwegs«, lobte ich sie.
»Findest du, ich bin sehr klein?«
»Nein, ich meine das wirklich als Kompliment. Du hast eine gute Kondition.«
»Danke.«
»Du trainierst viel?«
»Kann man so sagen. Ich war schon immer die Kleinste, von der ersten Klasse an. Meine Mutter war sehr ehrgeizig, ich wurde früh eingeschult. Also musste ich mich immer anstrengen, um mitzuhalten.«
»Sie war eine russische Turntrainerin?«, witzelte ich.
Cynthia lächelte. »Nicht ganz. Eine Kroatin. Und keine Turntrainerin. Ärztin. Meine Mutter ist in Armut

aufgewachsen. Die Familie ist nach Deutschland ausgewandert. Sie hat sich alles erarbeitet, war immer sehr ehrgeizig. Und diesen Ehrgeiz hat sie auch mir mitgegeben. Da hat sie vielleicht wirklich Ähnlichkeit mit einer russischen Turntrainerin. Du musst immer die Nummer eins sein, hat sie mir eingeimpft. Und was du im Kopf hast, das kann dir keiner wegnehmen, war ihr anderes Mantra.«

»Und du warst immer die Nummer eins?«

Sie lächelte verlegen. »Schon.«

»Dann sag mir doch mal, Nummer eins, reicht Roberts Motiv für einen Mordversuch?«

Wir gingen jetzt mit einigem Abstand zu Holtmann. Der schaute sich gelegentlich nach uns um. Ich konnte mir schon denken, dass er es nicht gerne sah, dass wir zwei uns so angeregt unterhielten. Sein Problem. Wir gingen immer noch ein ganzes Stück vor Giulia und Robert. Die diskutierten allerdings so laut, dass uns immer wieder Wortfetzen erreichten. Über irgendetwas waren die sich ganz und gar nicht einig. Ehepaar halt, dachte ich.

»Robert glaubt, dass Holtmann daran schuld ist, dass er es beruflich nicht weit gebracht hat. Dabei ist es völlig unerheblich, ob das stimmt oder nicht. Für ihn ist das eine Tatsache«, sagte Cynthia.

»Und er weiß nun mit Sicherheit, dass das, was er immer vermutet hat, stimmt. Holtmann hatte was mit seiner Frau«, ergänzte ich.

»Ich glaube, das ist ihm nicht so wichtig. Hör sie dir an. Die sind nur noch wegen der Kinder zusammen.«

»Und sein mittlerer Sohn ist vielleicht von Holtmann. Und das wusste er bisher nicht. Wenn das stimmt, wäre das ein starkes Motiv. Und ein Frisches.«

»Aber könnte sein Hass sich dann nicht genauso gut gegen seine Frau richten?«, fragte sie.

»Oder gegen beide«, überlegte ich.

»Was für ein unglaublicher Zufall, dass ausgerechnet die drei gemeinsam auf einer Transalp sind.«

»Das ist auch so eine Sache. Praktisch niemand ist aus eigenem Antrieb hier. Viele haben die Reise gewonnen oder sind auf andere Weise mit der Nase draufgestoßen worden.«
»Oder haben sich nicht mal selbst angemeldet. So wie ich.«
»Aber immerhin bieten die Alpen die weltbesten Sonnenuntergänge«, dachte ich laut.
»Du magst Sonnenuntergänge?«, fragte Cynthia.
Ich schluckte. Ich hätte nicht davon anfangen sollen. Susanne hielt das für einen Spleen und zog mich regelmäßig damit auf, gerne auch vor Freunden. Doch Cynthia sprach weiter: »Ich finde die auch total toll. Auch wenn es kitschig ist. Aber ich mag auch Vampirserien und Robbie Williams.«
»Jede Frau mag Robbie Williams. Aber Vampirserien sind cool. Auf die steh ich auch.«
Wir tauschten uns die nächste Stunde über Vampire aus. Nach den Serien arbeiteten wir uns durch Filme und die einschlägigen Literaturklassiker, immer wieder durch argwöhnische Adalbert-Holtmann-Blicke begleitet.

Wir kamen an einen Wasserfall und staunten.
»Das ist der Sewibach. Aber kommt nicht auf die Idee, hier eure Flaschen aufzufüllen«, belehrte uns Hansi. Sein Blick galt vor allem Axel, der schuldbewusst seine Flasche entleerte und wieder in den Rucksack tat.
»Die ach so sauberen Gebirgsbäche müssen nicht sauber sein. Ihr müsst wissen, wo sie herkommen. Wenn, wie in diesem Fall, oben eine Hütte liegt, ist schon mal Vorsicht geboten. Aber auch ohne Hütte kann so ein Bach verunreinigt sein. Da muss ja nur weiter oben der Kadaver eines Steinbocks vor sich hinfaulen.«
Bald näherten wir uns dem letzten Abschnitt. Es wurde kühl und schattig, hier lag noch Schnee. Hansi zeigte uns, wie wir die Schuhe fest einbohrten, um besser Halt zu bekommen. Ich merkte in jedem Muskel meines Körpers, wie lang der Tag sich gezogen hatte und wie steil dieser

Aufstieg gewesen war. Jeder Schritt zehrte nun doppelt. Und nach dem Schnee kam Fels. Es war eine Erlösung, als die Memminger Hütte endlich vor uns lag. Ich stemmte die Hände in die Hüften und atmete tief durch. Dann warf ich einen Blick zurück. Giulia hatte es auch geschafft. Allerdings sah man ihr die Strapazen dieses Tages an. Das nasse Haar hing ihr in Strähnen ins Gesicht.
»Kompliment, du siehst auch ungeschminkt gut aus.« Sie schien mich nicht zu hören. Ein gutes Stück hinter ihr kämpften Axel und Bohne. Man hörte ihr Keuchen, bevor man sie sah, aber schlussendlich schafften auch sie es.
»Und das da«, Hansi zeigte mit einem seiner Stöcke auf einen Gipfel direkt hinter uns, »ist der Seekogel. Da gehen wir nach dem Abendessen rauf.«
Axel, der hechelnd auf seine Stöcke gestützt stand, starrte ihn an, als sei er plötzlich und unerwartet verrückt geworden.
»Ohne mich. Mir reicht´s.«

30

Die Hütte war völlig überlaufen. Auf der Terrasse wimmelte es von Menschen und immer noch kamen Wanderer an. Ich fand nur mit Mühe einen Platz für meine Stiefel im Regal im Eingangsbereich, und ich war schon sehr gespannt, ob ich am nächsten Morgen meine Stöcke wiederfinden würde. Der Metallkasten, in den ich sie gestellt hatte, sah aus wie eine unsortierte Mikadosammlung. Immerhin hatte ich Glück mit meinem Rucksack, er lag ganz oben auf dem Stapel, der sich neben dem Materiallift gebildet hatte. Ich räumte ihn etwas zur Seite, ein Bett würde Hansi uns später zuteilen. Ich war schon gespannt, wo. Ich hätte zum ersten Mal gerne den Trockenraum genutzt, mein Hemd war komplett durchgeschwitzt. Es war mir zwar als Funktionshemd verkauft worden, trocknete aber eher langsam und widerwillig. Aber der Trockenraum war heute nicht zum Trocknen gedacht, sondern sollte als Ausweichquartier dienen, ebenso wie die Wirtsstube. Unangenehme Gerüchte über das Übernachten in einem Ziegenstall kursierten. Doch vor allem hatte ich Durst. Ich öffnete die Tür zum Schankraum und eine Stimmwolke dröhnte mir entgegen. Vor dem Ausschank hatte sich eine lange Schlange gebildet. Ich suchte nach vertrauten Gesichtern. Zum Glück wurden für die Bergschulen auf den Hütten Tische reserviert, andere Plätze waren nicht frei.
»Rückt zusammen«, sagte Hansi. Ich quetschte mich auf die Bank.
»Muss ich noch mein Essen wählen?«, fragte ich etwas panisch. Ich hatte Hunger, alle anderen schienen schon bereit.
»Zu spät, sie haben nicht genug für alle. Du kriegst nichts«, erklärte Axel und grinste dabei so albern, dass ich ihn keine Sekunde lang ernst nahm.
Hansi lächelte. »Hier gibts nichts zu wählen. Es gibt Hirschgulasch mit Spätzle für alle.«

Cynthia kam und es war wirklich kein Platz mehr an unserem kleinen Tisch. Ich schielte aus dem Fenster. Obwohl draußen noch immer die Sonne schien, war es auf der Terrasse leer geworden, alle hatten Hunger.
Holtmann bot ihr an, sich seinen Stuhl zu teilen. Sie schüttelte den Kopf und machte ein Gesicht, das ich gerne fotografiert hätte.
»Lasst uns draußen essen. Da haben wir mehr Platz und die Luft ist besser«, schlug ich vor und erntete einen dankbaren Blick von Cynthia.
»Geht denn das?«, wandte Holtmann ein.
»Fragt eure Bedienung«, schmunzelte Hansi.
»Ja, mach ich doch gerne, gute Idee«, bot Giulia ihre Hilfe an.
Kaum hatten wir unseren Tisch verlassen, stießen die Geier herab und rangelten sich um die freigewordenen Plätze. Erst als wir unsere Köpfe nach draußen steckten, spürten wir, wie schlecht die Luft da drinnen gewesen war.
Das Essen war nicht schlecht. Die Stimmung schon. Nicht mal Axel und Bohne machten Witze, das Gespräch war so zäh wie die halbgaren Spätzle.
Holtmann zog immer wieder eine schmerzverzerrte Grimasse, wenn er zum Beispiel die Gulaschschale annehmen und weiterreichen musste. Er machte es beiläufig, so als wolle er es verbergen, gab sich aber Mühe, dass es jeder sah.
»Adalbert, geht es? Brauchst du Hilfe?«, fragte Cynthia höflich ihren Chef. Für eine Sekunde blitzte es erfreut in seinen Augen.
»Ach lass nur, es geht schon«, sagte er kaum leidend. »So schlimm ist es nicht. Ich hab es ja überlebt.« Er warf mir bei ›überlebt‹ einen Blick zu, der nicht so dankbar war, wie ich erwartet hätte. »Der Mör-der«, er sagte das langgezogen und ironisch, »war wohl blutiger Anfänger.« Er blickte mich noch immer an, auffordernd. »Aber vielleicht war es ja doch nur ein Unfall?« Erwartete er wirklich, dass ich darauf einstieg? Bevor ich allerdings überhaupt etwas sagen

konnte, war Robert rot angelaufen.
»Was heißt denn hier Mörder? Wer sagt denn sowas immer?« Er knetete mit seinen Händen, presste seine Lippen zusammen, entspannte, presste zusammen. Ich fand es faszinierend zu sehen, wie es in Robert arbeitete. Wahrscheinlich führte er einen inneren Dialog mit dem geläuterten Eso-Robert, der zu einer Meditation auf Om riet. Plötzlich sprang Robert auf, sein Löffel fiel zu Boden, und er ging schnellen Schrittes in Richtung Hüttenrückseite. Om-Robert schien den Disput gewonnen zu haben.
»Super, Thomas. Sauber hingekriegt«, sagte Axel.
»Wieso ich?«, fragte ich überrascht. »Ich hab doch kein Wort gesagt.«
»Tu doch nicht so, du bist doch der Hobby-Detektiv, der uns was anhängen will«, sagte Bohne langsam und ernst. Ich wusste gar nicht, dass Bohne so sprechen konnte.
»Und was ist, wenn Thomas recht hat?«, sprang mir Elke bei, von der ich das am wenigsten erwartet hatte.
Jetzt sprachen alle durcheinander.
Hansi schüttelte den Kopf und stand auf. Wenige Minuten später kam er mit einem Tablett voller Nachtischschälchen wieder, und erst als wir begannen, die pinke Plastikmousse zu löffeln, kehrte Ruhe ein.
»Was für ein Geschmack soll das sein?«, fragte Cynthia irritiert. Sie probierte noch immer von ihrem ersten Löffel in der Art einer Lebensmittelchemikerin.
»Schmeckt für mich wie die Eiscremesorte *Schlumpf*, also im Wesentlichen süß«, erwiderte ich.
Robert kam zurück und setzte sich wortlos hin.
Axel war als erster fertig und stand auf. Allerdings noch nicht, um zu gehen. »Ich muss euch etwas Wichtiges sagen.«
»War Gift im Dessert?«, witzelte Bohne.
Niemand lachte.
»Man sieht es mir zwar nicht an, aber ich werde heute ein Jahr älter und möchte euch zu einem kleinen Umtrunk

einladen.«
Das endlich brach das Eis. Giulia, die neben ihm saß, gratulierte als erste mit Umarmung und Küsschen links und rechts. Der Reihe nach kamen wir anderen dran. Die Männer natürlich ohne Küsschen. Noch bevor alle gratuliert hatten, stand der Zweigelt auf dem Tisch. Axel hatte Hansi allem Anschein nach eingeweiht. Es war bestimmt keine gute Idee, die mäßige Laune mit Alkohol aufzuhellen, doch war ein halber Liter Rotwein nicht viel und es wäre mehr als unfreundlich gewesen, die kleine Karaffe nicht zu leeren. Ich fand, das musste Cynthia zum Beispiel noch lernen. Nur ein kleines Gläschen zu trinken und den Rest stehen zu lassen, ging einfach nicht. Zu ihrem Glück fiel das nicht auf, weil Holtmann ihren Rest in seiner Karaffe verschwinden ließ. Ich trank nicht gerne Enzian, war generell kein großer Freund von Schnaps. Aber wie hätte das ausgesehen, nicht mit den anderen auf Axel anzustoßen? Ich hatte sowieso schon das Gefühl, dass meine subtilen Fragen zum Tathergang von den anderen nicht gerade wohlwollend aufgenommen worden waren. Ein paar Schnäpse würden diesen Riss wieder kitten.
Jetzt stieß Cynthia auch mit an. Erstaunlich, wie schnell ihr Glas leer war. Aber langsam konnte man das Zeugs wirklich nicht trinken. Elke nippte immer nur und versenkte den Rest im Glas ihres Nachbarn Robert, der den Kurzen in kleinen Schlucken trank und sich anscheinend nicht wunderte, warum das Gläschen so ergiebig war. Nach dem zweiten Glas fühlte ich mich wunderlich und fragte mich, wann ich das letzte Mal Schnaps getrunken hatte. Nach dem dritten freute ich mich über den herrlichen Abend mit Freunden, die gute Luft und das warme Gefühl in der Magengegend.
»Wer noch mit auf den Seekogl möchte, in fünf Minuten gehen wir los«, schloss Hansi das Abendessen.
Super, dachte ich mir, ich bin noch fitter als heute Morgen. Das wird ein Spaß.

31

»Lauft mir nicht weg, ihr wisst ja gar nicht wohin«, stoppte Hansi Axel und Bohne, denen die anstrengende Wanderung und der Umtrunk schon die nötige Bettschwere gegeben hatten.
»Ihr übernachtet heute im Matratzenlager. Es wird Zeit, dass ihr das wahre Hüttenleben kennenlernt. Ich hab hier acht Kärtchen. Jeder zieht bitte eines, das ist die Nummer eures Lagers.«
Tatsächlich teilte er sie aus. Na prima, ich konnte nicht mal beeinflussen, wer neben mir liegen würde. Hoffentlich nicht Axel ›der Schnarchorkan‹ Milek.
»Und jetzt möchte ich euch noch kurz erzählen, was wir morgen machen.«
Axel war schon aufgestanden, setzte sich aber nochmal hin.
»Wir beginnen mit dem Aufstieg zur Seescharte. Das sind knackige 350 Höhenmeter, gleich am Morgen. Und wir gehen pünktlich um sieben los. Und ab dann geht es bergab. Fünf Stunden lang. Durch das Lochbachtal runter nach Zams. Dort wartet der Luxus auf euch, ein Vier-Sterne-Hotel mit super Essen, Wellness und richtigen Betten. Also, freut euch auf Morgen, wenn es heute nicht ganz so angenehm sein sollte.«
Axel verschwand als erster, dicht gefolgt von Bohne. Auch Holtmann fühlte sich nicht im Stande, noch zu wandern, erklärte, es sei zwar alles nicht so schlimm, wie es aussehe, er brauche aber seinen Heilschlaf, um am nächsten Morgen wieder so frisch wie eine junge Gams durch die Berge zu springen. Alkohol wirkt ja unterschiedlich, Holtmann schien er zu albernen Metaphern anzuregen.
Ich freute mich auf einen lauen Abendspaziergang, aber der Seekogl war ein richtiger Berg, mit richtigem Gipfelkreuz. Doch noch bevor wir uns auf den Aufstieg konzentrieren konnten, hörten wir einen markerschütternden Pfiff. Irritiert schaute ich mich um.

Niemand zu sehen. Es pfiff noch einmal.
»Hört ihr das nicht? Wer war das?«, fragte ich. Auch die anderen schauten verwirrt. Nur Hansi lächelte. »Seht genauer hin. Es kommt vom Kogel.«
Ich musterte den Berg. Gras, der erdbraune Weg, Steine. Nichts.
»Da ist keiner.«
»Schaut länger und genauer.«
Ich glotzte. Starr. Und dann bewegte sich etwas. Und an anderer Stelle noch etwas.
»Murmeltiere. Oh wie süß.« Giulia hatte sie als erste gesehen. Und nachdem wir eins erkannt hatten, sahen wir auch all die anderen. Es waren Dutzende.
»Sie warnen einander mit dem lauten Pfiff«, erklärte Hansi.
Wir gingen. Nein, wir wanderten. Es war nicht anstrengend, zog sich aber. Nur gut, dass Holtmann, der alte Antreiber, nicht dabei war. Endlich war das Tempo entspannt. Das kam nicht nur mir entgegen, mutmaßte ich angesichts der zwar nicht fröhlichen, aber doch feuchten Feierlichkeiten zu Ehren unseres Axels. Nach einer halben Stunde erreichten wir den Gipfel und wurden reich belohnt. Es war nach acht, die Sonne stand tief, der Ausblick war unbeschreiblich. Doch einer störte im Paradies.
»Das waren immerhin hundertfünfzig Höhenmeter«, dozierte Hansi. »Wir befinden uns hier auf einer Höhe von genau 2412 Metern.« Er streckte seinen Arm weit aus und deutete auf einen Berg nach dem anderen und nannte sie bei ihrem Namen, kannte ihre Höhe, manchmal sogar den Namen dessen, der ihn zuerst bestiegen hatte. Die Bergnamen kreisten in meinem Kopf wie Spatzen, laut und nicht zu fassen. Und genau wie kleine Vögel waren sie auch bald wieder verschwunden, leider nur abgelöst vom nächsten Schwarm nutzloser Informationen. Unauffällig trat ich ein paar Schritte zurück. So konnte ich Hansis Redeschwall besser ignorieren. Erleichtert stellte ich fest, dass es meinen Kameraden ähnlich ging. Cynthia ging

langsam zu einer Bank und setzte sich. Elke holte ihre Zigaretten hervor und bat Robert, sie vor dem Gipfelkreuz zu fotografieren. Nur Giulia hing gebannt an Hansis Lippen. Die Berge schien er durch zu haben, seinen Arm jedenfalls nutzte er nun für Gesten, die seine Ausführungen zur Entwicklung der Steinschichten untermalten. Ich hatte ihn in den letzten Tagen nie so erlebt, so ungebremst, aufgeblüht. Giulia stand dicht bei ihm, ich meinte, ein Leuchten in ihren Augen zu erkennen. Sie bewunderte ihn. Ich war sicher, wenn er sich zu ihr gebeugt hätte, sie hätte ihn geküsst. Der Alkohol. Er machte mich sentimental. Meine Gedanken wanderten zu Susanne, ich versuchte sie aufzuhalten, aber sie durchdrangen jedes Hindernis. Wann hatte ich sie zuletzt geküsst? Weihnachten? Aber welches Jahr? Ich konnte mich nicht erinnern. Wann würde ich sie wieder küssen? Oder war jener Vergessene der letzte, für immer? Wollte ich denn überhaupt? Schaltete ich mich in diese unerwünschten Erinnerungen ein. Aber niemand antwortete. Wer auch. Den Anblick von Giulia ertrug ich nicht länger. Ich machte schnell ein Foto der Sonne, die sich anschickte unterzugehen und gesellte mich zu Elke und Robert. Robert berichtete von einer Teemischung, die er neuerdings vor dem Meditieren trank und die ihm half, abzuschalten.

»Da hilft doch auch ein Glas Wein«, lallte ich scherzhaft. Ich erntete zwei böse Blicke. Nicht jeder Witz kann sitzen, tröstete ich mich.

»Hier ist für Raucher«, blaffte Elke.

»Aber Robert raucht doch auch nicht«, antwortete ich irritiert.

»Noch nicht, mein Schätzchen, noch nicht«, belehrte mich Elke.

Möglicherweise legten die beiden auf meine charmante Gesellschaft in diesem Moment nicht in angemessener Weise wert, überlegte ich und suchte daher die Gesellschaft der letzten verbliebenen Person auf diesem

Gipfel und die hätte ich vielleicht gleich suchen sollen. Ich setzte mich zu Cynthia. In der Dämmerung sah sie ganz bezaubernd aus. Warum war mir das nicht schon früher aufgefallen? Ihre schulterlangen blonden Haare hingen ihr fesch halb ins Gesicht, ihr Lächeln erinnerte mich an Susanne, damals, als wir uns kennengelernt hatten.
»Na, genug passiv geraucht und auch keine Lust auf eine Vorlesung im Gebirge?«
»Zeit, das achte Weltwunder, den Sonnenuntergang im Gebirge angemessen zu bewundern.« Ich lächelte ihr zu.
»Es ist herrlich.«
»Und doppelt schön, ihn in angenehmer Gesellschaft zu erleben.«
Ihren Blick interpretierte ich als Verwunderung, da nicht selbst schon früher drauf gekommen zu sein. Ich rutschte näher zu ihr. Leider schien in dem Moment ein Insekt sie zu irritieren, sie rutschte etwas zur Seite.
»Die Farben. Die Berge leuchten, als hätte ein Zauberer sie mit seinem Stab berührt«, sinnierte ich. Cynthia sagte nichts, wahrscheinlich war sie von meinen Worten ebenso verzaubert wie von der Stimmung. Ich sah ihren Mund, ihre Lippen und unterdrückte das Geräusch aufsteigender Luft. Verdammter Enzian.
»Die Stille hier ist herrlich«, bestärkte mich Cynthia.
Das war die Gelegenheit. Ohne nachzudenken, beugte ich mich instinktiv zu ihr und drückte meine Lippen auf die ihren. Wollte ich jedenfalls. Ich spürte, dass sie mir im letzten Moment ihre Wange zugedreht hatte. Und dann hörte ich einen Knall, so laut, dass ich dachte, mein Trommelfell platzte. Da er von einem brennenden Schmerz an der rechten Wange begleitet wurde, realisierte ich recht schnell, dass Cynthia mir eine kräftige Ohrfeige verpasst hatte. Irgendwie musste ich da etwas falsch verstanden haben.
»Zeit, zurückzugehen«, hörte ich in dem Moment Hansi mit dem linken Ohr, das rechte war noch taub. Das kam mir sehr gelegen. Wir machten uns auf den Rückweg. Ich

hielt mich fern von Cynthia und sie sich von mir. Das Foto von diesem Sonnenuntergang löschte ich auf der Stelle.

32

Ich hatte mir noch vor dem Abendessen ein frisches Hemd angezogen. Das war nach diesem kleinen Spaziergang triefend nass vor Schweiß. Ich sehnte mich nach einer heißen Dusche und wurde nicht enttäuscht. Die Hüttenwirtin verkaufte mir drei Duschmarken für jeweils zwei Euro. Duschmarken. Wann hatte ich die zuletzt benutzt? Ich kramte in meinem Gedächtnis und stieß auf zurecht verdrängte Erinnerungen an spinnwebenbehaftete Campingplatzduschen und lauwarme Wassergerinsel in Jugendherbergen. Willkommen zurück in der Vergangenheit. Doch zunächst suchte ich meinen Schlafplatz. Auf meinem Zettel stand die Nummer 44. Ich fand ihn im ersten Geschoss, in einem Raum, den ich nachts, ohne Licht niemals wiederfinden würde. Acht Plätze lagen nebeneinander, das waren wohl die für unsere Gruppe. Aber es erschien mir eigenartig beengt, ich zählte die Matratzen. Fünf. Die würden wir uns zu acht teilen? Vorsichtig legte ich meinen Rucksack ab und versuchte zu ermitteln, mit wem ich Seite an Seite diese Nacht verbringen würde. Rechts, auf der 45, schnarchte Axel. Links von mir, die 43, am Geruch einfach zu identifizieren, kramte Elke in ihren Sachen. Prima, so hatte ich etwas für Ohren und Nase.

Ich war spät dran mit Duschen und das war gut so. Ich war der letzte beim Zähneputzen, ich hatte den Waschraum für mich. Es gab nur eine Kabine. Ich legte die Duschmarken bereit, entkleidete mich, warf die erste Marke ein, als mich plötzlich jemand an die Wand drückte. Die Marke, dachte ich panisch, mein heißes Wasser verfällt.

»Birkmüller, du Ratte.«

»Holtmann, was soll der Scheiß, lass mich los.« Ich erkannte ihn an seiner Stimme. Er war stark, ich konnte mich aus seinem Griff nicht befreien. Was war in ihn gefahren?

»Flossen weg von Cynthia. Hast du mich verstanden?«
Ich lachte gequält auf. Wenn das sein Problem war, das hatte ich ja schon für ihn gelöst. Aber das ging ihn nichts an.
»Hab ich da was falsch verstanden? Seid ihr verheiratet?«, krächzte ich.
»Komm mir nicht so. Das ist die letzte Warnung. Ich bin nicht Robert. Ich lasse mir keine Hörner aufsetzen. Und von so einem Controller-Arsch schon gar nicht. Wenn du dich weiter an sie ranmachst, solltest du besser rechtzeitig fliegen lernen«, raunte er.
Ich versuchte, mich aus seinem Griff zu lösen. Es gelang mir erst, als Holtmann ihn von sich aus lockerte und in den dunklen Gang verschwand. Was für ein Psychopath. Zwei Duschmarken waren mir geblieben. Sie reichten gerade so. Der Alptraum, den Schaum mit eiskaltem Gebirgsquellwasser zu entfernen, verlieh meinen Einseif- und Abspülbewegungen Flügel. So schnell waren wir also vom vertrauten Thomas wieder zu Birkmüller übergegangen. So weit reichte also seine Dankbarkeit dafür, dass ich ihm das Leben gerettet hatte. So weit, dass er mir nun nach dem Leben trachtete. Warum hatte er mir aufgelauert? War es seine Eifersucht, weil er gesehen hatte, wie Cynthia und ich uns gut unterhalten hatten? Oder hatte Cynthia ihn gebeten, mit mir zu sprechen, wegen der Sache auf dem Seekogl? Ich wusste nicht, welche Variante mir weniger gefiel.
Ich kroch in meinen Seidenschlafsack und drehte meine Nase aus dem kalten Rauch. Axel hatte sich zu Robert, der neben ihm lag, gewendet. Nur in Seitenlage passten wir alle nebeneinander. Und drehte sich einer, löste er wie ein fallender Dominostein das Drehen aller anderen aus. Erschöpft schlief ich ein.

Susanne, dachte ich, es ist schön, in ihren Armen zu liegen. Ich blinzelte, Susanne war nicht mitgekommen auf diese Wanderung. Wessen Arm war das, der mich eng umschlungen hielt? Axel. Ich versuchte, ihn zur Seite zu schieben. Unmöglich. Ich begann eine Drehbewegung, die erst nach vielen Knuffen und Drücken zum Erfolg führte. Dafür wurde Axels Schnarchen wieder lauter und erreichte die gleichen rhythmischen Höhen wie auf der Kemptner Hütte. Ich drückte auf die Lichttaste meiner Trekkinguhr. Drei. Ich versuchte noch zwei Stunden lang vergeblich einzuschlafen, dann stand ich auf. Unser nächstes Ziel war Zams, ein Ort mitten in der Zivilisation. Dort würde ich endlich meine Jungs anrufen können. Und dann einen Zug nehmen. Ich hatte genug vom Kuscheln mit Axel und Drohungen von Holtmann, genug vom Gauloises-Gestank und Ohrfeigen. Ich wollte nach Hause.

33

Um halb sechs gab ich meine Wiedereinschlafversuche auf. Es wurde noch heller, noch lauter, ich richtete mich auf, um aus meinem Lager zu kriechen und was ich befürchtet hatte, traf mich mit voller Wucht: Kopfschmerzen. Ich ging in den Waschraum und warf mir drei Hände voll eiskaltes Wasser ins Gesicht, es half nicht. War es der Alkohol? War es die Höhe?

Der Morgen zog sich quälend in die Länge. Ich suchte Ruhe und vermied Bewegung. Zum Frühstück gab es Müsli, der Obstsalat dazu kam aus riesigen Dosen, wie ich sie noch aus Jugendherbergsbesuchen in den frühen Achtzigern kannte. Es war der mit den kleinen roten Kirschen und den seltsamen gelb-grünen Rundfrüchten, von denen jemand einmal behauptet hatte, sie seien aus Stachelbeeren entstanden. Ich hatte noch keine bessere These gehört. Dieser lang vergessene Obstsalat hatte zumindest einen Vorteil: Er war so süß, dass er meinen Körper zum Rotieren brachte. Die Kopfschmerzen gingen nicht, aber wach war ich nun.

Meine nächste Hoffnung galt der kalten Morgenluft. Über Nacht hatte es geschneit, ein sanfter Flaum bedeckte den Weg, jetzt war die Luft klar und rein und die Sicht weit. Punkt sieben waren wir alle abmarschbereit, standen, auf unsere Stöcke gestützt, vor der Memminger Hütte und bewunderten den Weg, der vor uns lag.

»Seht ihr die kleinen, dunklen Punkte auf dem Schnee? Das ist die Gruppe, die vor einer Viertelstunde losgegangen ist. Da müssen wir auch lang«, erklärte uns Hansi mit seiner gewohnt heiseren Stimme.

Ich staunte nicht schlecht. Praktisch der ganze Weg lag im Schnee und stieg ordentlich steil an.

»Wie hoch isses denn da?«, erkundigte sich Bohne. Seine Stimme klang nervös.

»Ich würde einen baldigen Start befürworten. Bewegung

macht warm.« Holtmann war schon wieder gewohnt ungeduldig.
Aber Hansi ließ sich nicht drängen. »Das ist die Seescharte. Sie liegt auf 2500 Meter Höhe. Wir werden in den nächsten zwei Stunden gute 350 Höhenmeter machen.«
»Eine optimistische Schätzung, wenn wir den ganzen Morgen hier mit Schwatzen verbringen«, zischte Holtmann.
Innerlich stimmte ich ihm dieses eine Mal zu. Und sei es nur, weil ich hoffte, dass ein wenig Bewegung in frischer Luft meinen Kopf aufklären würde.
Doch die ersten Schritte waren mühsam. Bei jeder Bodenberührung spürte ich ein Ziehen im Schädel. Ich konzentrierte mich eisern, nur gut, dass Hansi es moderat anging. Die frische Schneeschicht lag locker auf dem alten Schnee und war an einigen Stellen, an denen der Wind sie verdichtet hatte, unangenehm rutschig. Langsam stieg der Weg an. Wir umrundeten einen zugefrorenen See, der unter uns lag. Das Eis bildete bizarre Muster. Die Aussicht hätte mich berauschen können, wäre ich nur dazu fähig gewesen, die Eindrücke in mich aufzunehmen.
Wirklich wach wurde ich erst, als ich sah, wie Hansi wie aus dem Nichts in den Schnee flog. Er rutschte eine Armlänge, dann gelang es ihm, sich auf den Bauch zu drehen, die Füße in den Schnee zu stemmen und sich in die Liegestütz-Position zu drücken. Er bewegte sich keinen Millimeter weiter. Wer immer ihn gestoßen hatte, überlegte ich, hatte mit so einer Reaktion wohl nicht gerechnet. Erst als die anderen applaudierten, wurde mir klar, dass Hansi gesprungen war.
»Falls ihr abrutscht, und das kann hier ganz leicht passieren, müsst ihr euch so auf den Bauch drehen. Nur auf Hände und Fußspitzen gestützt, rutscht ihr nicht.«
Auch ich klatschte zweimal. Ich war beeindruckt, bezweifelte aber, dass Axel oder Giulia in so einer Situation geistesgegenwärtig und sportlich genug wären, sich auf diese Weise zu retten. Ich war mir nicht mal

sicher, ob ich das hinkriegen würde. Training und Vorbereitung hin oder her. In meinem Ohr hallte hingegen der Satz ›das kann hier ganz leicht passieren.‹ Ich achtete jetzt noch mehr auf jeden Schritt und hielt sicherheitshalber eine Mannslänge Abstand zu Axel, der vor mir ging. Ich bildete das Schlusslicht. Nur so hatte ich den Rücken frei.

Nach einer halben Stunde ging es mir besser und mit dem klaren Kopf kehrte auch meine Sprechbereitschaft zurück.

»Das war eine beeindruckende Performance von Hansi«, sagte ich zu Axel und schloss etwas auf.

Er keuchte, so wie er praktisch seit dem ersten Meter auf dieser Etappe gekeucht hatte, sagte ansonsten aber nichts. Ich fand, es war an der Zeit, dem Geheimnis, dass diese Gruppe umgab, auf den Grund zu gehen und der einzige Weg dorthin führte über meine Mitwanderer. Ich musste sie wieder zum Reden bringen.

»Findest du nicht auch?«

Er ging erstaunlicherweise sogar noch einen Schritt schneller.

»Axel?«

»Gib mal Ruhe, Sherlock Holmes, ich muss auf den Weg achten.« Und dann überholte er Bohne. Was für eine Laus war dem denn über die Leber gelaufen?

»Willst du uns wieder aushorchen, Birki?«, fragte mich stattdessen Bohne.

Bohne sprach zu mir. Das war neu. Ich hatte ihn bisher nur als Anhängsel von Axel wahrgenommen. Sein Ton war aggressiv. Dass er sich das traute.

»Mach mal halblang. Welches Geheimnis sollte ich dir denn entlocken wollen?«

Vielleicht war das ja eine gute Gelegenheit, eine neue Fährte zu finden. Vielleicht hätte ich viel eher mit ihm sprechen sollen.

»Tu doch nicht so scheinheilig. Du willst uns was anhängen. Holtmann hat mir alles erzählt«, brauste er auf.

»Was ist alles?« Ich war empört. Aber eigentlich fragte ich

mich, was Holtmann vorhatte, was er hinter meinem Rücken trieb.
»Die Sache mit Holtmann. Das war ein Unfall. Aber du willst unbedingt einem einen Mordversuch anhängen.«
»Das ist doch Unsinn. Ich will gar keinem irgendetwas anhängen«
»Das ist Rufmord. Wenn das die Falschen hören, bin ich ruck zuck meinen Job los. Das kann ich mir nicht leisten.«
Er sprach laut und gehetzt. Ich versuchte ihn zu beschwichtigen, aber er hörte mich nicht mehr und ließ sich auch nicht unterbrechen.
»Ich lasse mir das nicht gefallen. Ich lasse mir meinen Job nicht wegnehmen. Von keinem. Auch von dir nicht.«
Plötzlich blieb er stehen und drehte sich zu mir um. Die anderen merkten davon nichts und gingen weiter. Er war laut geworden, seine Augen waren geweitet. Sieht so der Wahnsinn aus, schoss es mir durchs Gehirn. Mein nächster Gedanke war, ob nicht Bohne der willige Vollstrecker von Axel gewesen war. Wo war er noch gleich gegangen, als Holtmann gerutscht war?
»Ich warne dich. Wenn du weiterhin rumschnüffelst und mir was in die Schuhe schieben willst, was ich nicht war, dann kann ich auch anders!« Er fuchtelte mit den Armen herum.
»Horst. Das bildest du dir ein. Ich will nichts von dir«, begann ich zu erklären.
Aber er hatte sich schon wieder umgedreht und stapfte, so schnell er konnte, zurück zur Gruppe. So schnell war das nicht, ich hatte ihn rasch wieder eingeholt.
»Horst, ehrlich, ich will dir nichts anhängen.«
Er sagte nichts, reagierte nicht, ging einfach weiter und überholte den Wanderer vor ihm.

34

Ich konzentrierte mich auf jeden Schritt. Rechts von mir fiel der Berg deutlich ab. An steilen Stellen, und die wurden immer häufiger, bohrte ich den Wanderstiefel in den Schnee und achtete auf festen Tritt. Den anderen ging es sicherlich genauso, ich konnte die Anspannung fühlen. Jedenfalls bildete ich mir das ein. Bisher war mir den Weg leicht gefallen, doch dieses Stück forderte mich zum ersten Mal. Ich fühlte meinen Puls in die Höhe gehen, atmete angestrengter, vielleicht lag es auch an der Luft, so hoch waren wir noch nicht gewesen. Ich ging hinter Elke. Wie es ihr wohl ging, wenn ich schon zu kämpfen hatte. Ich hatte den Blick auf ihre Stiefel gerichtet. Mit dem alten Material hatte sie es noch schwerer, bei jedem Schritt rutschte sie ein paar Zentimeter. Wie viel Kraft mochte sie das kosten?

»Alles gut bei dir?«, erkundigte ich mich mitfühlend.

»Komme klar«, kam postwendend zurück.

»Wenn ich helfen kann?«

»Nicht nötig«, antwortete sie kurzatmig.

Irgendetwas war faul bei dieser Wanderung, aber ich hatte im Grunde keine Anhaltspunkte, was hier vor sich ging. Holtmanns Rutschpartie konnte durchaus ein Unfall gewesen sein, vielleicht sagte er tatsächlich die Wahrheit. Wenn ja, dann war etwas anderes im Busche und irgendwer aus unserer Gruppe hatte damit zu tun. Bisher hatte sich niemand eine Blöße gegeben, niemand etwas gesagt, was mich auf die richtige Spur geführt hätte. Ich musste sie überrumpeln, sie in einem Moment erwischen, in dem sie nicht die Kraft hatten, ihre Maske aufrecht zu erhalten. Da war so ein strapaziöser Streckenabschnitt genau richtig.

»Sag mal, Elke, als Holtmann abgestürzt ist, weißt du noch, wo Horst da war? War er in der Nähe von Holtmann?«

»Drecksack«, stieß sie wütend hervor.

»Warum bist du auf Horst so schlecht zu sprechen?«,

fragte ich überrascht.
»Ich meine nicht Horst«, sagte sie. »Du bist ein Drecksack.«
Ich musste schlucken.
»Was ist das«, sie machte eine Atempause, »für ein dreckiges«, lautes Atmen, »Spiel?«
»Ich spiele keine Spiele«, versuchte ich mich zu verteidigen. »Ich habe da nur so einen Verdacht.«
»Cynthia hat mich mit den Aussagen von Robert und Axel konfrontiert.« Weiterhin sprach sie im Rhythmus ihrer angestrengten Stoßatmung. »Das Mädchen. Da steckst du doch dahinter. Schäm dich. Auch noch andere mit deinen verrückten Ideen aufzuhetzen.«
Verdammt. Warum hatte Cynthia das getan? Wie unvorsichtig.
»Ich habe Cynthia nicht ...«
»Arroganter Arsch. Von mir erfährst du gar nichts.«
Damit war das Gespräch zu Ende. Meine Strategie war nach hinten losgegangen. Es war mir innerhalb kürzester Zeit gelungen, gleich drei meiner Mitwanderer gegen mich aufzubringen. Aus denen würde ich nichts mehr herausbekommen.
Weiter kam ich nicht mit meinen Gedanken. Der Weg war nun so steil, dass Stahlseile am Felsen befestigt worden waren, an denen wir uns festhalten konnten. Ohne die Seile hätten wir den Weg niemals alle geschafft. Hier oben war es windig und der Wind war kalt. Gut, dass ich mich am Morgen für meine Fleecemütze entschieden hatte, sie bestand ihre Bewährungsprobe mit Auszeichnung.
Und dann war es endlich geschafft, nach einem letzten Stück, das wir fast klettern mussten, durchstiegen wir einer nach dem anderen einen mannsgroßen Durchgang. Wir hatten die Seescharte erreicht. Auf der anderen Seite empfing uns eine grandiose, weite Aussicht. Ich blieb einen Moment in dem Durchgang stehen und ließ die Sicht auf mich wirken. Das war ein ›we are the Champions‹ Augenblick. Obwohl es auch auf der Rückseite des

Durchgangs felsig und steil war, machten wir eine kleine Pause, um wenigstens etwas wieder zu Kräften zu kommen. Dieses Wegstück war unsere erste echte Herausforderung gewesen und unser Team hatte sie bestanden. Ich war mir nur nicht mehr so sicher, ob wir überhaupt ein Team waren.

35

Der Abstieg war steil und es machte mir nichts aus, dass ich allein ging, denn ich war voll und ganz damit beschäftigt, den nächsten Stein zu treffen, nicht über eine Wurzel zu stolpern und im Geröll nicht ins Rutschen zu kommen. Immer wieder erinnerte ich mich an den Cowboygang, der mir zwar Knieprobleme ersparen sollte, aber mich auch ausbremste und meine Muskeln strapazierte. 1800 Höhenmeter wollten wir überwinden, der erste Abschnitt war der strapaziöseste. Nur selten konnte ich kurz pausieren, um die eindrucksvolle Aussicht aufzusaugen, die meiste Zeit sah ich nur den Boden vor meinen Füßen.

Endlich wurde das Gelände flacher. Das Geröll verschwand unter grünen Wiesen, in deren Mitte der Lochbach floss. Und endlich wurde aus dem konzentrierten Abstieg wieder entspanntes Wandern und ich hatte den Kopf frei, über meine Lage nachzudenken. Nach kurzer Analyse kam ich zu dem Schluss, dass es nur noch einen Mitwanderer gab, der mir nicht grade Übles angedroht hatte oder den ich unziemlich belästigt hatte: Giulia. Bevor ich also aufgab und in Zams den nächsten Zug zurück nach Deutschland nahm, wollte ich diesen Versuch noch wagen und arbeitete mich unauffällig nach vorne, bis ich direkt hinter Giulia wanderte. Das war nicht weiter schwer, da die anderen stets darauf bedacht waren, Abstand zu halten. Kaum merkten sie, dass ich ihnen nahe kam, ließen sie sich entweder zurückfallen oder beeilten sich, zur Spitze aufzuschließen. Bloß nicht mit dem Birkmüller reden.

»Ah, das tut gut. Ich dachte schon, mir fallen die Füße ab«, biederte ich mich langsam an. Ich musste vorsichtig sein, wahrscheinlich hatte Cynthia auch sie mit der widersprüchlichen Aussage von Hansi konfrontiert, es bestand die Gefahr, dass sie genauso grob wie Elke reagieren würde. Tatsächlich reagierte sie gar nicht.

»Endlich kann man diese wunderbaren Berge genießen, ich habe zwei Stunden lang nur die Bergschuhe vor mir gesehen.«
Immerhin, ein Glucksen. In dieser Umgebung konnte man niemandem böse sein. Fand ich jedenfalls.
»Es wäre ein noch viel größerer Genuss, wenn nicht dauernd jemand Mordversuche erfinden würde«, sagte sie endlich.
»Robert ist dein Mann, du kennst ihn besser als irgendjemand sonst und du weißt, was Holtmann ihm alles angetan hat. Hat er da nicht irgendwann mal von Rache gesprochen?«, näherte ich mich behutsam dem Thema.
»Angenommen, er hasst Holtmann. Was würde es ihm denn bringen, sich zu rächen?« Giulia drehte sich dabei halb zu mir und strich sich die Haare aus dem Gesicht. Ich konnte nicht anders, ich musste bewundern, dass nach diesen Stunden harten Wanderns ihr Make-up noch saß. Sie hatte einfach Stil.
»Es gibt viele Beispiele für Rache, die gesellschaftlich erwartet wird. Denk nur an den Ehrenmord.«
Sie lächelte. »Holtmann hat mir nicht wirklich die Jungfräulichkeit geraubt.«
»Blutrache. Die kann sich über Generationen hinziehen.«
»Sei nicht albern. Robert ist kein Mafiosi. Was würde es ihm bringen, sich an Holtmann zu rächen?«
»Ihm ist Unrecht geschehen. Normalerweise ist in unserer Gesellschaft der Staat dafür da, Unrecht zu bestrafen. Aber es waren keine Verbrechen, die man der Polizei melden kann. Und dort, wo das Rechtssystem endet, beginnt die Selbstjustiz. Nicht umsonst heißt es, Rache ist süß.«
»Ja, ja, und deswegen verdirbt man sich leicht den Magen daran. Deswegen versucht er, Holtmann umzubringen? So viele Jahre, nachdem ihm angeblich Unrecht widerfahren ist? Für einen Moment der Genugtuung? Glaubst du das wirklich?«
»Er wäre nicht der Erste, der aus Rache morden würde.«
»Hast du dich schon mal gefragt, warum du als Einziger

nicht wahrhaben willst, dass es ein Unfall war? Warum sollte Holtmann das sagen, wenn er gestoßen wurde?«
Das war eine berechtigte Frage, auf die ich noch keine gute Antwort gefunden hatte. Genau deswegen musste ich weiter forschen. Gefahr lag in der Luft, ich wusste nur nicht, wer in Gefahr war und von wem diese Gefahr ausging. Wir wanderten nun durch einen Wald, der uns vor den Sonnenstrahlen schützte, er wirkte verwunschen.
»Also sag mal, warum diese Fragen? Warum nervst du alle mit deiner Detektivnummer?«
»Ich überlege, ob ich in Zams nicht einfach nach Hause fahre«, antwortete ich ihr ehrlich, ohne ihr die Wahrheit zu sagen.
»Keine schlechte Idee. Oder du entschuldigst dich einfach bei allen anderen und hörst auf mit deinen Verschwörungstheorien.«
»Giulia, hier ist doch irgendwas faul«, hob ich an, ihr nun doch von den Ungereimtheiten und der unbestimmbaren Bedrohung zu erzählen.
»Ja, du«, fuhr sie mir über den Mund. Ich gab auf. Auch aus Giulia würde ich nichts herausbekommen. Alle hatten sich gegen mich verschworen. Wie eine Wand schützten sie Robert oder sich selbst oder sonst wen, vielleicht sogar Holtmann. Ich musste hier weg.

36

Der Morgen zog sich und zog sich, das war der bisher anstrengendste Teil der Wanderung, ich fühlte mich regelrecht ausgezehrt. Ich wollte schon zu einem weiteren Protein-Snack greifen, der dem Namen zum Trotz hauptsächlich aus Fett und Zucker bestand, eine wahre Energiebombe also, die mich innerhalb von Minuten zurück ins Leben katapultiert hätte, als Rettung aus anderer Richtung nahte.

»Das ist die Unterlochalm. Dort machen wir Mittagspause«, überraschte uns Hansi.

Ich hatte in dieser friedlichen Waldlandschaft nicht mit einer Alm gerechnet. Sie sah aus, wie ich mir ein norwegisches Blockhaus vorstellte, das stille Örtchen mit der Herztür weit ab vom Haus inbegriffen. Wir aßen draußen. Das Wetter war noch immer schön genug, auch wenn Wolken aufgezogen waren. An einer Luke, für einen Tresen war sie zu klein und zu weit oben in die Wand eingelassen, bestellten wir unsere Brotzeiten, einen Käseteller oder Schinkenteller oder Wurstteller, mit einer Art Kabanossi. Ich nahm den Kombiteller aus allen dreien, um wieder auf die Beine zu kommen und vorneweg den Halbliterkrug Johannisbeerschorle. Irritierenderweise teilte die Gruppe sich auf, an einem Tisch die drei Frauen, am anderen die Männer, Hansi war nirgends zu sehen. Etwas ratlos blieb ich in der Mitte stehen, ich fühlte mich nirgends willkommen und nahm einen tiefen Schluck aus meinem Glas. Die kalte Schorle erfrischte meinen Körper, mehr aber auch nicht.

»Drei Käseteller«, rief jemand aus dem Inneren der Hütte.

»Bleibt nur sitzen, ich hol die«, hörte ich Cynthia. Sie sah gut aus, ihr Gesicht von der Anstrengung leicht gerötet, der hauchdünne Schweißfilm trocknete bereits, die Haare etwas wuschelig, sie sah so zufrieden aus, so lebendig. In diesem Moment fand ich sie so viel anziehender, als sie damals, im Büro der Bergschule, geschminkt und perfekt

gestylt, auf mich gewirkt hatte. Wie sehr bedauerte ich es, dass ich es vermasselt hatte.
Auf ihrem Weg machte sie einen kaum sichtbaren Umweg und kam mir nahe genug, um mir verschwörerisch etwas zuflüstern zu können. Damit hatte ich nicht gerechnet, darauf hatte ich nicht zu hoffen gewagt.
»Wir müssen reden. Heute Abend um sechs im Wellnessbereich.«
Ich sah, sie konnte nicht stehen bleiben, ohne dass es auffiel. Sie hatte scheinbar das Vertrauen der anderen Frauen zurückgewonnen, den schwarzen Peter hatte ich. Wenn die sahen, wie sie hier mit mir sprach, war auch sie unten durch. Es blieb keine Zeit zum Nachdenken, und ich antwortete, wie wahrscheinlich jeder Mann geantwortet hätte. Ich nickte und lächelte wie ein alter Esel.
Erst als ich meinen Kombiteller abholte, wurde mir klar, was ich gemacht hatte. In Zams wollte ich doch aussteigen, nach Hause fahren, diese ganze verhexte Reisegruppe hinter mir lassen. Die Wahrheit war aber, dass ich mich so nicht von Cynthia trennen konnte. Wenn sie bereit war, zu reden, dann wollte ich reden. Ich konnte immer noch am nächsten Morgen fahren.
Ich hatte keine Lust, mich an den Männer- oder den Frauentisch zu setzen, ich stand mit meinem Brett vor der Ausgabe und sah die feindlichen Blicke aus beiden Richtungen. Und dann entdeckte ich Robert, der sich ganz allein an einen Tisch in der Mitte gesetzt hatte. Auch er war nicht mehr mein Freund, aber immerhin war er allein. Das war leichter zu ertragen.
»Darf ich mich setzen?«, sagte ich aus reiner Höflichkeit, als ich mich ihm gegenüber auf der Bank niederließ.
»Sicher«, sagte er abweisend. Still aß ich den Käse. Er schmeckte nach Supermarkt. Robert kaute seine Wurst, sie schien ihm zu schmecken, ich konnte förmlich sehen, wie sich seine Laune verbesserte. Der Schinken war möglicherweise selbstgemacht, doch die Scheibe war dick, zäh und trocken. Ich wendete mich der Kabanossi zu.

Gott sei Dank, die war lecker. Robert orderte sein zweites Bier.
»Sag mal, Robert«, hob ich an.
Er schaute mürrisch von seinem Bier auf.
»All diese Sachen, die Holtmann dir angetan hat. Hast du ihm die verziehen?«
Er zwang sich zu einem Lächeln, schaute mich an. »Klar.«
»Echt? Einfach so? Klar?«
»Konfuzius sagt: Das Wasser haftet nicht an den Bergen, die Rache nicht an einem großen Herzen.«
»Ist dein Herz so groß?«
Er schaute mich an, seine Augen bewegten sich wild, ich fürchtete er würde aufspringen, die Beherrschung verlieren, mich anschreien, gewalttätig werden. Doch nichts dergleichen geschah. Er atmete tief ein und wieder aus. »Du wirst es nicht glauben, aber ja. Es gibt so viele schlechte Menschen auf der Welt.« Er schaute mir tief in die Augen. »Soll ich die alle umbringen?«
»Natürlich nicht.«
»Weißt du, Thomas, im Buddhismus gibt es dazu auch eine schöne Geschichte.«
Es war eine Schnapsidee von mir gewesen, wieder davon anzufangen. Robert war satt, er hatte sein Bier und seine Eso-Rüstung funktionierte wie frisch geschmiert. Er könnte mir in der Stimmung wahrscheinlich den ganzen Nachmittag lang Fernost-Zitate um die Ohren hauen, bis ich an mentaler Verödung krepiert wäre. Vielleicht war das ja auch sein perfider Racheplan.
»Als man Buddha fragte, wie man mit Lügnern, Verrätern und ähnlichen Übeltätern umgehen solle, da lächelte er und antwortete: ›Setze dich an den Fluss und warte, bis die Leiche deines Feindes an dir vorübertreibt.‹«
»Verstehe. Du musst einfach nur warten, bis die Bösen von selbst den Berg herunterfallen.«
»So ist es. Hat ja schon einmal fast geklappt.« Er nahm den letzten Schluck seines Biers und stand auf. »Muss nochmal für kleine Königstiger. Wir sehen uns.«

Ich schluckte. Ich hatte ›Die Zwei‹ noch nie gemocht und hoffte inniglich, ihre blöden Sprüche würden mit unserer Generation aussterben. Nur würde mir das dann auch nichts mehr bringen.

37

Der Weg durchs Zammer Loch war bezaubernd und beunruhigend zugleich. Er war schmal, sah aus wie in den Fels gesprengt und zur Rechten ging es steil gefühlte hundert Meter in die Tiefe. Meine Höhenangst, die mich bis hierher in Ruhe gelassen hatte, selbst als wir am Morgen zur Seescharte fast geklettert waren, klopfte jetzt vorsichtig an und wollte hereingelassen werden. Verkrampft hielt ich die Tür zu, indem ich meinen Blick in bewährter Weise auf die Fersen von Robert heftete, der vor mir ging. Wir hatten den Anschluss zur Gruppe schon verloren, nach schnellem Wandern stand mir aber nicht der Sinn.

So wie ich Robert, die alte Gams, kennengelernt hatte, ließ ihn der Abgrund an seiner Seite auch nicht kalt. Das war eine viel bessere Gelegenheit, seinen Schutzpanzer aus weichgespülten Zitaten zu durchstoßen.

»Das wär doch genau der richtige Fluss, für die treibenden Leichen deiner Feinde.«

»Fang doch nicht schon wieder an«, sagter er ärgerlich.

»Verkauf mich nicht für dumm. Du warst neben Holtmann, als er fiel. Du hast jeden Grund der Welt, auf ihn sauer zu sein.«

»Ich kann es dir gern auf deinen Arsch tätowieren. Ich habe Holtmann nicht gestoßen. Ich bin kein Mörder!«

»Rein rechtlich gesehen, könnte das ja auch versuchter Totschlag gewesen sein, ich meine, Holtmann ist ja nicht tot, damit scheidet Mord sowieso aus.«

Ich gebe zu, das war vielleicht nicht der perfekte Moment, um die juristischen Aspekte des Vorfalls genauer zu beleuchten. Robert blieb stehen und drehte sich um.

»Was soll das? Willst du aus mir mit aller Macht einen Mörder machen? Wenn ich wirklich einer bin,« er stand nun ganz dicht vor mir, ich roch seinen fauligen Atem, seinen Schweiß, »wenn ich versucht habe, Holtmann umzubringen. Meinst du nicht, dass ich dann alles tun

würde, um die Tat zu vertuschen?«
Ich ließ ihn reden. Und fühlte mich äußerst unbehaglich.
»Alles? Und wenn jemand penetrant herumschnüffelt, meinst du nicht, den würde ich dann zum Schweigen bringen?«
Ich machte einen Schritt zurück, er ging einen vor. Mir lief es eiskalt den Rücken herunter. Ich verspürte überraschenden Harndrang.
»Meinst du nicht, ich würde dich dann zum Beispiel ganz einfach hier und jetzt in diese Schlucht stürzen?«
Er nahm mich mit beiden Händen am Arm und zerrte mich an den Rand des Weges, ich verlor die Balance durch die schnelle und unerwartete Bewegung. Ich sah mich schon fallen, vor Todesangst konnte ich nicht einmal schreien. Doch die großen, überraschend starken Hände hielten mich und zogen mich zurück auf den Weg.
»Aber ich bin kein Mörder. Glaub es mir endlich. Und lass mich in Frieden!«
Ich zitterte am ganzen Körper und konnte nicht sprechen. Robert drehte sich um und ging. Ich setzte mich auf den Weg, lehnte mit dem Rücken am Fels und nahm einen Schluck Wasser.
Ich glaubte Robert. Ich glaubte ihm jedes Wort. Ich war ihm so nahe gewesen, da war kein Platz für Lügen, für Schauspiel gewesen. Robert hatte nicht versucht, Holtmann zu töten. Wenn er das wollte, hätte er genug Gelegenheiten dafür gehabt. Diese ganze Holtmann-Sache. Vielleicht gab es die wirklich nicht. Aber wenn da nichts war, warum waren alle so aggressiv? Es gab so viele Unstimmigkeiten, was steckte dann dahinter? Wenn ich jetzt nach Hause fuhr, ohne das Geheimnis zu lüften, würden die Fragen in meinem Kopf für immer brennen. Wenn ich in Zams blieb und es würde auf dem Rest des Weges etwas geschehen, ich würde es mir Zeit meines Lebens vorwerfen. Oder ging mich das alles gar nichts an? Ich musste eine Nacht darüber schlafen. In einem Bett. Und mir vorher anhören, was Cynthia mir sagen wollte.

Cynthia konnte alles ändern. Sie war eine Magierin.

38

Endlich sahen wir Landeck im Inntal vor uns liegen und direkt daneben Zams, unser Tagesziel. Aber es kam nicht näher, jedenfalls schien es so. Wir wanderten bergab, über Wiesen, durch Wälder. Ich blieb ein Stück hinter der Gruppe. Mein Kopf war leer und das war gut so. Es gab nur noch mich und meine regelmäßigen Schritte.
Am späten Nachmittag erreichten wir das Tal, das Brausen der Inntalautobahn empfing uns. Wir überquerten den Inn, es war ein komisches Gefühl, wieder in der Zivilisation zu sein. Zams war mit seinen gut 3000 Einwohnern keine Stadt, aber verglichen mit Holzgau eine wahre Metropole. Wir kamen an der einzigen Sehenswürdigkeit vorbei, einem Kirchturm, der aufgrund eines Brandes etwa fünfzig Meter entfernt von der zugehörigen Kirche stand. Doch das wirkliche Highlight war für uns der Supermarkt.
»Hansi, ich muss da rein. Ich brauche den Geschmack von frischem Obst.«
Das war Giulia, die stehen geblieben war und so aussah, als würde sie ohne Zufuhr frischer Apfelsinen oder Pfirsiche ihren Motor nie wieder starten können. Und sofort fielen auch uns anderen Wünsche ein.
»Jetzt eine eiskalte Cola«, träumte Bohne laut.
Den meisten aber ging es wie mir. Obwohl der Himmel voller Wolken hing, war es heiß und stickig. Zeit für ein Eis. Ich holte mir ein Flutschi. Es schmeckte wie das erste und einzige seiner Art, ein betörender Geschmack, der nur durch die verstärkende Wirkung eines langen Entzugs erreicht wurde. Es waren nur noch fünf Minuten bis zum Hotel Jägerhof. Nach drei Tagen in der Wildnis versprach es heiße Duschen und vernünftiges Essen. Wir schmolzen dahin.

»Draußen links um die Ecke geht es in den Skiraum, bitte lassen Sie Ihre Wanderstiefel da.«
Die Frau an der Rezeption sagte das nicht unfreundlich,

aber man merkte, sie waren hier E5-Wanderer gewöhnt und hatten eine grobe Vorstellung davon, wie viel Schmutz eine Gruppe, die frisch aus den Bergen kam, in ein Hotel tragen konnte.
Hansi wollte die Zimmer verteilen, aber nach meinem Flutschi fühlte ich mich frisch genug, mich um die wirklich wichtigen Dinge zu kümmern. Ich ging raus, um zu telefonieren. Was scherte mich die Zimmeraufteilung? So wie es stand, erwartete mich so oder so eine Nacht unter Feinden.
Beim ersten Versuch vergaß ich, die deutsche Vorwahl zu wählen, beim zweiten Mal hatte ich meinen Großen am Apparat.
»Ja?«
Es tat so gut, Mikes Stimme zu hören. Ich hatte dieses warme Gefühl in der Bauchgegend, das musste Liebe sein. Ich hätte ihn jetzt so gern in den Arm genommen. Und ihm erklärt, wie man sich am Telefon vernünftig meldet.
»Hier ist Papa«, sagte ich und stellte mir vor, wie seine Augen leuchteten. So wie immer, wenn ich ihn ein paar Tage nicht gesehen hatte und von irgendeiner Reise zurück nach Hause kam.
»Hallo Papa. Ich hab gleich Training. Mama wartet schon, sie sagt, wir sind spät dran.«
Er meinte das nicht böse, war ich mir sicher, er lebte einfach sein Leben. Und das ging auch ohne Papa weiter.
»Das ist toll. Wie läuft´s in der Schule?«
»Ganz gut. Soll ich dir die Mama geben?«
»Warte …«
»Thomas?« Das war ihre Stimme. Ich schluckte.
»Hallo Susanne«, sagte ich unbeholfen.
»Wie geht es dir?« Es klang, als meinte sie die Frage ernst.
»Gut«, log ich. »In den Bergen ist alles anders«, sagte ich, weil ich ihr nicht von meiner Verschwörungstheorie berichten wollte. Das kam mir jetzt alles so albern und unwirklich vor.
»Wie geht es Ben?«, fragte ich noch. Ich vermisste den

Kleinen genauso sehr wie den Großen, vielleicht noch mehr, weil ich mir einbildete, er brauchte mich dringender, er war noch so zierlich, er kam mehr nach Susanne.
»Den holen wir jetzt ab. Von Tante Maggi. Sie wartet schon auf uns, wir sind spät dran.«
Ich hatte Maggi nie leiden können, vielleicht war ich immer ein wenig eifersüchtig auf sie gewesen, denn ihre Schwester stand Susanne näher, als ich ihr je gewesen war. Klar, dass sie jetzt ihre wichtigste Verbündete war.
Ich nickte und sagte »Verstehe« mit einem bitteren Unterton, den ich nicht gewollt hatte.
»Ruf mich doch an, wenn du in Meran angekommen bist, ja?«
»Mach ich«, sagte ich überrascht, doch dann kam nur noch das Freizeichen. Sie hatte aufgelegt. Ich blieb noch ein paar Minuten stehen, draußen, vor dem Jägerhof. Sie hatte nicht gekeift, sie hatte ganz normal mit mir gesprochen. Wie lange war es her, dass uns das zuletzt gelungen war?

39

Das Dreibettzimmer verströmte den Charme der Achtziger. Wahrscheinlich lief in dem alten Röhrenfernseher noch immer Knight Rider mit David Hasselhof. Falls er überhaupt noch funktionierte. Ich fragte mich, wofür genau der Jägerhof seine vier Sterne bekommen hatte. Hansi hatte mich mit Axel und Bohne auf ein Zimmer gelegt. Sie teilten sich das Doppelbett, ich durfte das etwas abseits stehende Einzelbett belegen. Meine Verwunderung über das scheinbare Privileg verflog, als ich mich das erste Mal entspannt in die Federn sinken lassen wollte. Das war kein Bett, sondern eine Art Sofa, ein erstaunlich unbequemes Sofa, wahrscheinlich für kleine Kinder gedacht, die im Zimmer der Eltern schlafen sollten. Aber das war mein kleinstes Problem verglichen mit der Gefahr, dass meine Mitwanderer mich im Schlaf erwürgten. Im Geiste gab ich mir eine sachte Ohrfeige: Aufwachen, ich durfte nicht verrückt werden.

»Was machst du da?«, sprach mich Axel dann doch noch an.

Bisher hatten die beiden mich, so weit es ging, ignoriert. Ich drehte den Heißwasserhahn ab, drückte eine drei Zentimeter lange Rei-in-der-Tube Wurst ins Waschbecken und warf meine schmutzige Unterwäsche hinein.

»Ich wasche.«

Bohne und Axel standen in der Tür. Ich musste lächeln. Wahrscheinlich hatten sie sich noch nie mit der Frage befasst, wie sich schmutzige in saubere Wäsche verwandelte. Mein Tipp: Diese Aufgabe war bei den beiden nahtlos von Mutter auf Ehefrau übergegangen. Nur dummerweise waren die beiden hunderte von Kilometern entfernt. Aber sie hatten ja mich, den Supercontroller.

»Könntest du uns was von dem Waschzeugs leihen?«, fragte Axel.

»Klar.«

Ich fühlte mich gut, etwas für die Jungs tun zu können,

während ich mit beiden Händen die Wäsche durchwalkte. Ich musste irgendwie Pluspunkte sammeln, da zählte jede kleine Tat.

»Wieder Freunde?«, versuchte ich es also charmant.

Bohne warf sich in das Bett und, obwohl er lang, dünn und leicht war, knirschte es, als würde es ihn direkt bis auf den Boden durchreichen. Wundersamerweise widerstand es aber doch. Axel blieb in der Tür stehen und schaute mir beim Waschen zu.

»Freunde? Ganz ehrlich: Ich dachte anfangs, der Birkmüller, der ist ja doch ganz OK, ganz anders als sein Ruf. Aber da hab ich mich wohl geirrt.«

Ich stutzte. »Anders als mein Ruf?«

»Das weißt du nicht?« Axel schüttelte den Kopf. »Du bist doch auch so einer wie der Holtmann. So ein oberwichtiger Manager. Nur das Holtmann immerhin einen Bereich leitet und du nur Controller bist. Das ist ja noch peinlicher.«

Jedes Wort gab mir einen Stich. Wollte er mich kränken? Mich reizen? Es mir heimzahlen, dass ich der Absturzsache vielleicht eine Spur zu konsequent nachgegangen war? Dafür würde er mir eines Tages noch auf Knien danken, davon war ich überzeugt. Oder war das einfach die Wahrheit?

»Wie kommst du darauf? Wer sagt das?«

»Du weißt es echt nicht, oder?« Er hörte mit dem Kopfschütteln gar nicht mehr auf und murmelte irgendwas von Fremdbild und Eigenbild.

»Aber was hab ich denn getan, dass so etwas erzählt wird?«

»Nimm doch nur mal die Sache mit dem Selig«, sagte Axel verächtlich.

»Selig?« Ich kramte in meinen Erinnerungen, wurde aber nicht fündig.

»Der Typ, der mal die rechte Hand von Holtmann war. Die Betriebsversammlung, in der er das Saturn-Programm ankündigen durfte.«

Schemenhaft kam es zurück. Der Firma war es nicht gut

gegangen. Einige Investitionen, die Holtmann vorangetrieben hatte, hatten zwar zu hohen Kosten, aber keinerlei zusätzlichem Umsatz geführt. Dafür waren die Chinesen auf den Markt gedrängt und hatten mit aggressiven Preisen unsere eh schon überschaubare Marge weiter dezimiert. Also mussten die Kosten runter und das hieß, dass hunderte von Mitarbeitern gehen mussten. Die Drecksarbeit erledigte Holtmann natürlich nicht selbst. Er schickte seine Leute vor, in dem Fall Selig, so musste er wohl geheißen haben, ich hatte keinen Namen, kein Gesicht vor Augen, aber immerhin das Bild der Versammlung in der Kantine. Mehr als tausend Mitarbeiter saßen dort erwartungsvoll und hofften, die Gerüchte, die seit Wochen die Runde machten, würden sich nicht als wahr erweisen. Selig stellte das Programm vor. Es war abstrus. Sie hatten eine phantastische Geschichte erfunden, um Holtmann aus der Schusslinie zu nehmen. Ich musste einfach ein paar Fakten gerade rücken, sonst hätte das Management jede Glaubwürdigkeit verloren. Was sollte daran falsch gewesen sein?

»Ist lange her. Was ist damit?«

»Du hast Selig damals hingerichtet. Ihn zum Gespött der Firma gemacht.«

Nun war ich überrascht. »Wie meinst du das?«

»Du erinnerst dich nicht? Er hat diese Präsentation gehalten. Das Übliche. Von den Chinesen geschwafelt, von Produktivität und Effizienz erzählt und dann die Abbauzahlen bekannt gegeben. Kennt man ja. Alles wie erwartet. Und dann hast du ihn genüsslich zerlegt.«

»Seine Geschichte war Unsinn und das wusste jeder.«

»Die meisten wussten das. Aber das spielte keine Rolle, abgebaut wurde sowieso. Und Selig war so etwas wie das gute Gewissen von Holtmann. Das wusste tatsächlich jeder. Dass er nur der Bote war, dass Holtmann das in den Sand gesetzt hatte. Und dann hast du ihn hingerichtet.«

Langsam wurde meine Erinnerung klarer. Nach der Präsentation hatte ich um das Mikrofon gebeten und einige Fragen zu den neuen Projekten gestellt, die noch vor einem Jahr als die Zukunft der Firma mit viel Trara gestartet worden waren. ›Wie oft hat sich Produkt X verkauft? Welche Marge hat es noch gleich bei welchen Kosten erzeugt? Gibt es einen Bezug zum Verlust der Firma in diesem Zeitraum?‹ Ich war der Supercontroller, ich kannte die Zahlen besser als jeder andere. Selig kam ins Stottern, er improvisierte, er machte Fehler, ich ließ nicht locker. Konsequenz war schon immer meine Stärke. Ich hatte keine Angst vor dem Detail, ich ging die Extrameile, bis zum bitteren Ende. Zunächst herrschte Totenstille, aber bald applaudierten die ersten meinen messerscharfen Analysen. Das stachelte mich zusätzlich an.

»Er stand einfach auf und ging, mitten in deine letzte Frage hinein. Es war ein Desaster. Ich weiß gar nicht, was aus ihm geworden ist. Er ist, glaub ich, dann irgendwann gegangen. Hätte mich nicht gewundert, wenn der sich umgebracht hätte.«

Ich schluckte. »Aber der Saal hat doch getobt?«

»Weil sich das Management untereinander fertig gemacht hat. Das war gut. Aber niemand hat dich dafür geachtet. Du warst ein Kameradenschwein, Selig war doch einer von euch. Hat dich eigentlich niemand dafür zur Rechenschaft gezogen?«

Stimmt, mein Chef hatte mich zu sich zitiert. Aber wie meistens hatte er die Betriebsversammlung geschwänzt, kannte die Geschichte nur vom Hörensagen und ein Holtmann-Freund war er auch nicht. Es war bei einer Ermahnung geblieben, die ich längst vergessen hatte.

Ich sagte nichts. Wie ungerecht, sie verachteten mich für das, was ich für sie getan hatte.

»Ach noch was. Elke hat mir erzählt, dass du Cynthia gegen uns aufgehetzt hast.«

Ich ließ das schmutzige Wasser ab und spülte unter dem laufenden Hahn das Waschmittel aus den Sachen. Ich drehte das Wasser so heiß auf, wie ich es gerade noch ertrug. Meine Hände wurden krebsrot. Das war eine

angenehme Ablenkung.
»Vergiss nicht: Ich hab dich da rausgezogen. Dich und Holtmann. Lass es einfach mal gut sein«, sagte Axel.
Er verließ die Tür und legte sich in das andere Bett. Ich stoppte das Wasser und begann die Unterwäsche zu wringen.
»Ihr könnt jetzt, Rei liegt neben dem Waschbecken«, ermunterte ich die beiden.
Auf dem Balkon hängte ich die Wäsche zum Trocknen auf. Dunkle Wolken hingen am Himmel, das sah nicht gut aus. Ich befragte die Wettervorhersage auf meinem Handy und erschrak. Noch heute Nacht sollte es anfangen zu regnen. Für die nächsten Tage waren heftige Gewitter angesagt. Zum Trocknen würde es wohl reichen und Morgen zogen wir ja schon weiter, sollte das Gewitter nur schön in Zams bleiben. Und noch etwas verriet mir mein Telefon und das verbesserte meine Laune erheblich. Es war fast sechs. Im Wellnessbereich wartete Cynthia auf mich.

40

Ich fand die dunkelbraune Tür aus Holzimitat mit dem goldenen Aufkleberschriftzug *Wellness* im Keller und ich befürchtete das Schlimmste. Wie hatte Wellness in den Achtzigern ausgesehen? Hoffentlich war es wenigstens sauber. Doch hinter der Tür empfing mich ein überaus großzügiger Raum mit einem gleichermaßen großzügigen Pool. Erleichtert atmete ich aus. Heißes Wasser, entspannen, danach hatte ich mich in den letzten drei Tagen gesehnt. Nur Cynthia entdeckte ich nicht. Ich spürte einen Stich in der Magengegend, beruhigte mich aber sofort, dass sie bestimmt gleich kommen würde. Frauen waren ja nie pünktlich. Der Raum war leer. Sauna und Pool des Vier-Sterne-Hotels waren immer wieder Sehnsuchtsthema beim Abendessen auf den Hütten gewesen und nun war niemand hier. Vielleicht waren sie vor Erschöpfung eingeschlafen, sobald sie sich in ihre echten Betten gelegt hatten, oder warteten in den Duschen vergeblich darauf, dass ihre Duschmarken abliefen. Es war mir egal. Ich verschwand in einer der Umkleiden und machte mich in Badehose und mit Handtuch bewaffnet auf in den Saunabereich, um die Wartezeit zu überbrücken. Entzückt entdeckte ich einen Eisspender und ein Fußmassagebecken. Hier ließ es sich aushalten. Ich entledigte mich meiner Badeshorts und duschte mich heiß. Ich schloss die Augen und dachte an nichts. Jetzt verstand ich meine Mitwanderer und warum noch niemand hier war. Auch ich hätte stundenlang so stehen können. Doch dann dachte ich an meine Kindheit, das freitägliche Bad und wie schrumpelig die Haut wurde, wenn man zu lange im Wasser blieb. Ich trocknete mich kurz, schwang mir das Handtuch locker um die Hüften und betrat die finnische Sauna. Da lag sie.

Es gab schamhafte Frauen, die eine Sauna nur betraten, wenn sie sich vorher wie eine ägyptische Mumie in ihr Handtuch gewickelt hatten. Cynthia nicht. Sie lag nackt auf

dem Handtuch, das das Holz vor Schweiß schützte.
»Hi«, brachte ich mechanisch heraus.
Sie sah verdammt gut aus. Nicht, dass ich das nicht gewusst hätte, aber ohne die burschikose Wanderkleidung sah sie noch besser aus. Was ich sagen will ist, ihr Körper war perfekt, und das war unter den Zwiebelschichten der Kleidung nur zu erahnen gewesen.
»Ich konnte nicht widerstehen. Ich musste direkt in die Sauna.« Sie lächelte.
»Klar.« Ich wickelte mich so aus meinem Handtuch, dass sie mich nur von hinten sehen konnte, und setzte mich auf die oberste Bank, so dass ihr Blick auf mich durch meine Beine verstellt war. Warum war mir das eigentlich so wichtig?
Es war richtig heiß, so wie es sein sollte. Normalerweise beobachtete ich in der Sauna, wie die ersten Schweißtropfen sich auf meinen Unterarmen bildeten, aber dieses Mal konnte ich meinen Blick nicht von Cynthia losreißen. Entsetzt stellte ich fest, dass er knapp unterhalb ihres Halses klebte. Sie musste mich für einen erbärmlichen Spanner halten.
»Cynthia«
»Ja«
»Ich möchte mich nochmal entschuldigen. Für die Sache auf dem Berg. Tut mir leid.«
»Das war einfach der falsche Moment.«
»Ich hatte zuviel getrunken. Und ich vertrage nichts.«
Moment mal, der falsche Moment? Mein Herz schlug schneller. Ich fixierte die Sanduhr neben der Tür. Das war ziemlich nutzlos, denn niemand hatte sie umgedreht, sie maß die Zeit nicht.
»Sag mal, hast du Holtmann auf mich gehetzt?« Das war mir so herausgerutscht. Aber seine Eifersuchtsszene lag noch wie ein Schatten auf meiner nicht existenten Beziehung zu Cynthia. Ich wollte das geradeheraus klären.
Sie legte ihre Arme unter ihren Kopf, um mich besser ansehen zu können. »Natürlich nicht. Für wen hältst du

mich?« Sie machte eine Pause. »Warum schaust du mich eigentlich nicht an, wenn ich mit dir rede? Bin ich so hässlich?«
Ich wurde rot. »Du bist perfekt. Wie machst du das bloß? Viel Sport nehme ich an?«
»Ich?« Sie giggelte. »Selten. Viel zu selten. Und ich esse wie ein Scheunendrescher. Das sind die Gene. Kalorien werden von meinem Körper direkt in Muskeln umgesetzt. Eine Laune der Natur.«
»Bei mir hatte die Natur irgendwie schlechte Laune.« Ich schaute auf meine Speckröllchen.
»Die Engländer nennen das *Love Handles*. Liebesgriffe«, tröstete Cynthia mich.
»Ja, die haben wenigstens Humor.«
»Genug geschwitzt. Kommst du mit raus?«
Wir duschten uns, sie eiskalt, ich lauwarm, wickelten uns in unsere Handtücher und ließen uns auf den Holzschaukelliegen neben dem Pool nieder.
Im Wasser tollten jetzt Axel und Bohne, von den anderen Wanderern fehlte nach wie vor jede Spur. Die beiden sprangen abwechselnd vom Beckenrand, übten sich in Arschbomben, bis das Wasser fast zu uns herüber spritzte, und versuchten sich gegenseitig unter Wasser zu drücken, bis der andere keine Luft mehr bekam.
»Wie die Kinder«, sagte ich leise zu Cynthia und begann durch Verlagerung meines Schwerpunkts zu schaukeln.
Auch Cynthia schaukelte, etwas langsamer als ich. »Die Welt wäre ein besserer Ort, wenn wir alle mehr wie Kinder wären.«
»Das sagte schon Herbert«, antwortete ich versonnen.
»Welcher Herbert?«
Ich vergaß zuweilen, wie viele Jahre uns trennten. »Grönemeyer«
»A-Ha«, sagte sie. Mit einer seltsamen Betonung auf dem Ha. Das klang fast wienerisch.
»Was willst du mir damit sagen?«, fragte ich irritiert. Spielte sie mit mir?

»Kennst du nicht die Känguru-Offenbarung?«
»Ich hab nicht mal die von Johannes gelesen.«
»Welcher Johannes?«
»Der Evangelist.«
Fünf Sekunden herrschte Stille. Dann prusteten wir gleichzeitig los. Das Lachen schweißte uns zusammen, plötzlich war alles wieder so klar und einfach zwischen uns. Wir waren ein Team, wir fühlten, wir dachten in die gleiche Richtung.
»Warum hast du sie so direkt mit den Widersprüchen in ihren Aussagen konfrontiert?« Endlich konnte ich sie wieder geradeheraus und offen Fragen, ohne Angst haben zu müssen, missverstanden zu werden.
»Es ging nicht weiter. Keine neuen Fakten. Ich wollte eine Reaktion provozieren.«
»Hat aber nicht funktioniert.«
»Doch, eigentlich schon.«
Sie schaute mich mit ihren blauen Augen an und ich spürte wieder Grummeln im Darm, das Herbert mit Schmetterlingen im Bauch umschrieben hatte.
»Also wenn ich ganz ehrlich sein soll«, druckste ich herum, »bin ich inzwischen zu dem Schluss gekommen, dass es vielleicht doch nur ein Unfall war.« Es war raus. »Stattdessen fürchte ich, und das klingt jetzt vielleicht komisch«, ich hatte Angst, sie würde mich für einen überdrehten Spinner halten, »scheinen sie es auf mich abgesehen zu haben. Giulia, Robert, auch Axel und Bohne«, sagte ich besonders leise, obwohl die beiden so laut tobten, dass sie uns auch dann nicht gehört hätten, wenn wir uns angeschrien hätten, »sie alle haben mich bedroht. Robert hat mich fast ins Tal gestoßen.«
»Und das wundert dich?«, fragte mich Cynthia, so gar nicht überrascht.
Jetzt war es an mir, überrascht zu sein. »Ja, das wundert mich. Dich nicht?«
»Als ich ihnen von den gegensätzlichen Aussagen erzählt habe, haben sie darüber nur gelacht. Wer kann sich schon

immer so ganz genau erinnern, wer wann gerade wo gestanden hat? Aber dann haben sie über dich erzählt, und sie wurden dabei richtig aggressiv.«
Ich schaute sie gebannt an. »Wegen der Ermittlungen?«
»Ja, auch, aber nicht nur. Du hast wirklich so eine Art an dir. Du kannst so penetrant sein, sie finden, du bist ein arroganter Besserwisser. Du gehst ihnen schrecklich auf die Nerven.«
Ich nickte. »Das ist das Schicksal, wenn man tiefer schaut, als die meisten anderen.«
»Thomas. Ich mag dich, du weißt das.«
Wir wippten nun im gleichen Rhythmus und sie strich leicht mit ihrer Hand über meinen Arm, so dass ich erschauderte.
»Und ich glaube auch, dass in dieser Truppe irgendwas nicht stimmt. Aber nimm das ernst. Ich glaube nicht, dass dich irgendwer hier umbringen will. Aber du musst dein Verhalten ändern. Sonst wird irgendeiner auf die Idee kommen, dass eine lebenslange Gefängnisstrafe verglichen mit deiner Anwesenheit das kleinere Übel ist.«
Ich schluckte und glaubte ihr kein Wort. Sie hassten mich, aber nicht weil ich so war, wie ich war, sondern weil ich einem finsteren Geheimnis auf der Spur war. Trotzdem lächelte ich sie an und nickte.
»Noch einen zweiten Saunagang?«
»Leider nein.« Sie nickte in Richtung der Wanduhr, die wie eine Bahnhofsuhr aussah. »In einer Stunde treffen wir uns zum Abendessen und ich muss mich noch fertig machen.«
Ich seufzte erleichtert auf. Sie war keine Göttin, sie war auch nur eine normale Frau.

41

Ich freute mich auf das Abendessen mit Cynthia, der Biergarten war mit bunten Lampions beleuchtet, die Luft war wunderbar mild. Als ich am Grill vorbeikam sah ich, dass die Holzkohle bereits eine passende Glut entwickelt hatte. Ein Koch, den ich an seiner Mütze erkannte, verteilte Steaks auf dem Rost. Mir lief das Wasser im Munde zusammen. Doch wo war sie? Am Kopfende der Tafel amüsierte man sich prächtig, lachte man lauthals. Das war Holtmann. Cynthia saß neben ihm. Sie sah mich und zwinkerte mir verschwörerisch zu. Das beruhigte mich, aber die Enttäuschung saß tief. Ich ließ mich auf dem nächsten freien Platz nieder, neben Robert, gegenüber von Hansi. Irgendwie wirkten alle verwandelt. Was doch eine gründliche Dusche und ein wenig Luxus ausrichten konnten. Die Gespräche waren ausgelassen, fast albern. Das Essen war fantastisch und ich neige nicht zu überschwänglichem, ungerechtfertigten Lob. Neben dem Grillfleisch boten sie üppige Salate, Suppen, Nachspeisen, Vorspeisen, Neben-, Ober- und Unterspeisen, wenn es so etwas überhaupt gab. Nach drei entbehrungsreichen Tagen war es wie im Schlaraffenland. Ungezügelt schlemmten wir und die vollen Mägen taten neben der Erschöpfung und der Sehnsucht nach Matratzen, die nicht direkt auf dem Boden lagen ihr Übriges. Cynthia war die erste, die sich auf den Weg in ihr Zimmer machen wollte, Hansi hielt sie mit einem Blick zurück.

»Bevor ihr euch aufs Ohr legt, möchte ich euch noch kurz erläutern, was morgen auf uns zukommt.«

Das gefräßige Schnattern erstarb.

»Ich will euch nicht beunruhigen, aber die Wettervorhersage ist nicht gut.«

Ich erinnerte mich, Gewitter. »Nur gut, dass wir nicht in der Gegend bleiben«, sagte ich.

»Das hilft wenig. Wir werden morgen auf den Krahberg fahren und von dort nach Wenns wandern. Und für die

ganze Gegend sind Gewitter angesagt. Gewitter und starker Regen.«
Sie stöhnten im Einklang, unter dem Einfluss von Alkohol war es ein Spaß.
»Nehmt das nicht auf die leichte Schulter. Wir haben bisher mit dem Wetter unglaubliches Glück gehabt. Legt eure Regensachen bereit, vor allem die Regenhosen. Und genießt die Nacht. Von nun an wird's ungemütlich.«
Nun sprangen auch Elke und Giulia auf. Nanu, die drei teilten sich ein Zimmer? Nicht Giulia und Robert? Hatte ich mich zu sehr auf meine eigenen Probleme fokussiert und zu wenig darauf geachtet, was in der Gruppe passierte? Vielleicht erklärte das Roberts übertriebene Gereiztheit mir gegenüber?
»Eins noch«, rief Hansi ihnen hinterher. »Wir treffen uns morgen um sieben zum Frühstück. Wir müssen die erste Bergbahn um acht erwischen, sonst wird´s hinten raus zu knapp. Also bitte alle pünktlich sein.«
Robert leerte sein Glas, ich hatte nicht mitgezählt, das wievielte Bier das gewesen war, und nickte. »Machen wir, Chef.« Er nahm eher passiv am Tischgespräch teil, indem er Axels und Bohnes Anekdoten lauschte. Ich verstand nur zu gut, warum er so viel trank, meinen Berechnungen nach musste er sich ein Zweierzimmer mit Holtmann teilen. Der rückte nun näher und biederte sich bei Axel und Bohne an, in dem er amüsante Geschichten aus der Managementetage beisteuerte. »Und es ist ja kein Geheimnis, Axel. Du bist der PC-Gott der Firma. Ohne dich würde doch bei uns alles zusammenbrechen.«
Mir wurde schlecht, Holtmann schreckte vor nichts zurück. Ich bestellte noch einen Zweigelt. Der war hier wenigstens deutlich besser als das rote Gesöff gleichen Namens, das auf den Hütten ausgeschenkt wurde. Das war ja kein Geheimnis, dass die Österreicher richtig guten Wein hatten, den aber leider selber tranken und ihren Gästen die Reste vorsetzten. Nur Hansi nahm an dem ausgelassenen Gelage nicht wirklich teil. Sein Blick ging in

die Weite, seine Hände kneteten am Griff seines Glases voller Apfelschorle.
»Ich hatte überlegt, hier auszusteigen«, vertraute ich ihm leise an.
Er schien nicht überrascht, ermunterte mich zu sprechen.
»Die Sache mit Holtmann war heftig. Und ich fühle mich irgendwie nicht als Teil der Gruppe.«
Hansi nickte verständnisvoll. »So eine Tour ist nicht nur körperlich anstrengend. Das ist auch ein Test für hier oben.« Er tippte sich an seinen Kopf. »Du hast viel Zeit nachzudenken. Du sprichst mit Leuten, mit denen du normalerweise nie sprechen würdest. Du stellst in Frage, bewertest neu. Das ist ganz normal. Das ist eine innere Reinigung. Dafür gehen einige wochenlang ins Kloster.«
Ich nickte, nahm einen Schluck Wein und überlegte, ob ich Hansi von meinen Verdächtigungen erzählen sollte. Lieber nicht. Neben uns fand gerade ein weiterer Humorausbruch statt, der Robert dazu brachte, die Hälfte seines Bieres auf dem Tisch zu verschütten. Eine alterslose Matrone im Kostüm einer Serviererin kam herbeigeeilt, um den Schaden zu begrenzen.
Sollte ich Hansi von den Drohungen erzählen, insbesondere von Roberts Drohungen? Das kam mir in diesem Moment so albern vor, wie er da saß, nicht mal in der Lage, sein Glas gerade zu halten.
»Thomas, du hast die Hälfte geschafft. Wenn du jetzt durchhältst, kommst du auch an. Und dann wirst du stolz auf dich sein.«
Wie oft er diese Motivationsrede wohl schon gehalten hatte? Ich nickte wieder und dachte an Cynthia. »Du hast recht, Aufgeben ist keine Option.«
Hansi lächelte zufrieden. So als sei es ihm wirklich wichtig, mich weiterhin dabeizuhaben. Das tat mir gut. Ich trank den Rest des Weins mit einem großen Schluck.
»Ich leg mich dann mal auch hin. Gute Nacht.«
Ich kam bis zum Lift, als mir einfiel, dass ich gar keinen Zimmerschlüssel hatte. Wir hatten nur einen und den hatte

Axel. Ich kehrte um. An der Terrassentür blieb ich stehen, denn ich war mir sicher, meinen Namen gehört zu haben. Die Gruppe hatte sich schnell aufgelöst, neben dem Tisch standen nur noch Bohne, Axel und Robert. Robert gestikulierte wild.
»Morgen kauf ich mir den. Wenn das nicht aufhört. Darauf kannst du Gift nehmen.«
Ich schluckte. »Axel, gibst du mir mal den Schlüssel?«, rief ich von der Tür aus.
Ich hatte keinen Bedarf, den dreien näher zu kommen. Ich sah im Schein der bunten Terrassenlampen, wie Axels Gesicht sich leicht verfärbte. Rot, tippte ich.
»Wir kommen auch.« Er hieb Robert zum Abschied die Hand auf den Rücken und kam, Bohne im Schlepptau zu mir.
»War'n schöner Abend.«
Ich schluckte und murmelte unzusammenhängendes Zeug, dass wie eine Zustimmung klingen sollte. Er fragte nicht nach.

42

Es hatte nach drei anstrengenden Tagen eine schöne Nacht in einem gemütlichen Federbett werden sollen, doch ich hatte kaum geschlafen. Der Raum war überheizt, Axel schnarchte noch lauter als sonst und das Bett war härter als jedes Matratzenlager. Um sechs saß ich aufrecht in diesem Bett, war hundemüde und konnte trotzdem nicht mehr schlafen. Rücksichtslos duschte ich mich und überhörte das Murren aus dem Doppelbett. Immerhin heißes Wasser, so viel und so lange, wie ich wollte. Heißes Wasser? Mir fiel die Wäsche vom Vortag wieder ein. Ich hatte die Unterhosen und T-Shirts auf dem Balkon zum Trocknen aufgehängt und gestern Abend, ich schlug mir die Hand vor die Stirn, vergessen, sie reinzuholen. Ich sprang aus der Dusche, wäre fast ausgerutscht und riss beim Versuch, das Gleichgewicht zu erlangen, Bohnes Zahnbürste runter, die haarscharf neben der Kloschüssel landete. Schnell hob ich sie auf und drapierte sie wieder nett im Becher. Die beiden lagen noch im Bett. Peinlich. Ich trocknete mich notdürftig, schlüpfte in meine Unterwäsche und riss die Balkontür auf. Auch das noch: Es regnete. Die T-Shirts hingen über Stühlen unter dem Schutz des Vordachs. Sie fühlten sich feucht an vom Tau. Die Unterhosen hatte ich über das Balkongeländer gehängt. Sie waren pitschnass.

»Fesches Outfit«, rief jemand von der Seite.

»Giulia, hallo«, grüßte ich verlegen. »Auch schon auf?«

»Die Regentropfen haben mich geweckt, ich hab einen leichten Schlaf.« Sie warf mir einen koketten Blick zu. »Aber das hat sich ja gelohnt.«

Schamhaft verkroch ich mich wieder in das Zimmer, wrang die Unterhosen erfolglos aus und verstaute sie in einer Plastiktüte. Am liebsten hätte ich sie weggeworfen.

Schon um zehn vor sieben stand ich vor der geschmiedeten Tür des Frühstücksraums. Fünf vor sieben

stießen Giulia und Elke dazu. Um sieben waren wir fast vollzählig, aber die Tür blieb verschlossen. Und was noch schlimmer war, im Frühstücksraum brannte nicht einmal Licht, niemand war zu sehen, der eifrig das Frühstück vorbereitet hätte. Fünf nach sieben teilte uns Hansi zähneknirschend mit, dass das Hotel seit seinem letzten Besuch die Frühstückszeiten geändert habe, nun beginne es erst um acht. Er hätte aber erreicht, dass wir schon mal einen Kaffee und Brot vom Vortag bekommen würden. Wir frühstückten schweigend, es war weniger die Enttäuschung, dass uns ein opulentes Büffet entging. Hansi hatte uns drei Tage lang den Mund wässrig gemacht und von Rührei, Speck und Weißwürsten geschwärmt, sondern der Blick aus dem Fenster. Der Himmel war schwarz, es regnete ununterbrochen Bindfäden.
Zehn vor acht trafen wir uns am Gartentor in voller Ausrüstung.
»Super, dass ihr alle pünktlich hier seid. Bei so einem Wetter ist es nochmal wichtiger, dass wir die erste Bahn kriegen. Auf geht´s.«
»Hansi, warte mal. Ich seh Robert nirgendwo«, sagte Giulia ruhig, aber bestimmt.
Wir sahen uns an, als könnte er sich irgendwo mitten unter uns versteckt haben, missmutiges Gemurmel hob an und verebbte.
»Fahren wir doch schon mal hoch, er kann ja mit der nächsten Bahn nachkommen«, sagte seine Gattin.
Hansi schaute noch mürrischer als das Wetter. »Geht nicht. Wir bleiben zusammen.«
Die feuchte Kälte fraß sich langsam durch unsere Regenkleidung, aber niemand wollte wieder ins Hotel gehen. Wir hofften, dass Robert jeden Moment kommen würde.
Er kam um Viertel nach acht, ohne sich zu entschuldigen. Auf Hansis Nachfrage zuckte er nur mit den Schultern.
»Wieso? Frühstück war doch erst ab acht«, sagte er mürrisch.

Ich schüttelte den Kopf und sagte nichts. Warum hassten sie mich? Ich hätte da eine andere Idee gehabt.
Schweigend nahmen wir die nächste Bahn, die um halb neun auf den Krahberg fuhr.
Die Venetbahn kroch langsam in Richtung 2208 Meter Gipfelhöhe, Hansi stand direkt neben mir.
»Warst du einkaufen?«, fragte ich ihn. Sein Rucksack sah noch praller gefüllt aus als bisher und schien auch schwerer.
»Nicht ganz. Da ist eine Drohne drin, die mir die Bergschule nach Zams geschickt hat. Ist so eine Idee vom Chef, er möchte, dass wir damit eine paar Luftaufnahmen von der Wanderung machen. Wenn das klappt, plant er einen Werbefilm über den kompletten E5.«
Ich nickte. Ich hatte mir im Internet einige Drohnenvideos angesehen. Ein paar davon waren fantastisch, die Kamera schwebte aus erhabener Perspektive, man sah Dinge, die man nur aus der Luft erkennen konnte.
»Tolle Idee, darf ich die auch mal fliegen?«
Hansi sah nicht begeistert aus. »Mal schaun. Bei so einem Wetter wird das eh nichts.«
Den Rest der Zeit musterte ich unauffällig Robert. Er blickte finster. Ich musste immer wieder an seine Bemerkung vom Vortag denken. Er wartete bestimmt nur auf den richtigen Augenblick, um dann kalt und berechnend zuzuschlagen. Ich musste gut aufpassen.
Auf dem Krahberg waren wir die einzigen. Das war das Gute am schlechten Wetter, man hatte den Berg für sich. Fast noch besser war der helle blaue Streifen, der zwischen den dunklen Wolken sichtbar wurde.
»Es regnet nicht mehr«, freute sich Giulia.
Hansi schaffte es endlich, auch wieder zu lächeln. »Wir haben Glück, das schlechte Wetter zieht nach Norden. Ihr könnt die Regensachen wieder ausziehen. Denkt daran, zieht euch so an, dass es euch etwas zu kalt ist, dann werdet ihr beim Wandern nicht zu arg schwitzen.«
Ich fand den Optimismus verfrüht und unbegründet.

Meiner Meinung nach waren das immer noch mehr als genug Regenwolken. Und wenn ich das richtig interpretierte, legte der schmale blaue Streifen auch nur den Blick auf eine weitere Schlechtwetterfront frei. Aber Hansi war der Profi, der musste es ja wissen.

43

»Schaut nur«, Hansi wies mit dem Arm nach Süden, »das sind die Öztaler Alpen. Davor seht ihr das Pitztal und das Kaunertal. Und wenn ihr euch umdreht und neben die Bergstation geht«, er ging ein paar Schritte zur Seite und wir folgten ihm, »seht ihr die Lechtaler Alpen. Durch das Tal dort sind wir gestern gekommen.«
Auch wenn es nicht regnete, warm war es nicht mehr und dank Hansis Profitipp wurde mir kalt. Wegen meiner angespannten Position in der Gruppe verzichtete ich aber auf Klagen, Holtmann nahm mir diese undankbare Aufgabe ab.

Wir waren eine halbe Stunde unterwegs. Der Weg war vom nächtlichen Regen aufgeweicht und die Sicht aufgrund der vielen Wolken genauso bescheiden wie die Stimmung. Niemand sagte ein Wort. Und als Elke das Schweigen brach, trug das nicht zur Besserung bei.
»Merde«, sagte sie und auch wir, die wir kein Französisch sprachen, wussten, was sie meinte. Dicke Wassertropfen kamen vom Himmel und am Horizont sahen wir einen Blitz über den Himmel zucken.
»Zeit für die Regensachen«, sagte Hansi.
Meine Regenhose war von erlesener Qualität, das hatte ich zumindest aufgrund des exorbitant hohen Preises vermutet. Das böse Erwachen kam nun: Sie passte nicht über die Stiefel. Man konnte zwar hier und dort Reißverschlüsse aufmachen, aber es reichte einfach nicht. Der Regen wurde stärker, während ich mich aus meinen Wanderschuhen quälte und in die Hose stieg. In Ermangelung eines trockenen Untergrunds balancierte ich mit meinen Füssen auf den Schuhen, was überaus mittelmäßig gelang. Als ich endlich in der Hose drin war und die Füße wieder in den Schuhen steckten, war ich schon zur Hälfte nass und mit Abstand der letzte der Gruppe, denn die anderen waren schon mal

weitergewandert. Niemand hatte Lust im Regen zu stehen. Nur einer hatte noch mehr Ärger.
»Elke, was ist mit deiner Regenhose?«, hörte ich Hansi.
»Du hast doch gesagt, sie taugt nichts, da hab ich sie weggeworfen.«
»Keine Hose ist auch keine Lösung.«
Elke lief das Wasser von der schlecht passenden Kapuze ihrer antiken Jacke ins Gesicht. Sie sagte nichts. Ihre Baumwollwanderhose war dunkel vor Nässe. Ich konnte nur vermuten, wie schwer und klamm sie schon jetzt war.

Wieder zuckte ein Blitz über den Himmel, dieses Mal hörten wir es auch donnern.
»Es kommt näher«, analysierte Axel.
»Das kann man noch nicht sagen«, beschwichtigte Hansi. Sein letztes Wort war kaum zu verstehen, denn dem nächsten Blitz folgte der Donner auf dem Fuße und war so laut, dass ich um mein Gehör fürchtete. Mehr Sorgen mussten wir uns aber um Robert machen, denn der war kreidebleich geworden und begann zu schreien. »Hier gibt es nirgends Schutz, wir werden alle sterben.«
Elke versuchte, ihm Mut zuzusprechen und ihm beruhigend auf den Rücken zu klopfen, aber er stieß sie weg.
»Ihr versteht nicht. Lest ihr keine Zeitung? Erst letztes Jahr. Im Golfclub. Alle tot.«
»Also gut«, sagte Hansi. »Jeder setzt sich auf seinen Rucksack, immer im Abstand von fünfzig Metern. Damit geben wir dem Blitz kein Ziel.«
Auch Giulia war bleich. Soweit ich das erkennen konnte, zitterte sie sogar. »Ich habe Angst vor Gewittern«, jammerte sie, doch niemand beachtete das, jeder war mit sich selbst beschäftigt.
Hansi teilte uns ein. Er begann mit Holtmann, machte weiter mit Elke und endete schließlich mit mir. Dachte er jedenfalls. Giulia und Robert hatten ihre Rucksäcke nebeneinander gelegt und hielten sich eng umschlungen.

Die Angst schien sie zu vereinen, die Nähe tröstete sie. Hansi war außer sich.
»Giulia, das ist lebensgefährlich, lass ihn los. Robert, geh auf deinen Platz.«
Ich hatte ihn noch nie so mit Robert reden hören, es war, als brächen tiefe Gefühle aus ihm heraus. Doch Robert schien taub, weinte er? Ich saß auf meinem Rucksack, spürte den Regen auf meinen Händen und im Gesicht, er kam zeitweise fast waagerecht und ich malte mir aus, wie es wäre, wenn mich der Blitz erschlug. Ich dachte an Susanne, wahrscheinlich wäre sie erleichtert, und an meine beiden Jungs und da wusste ich, dass der Blitz mich verschonen würde.
»Robert, lass sie los. Sei kein Kind«, schrie ich ihn an.
Er starrte ungläubig in meine Richtung. Ich glaubte nicht, dass er mich hörte. Kurzentschlossen ging ich zu ihm, gab ihm zwei kräftige Ohrfeigen, zog ihn hoch, nahm seinen Rucksack und zerrte ihn ans Ende der Reihe. Fünfzig Meter hinter meinem Rucksack stieß ich ihn zu Boden. Er starrte mich an, sein Blick war leer. Ich setzte mich zu ihm, nahm ihn in den Arm und wartete, bis er aufhörte, zu weinen und nicht mehr zitterte. Erst dann stand ich wieder auf. »Und hier bleibst du, bis Hansi dir sagt, dass es weitergeht.«
Ging doch, war gar nicht so schwer. Robert hatte mich erkannt, mich ungläubig angesehen, aber ansonsten keinen Widerstand geleistet. Giulia war viel zu überrascht gewesen, um zu reagieren und auch hinlänglich mit sich selbst und ihrer Angst beschäftigt. Hansi hatte eindringlich auf sie eingeredet und nun schien es auch bei ihr wieder zu gehen.
Das Gewitter wurde noch stärker, der Regen blieb kräftig, die Blitze schlugen nah ein, der Donner dröhnte infernalisch. Ich hatte in meinem ganzen Leben noch nie so ein Gewitter erlebt und betete im Stillen, dass ich nie wieder so eins erleben würde. Es tobte fast eine Stunde lang und die ganze Zeit behielt ich Robert im Auge. Doch

er saß fast unbeweglich auf seinem Rucksack, schaute nicht mal in meine Richtung. Er war ein meisterhafter Schauspieler, das hatte ich ihm gar nicht zugetraut. Oder er war verrückt.
Und dann war es plötzlich vorbei. Keine Blitze mehr, kein Donner. Nur der Regen blieb. Mir war kalt, ich fühlte mich nass und unbehaglich und ich brannte darauf, endlich weiterzugehen, damit mir wieder warm wurde. Hansi gab das erlösende Signal.

Der Weg führte zunächst durch sumpfiges Gelände. Ein Holzsteg hätte uns davor schützen sollen, doch wegen des starken Regens war er teilweise überflutet. Immer wieder kamen wir ins Rutschen. Es war Robert, der schließlich in voller Länge neben den Holzbohlen lag und lauthals fluchte. Seltsamerweise empfand ich keine Schadenfreude, nur Mitleid.
Auf der Galflunalm machten wir Pause. Elke versuchte vergeblich, das Wasser aus ihrer Hose zu wringen. Nur gut, dass sie hier auch im Sommer heißen Grog ausschenkten, jetzt wussten wir warum. Er half. Ich saß etwas abseits, allein mit meinen Gedanken und meinem Heißgetränk, als Giulia vorbeiging und mir ein flüchtiges Danke schenkte. Überrascht blickte ich sie an.
»Dafür, dass du Robert zur Vernunft gebracht hast. Er hat mir nur noch mehr Angst gemacht.«
Ich nickte ihr zu, sie lächelte. Und mir erst, dachte ich.
Cynthia gesellte sich zu mir. Sie musste nichts sagen, wir verstanden uns auch so, ein kurzer Blickkontakt genügte. Am Ende, als uns Hansi zum Aufbruch mahnte, sagte sie doch noch etwas.
»Gut gemacht. Du bist auf dem richtigen Weg.«
Wieder nickte ich. Nur Robert kam nicht zu mir, er mied mich. Ich weiß nicht, ob es aus Scham oder aus Wut war. Es war mir auch egal.
Wir erreichten Wenns nass und erschöpft, obwohl es die meiste Zeit nur bergab ging, wir waren jetzt auf etwas

mehr als 900 Meter Höhe. Der Postbus erwartete uns bereits und ich hoffte inständig, er würde uns mitnehmen, obwohl wir aussahen wie nasse Kaninchen und an allen möglichen Stellen Erde an uns klebte. Unsere Rucksäcke hatten während des Gewitters ganz besonders gelitten. Aber der Fahrer verzog keine Miene und wir genossen eine Stunde lang die Wärme im Inneren des Busses. Die Stimmung war trotzdem auf dem Tiefpunkt und ich bereute bitterlich, dass ich in Zams nicht wie geplant ausgestiegen war. Welcher Teufel hatte mich nur geritten?

Der Bus spie uns in Mittelberg, in etwa 1700 Meter Höhe, wieder aus. Von hier würden wir zur Braunschweiger Hütte aufsteigen. Aber Hansi hatte ein Einsehen. Obwohl wir spät dran waren, kehrten wir im Gletscherstübel ein.

Hansi erklärte uns, dass hier das Pitztal zu Ende war, die Bedienung erklärte uns, dass wir für einen Euro unsere Wasserflaschen auffüllen konnten und ich bestellte eine Portion Geröstetes und einen Almdudler und während der warmen Mahlzeit war meine Welt wieder in Ordnung. Ich überlegte, wie wenig man doch in Wirklichkeit brauchte, um glücklich zu sein und zum ersten Mal an diesem Tag vergaß ich Robert und die Bedrohung, die von ihm ausging.

44

Zur Materialseilbahn waren es nur ein paar Meter, aber es reichte, um schon wieder komplett nass zu werden. Dicht gedrängt standen wir in dem Unterschlupf und packten die kleinen Rucksäcke, das war nun schon Routine.
»Zieht euch warm an«, mahnte Hansi.
»Du meinst ein bisschen zu kalt«, wollte Elke glänzen, aber Hansi schüttelte ernst den Kopf.
»Nein, ich meine zieht euch warm an. Wir gehen auf über 2700 Metern. Da oben schneit es.«
Mir schauderte. Das hatte gerade noch gefehlt.
»Und ihr wollt doch wohl nicht vor der Zeit krepieren?« Er machte den Witz, ohne zu lachen. Nur Holtmann und Axel zwangen sich zu einem Grinsen.
»Nein, wir wollen erst deutlich später krepieren«, versuchte ich, die Luft aus der gespannten Situation zu lassen, doch niemand lachte, nicht einmal Hansi.

Ich machte das volle Programm, inklusive der Fleece-Mütze, des Puffs, der Handschuhe, des vollen Regenschutzes, und meinen Fleecepullover trug ich sowieso unter der Regenjacke. Ich legte die Kleidung sehr langsam an und achtete auf Robert. Ich wollte lieber in seiner Nähe bleiben und wusste ja, dass er immer der Letzte war. Er enttäuschte mich nicht, seine Hose hatte er erst beim dritten Versuch richtig herum an und als sein Rucksack grade auf den Materiallift geworfen werden sollte, fiel ihm ein, dass er seine Trinkflasche darin vergessen hatte und die ganze Packerei begann von neuem, natürlich fand er sie erst ganz unten.
Wir zwei waren die letzten, die sich auf den Weg machten. Schweigend ging ich hinter Robert und versuchte, mich ganz auf den Weg zu konzentrieren und die bösen Vorahnungen zu verdrängen. Wie würde er es anstellen? Ich bildete mir ein, stärker als er zu sein. Wenn er mich nicht überraschte, müsste ich ihm gewachsen sein. Schon

nach einer Stunde ging der Regen in Schnee über. Der Weg war nun rutschig, die Schritte fielen schwerer. Trotz meiner vielen Kleidungsstücke war mir nicht warm. Ich hörte Robert keuchen. Machte er das absichtlich, um mich in Sicherheit zu wiegen? Der Abstand zu der Gruppe wurde größer, Hansi schien das nicht weiter zu sorgen. Er ging an der Spitze mit unvermindertem Tempo.
Wir kamen an einem Wasserfall vorbei, der für die Jahreszeit immens kräftig den Fels hinunterstürzte. Der viele Regen seit gestern schien das Übrige zu tun. Die Gischt spritzte bis zu uns auf den Weg und ließ mich frösteln.
Robert wurde immer langsamer. Ich durchschaute seinen perfiden Plan, er wollte uns immer weiter von der Gruppe entfernen, um sich dann ungestört über mich hermachen zu können. Es war ein Unfall, würde er sagen. Das Wetter, der Weg war so rutschig. Das hatte er bei Holtmann doch auch gesagt. Ihr wisst ja, wie das ist, würde er sagen und die anderen würden verständnisvoll und ein wenig mitleidig nicken, denn das musste ja schwer für Robert gewesen sein, daneben zu stehen und mitansehen zu müssen, wie der Birkmüller in die Tiefe stürzte. Ich seufzte innerlich, diesen Triumph würde ich ihm nicht gönnen. Ich passte auf. Der Weg wurde immer steiler, das war fast kein Gehen mehr, das war nahe am Klettern. Stahlseile halfen uns, das machte es etwas einfacher. Robert keuchte, er ging mit Babyschritten. Mein Herz pochte. Ich rechnete jetzt jeden Moment mit seinem Angriff und spannte meine Muskeln. Und dann stürzte er in mich hinein.

Er fiel nach hinten, direkt auf mich, wie ein nasser Sack. Mit meiner linken hielt ich das Stahlseil umklammert und ich ließ nicht los, das war unsere Rettung. Es kostet mich all meine Kraft, aber ich hielt dagegen. Und ich hielt Robert mit der Rechten fest. Er ließ sich bereitwillig in den Berg schubsen. So verharrten wir für einen Moment, dann setzen wir uns beide keuchend auf den Boden, die

Rucksäcke an der Wand, vor uns der Abgrund.
»Danke«, stotterte Robert leise.
Ich atmete tief ein und aus. Das war kein Überfall gewesen. Eher ein Schwächeanfall.
»Alles okay?«, fragte ich.
Robert atmete noch immer hörbar. »Geht schon.« Er machte eine Pause. »Das ist zu viel. Ich glaub, ich schaffe das nicht.«
Er hustete, er würgte. Sein rechter Arm ruderte, er versuchte aufzustehen. Ich half ihm, er beugte sich nach vorne und übergab sich. Jetzt war der Schnee ein Segen, ich konnte nur erahnen, wo der Auswurf landete.
Robert keuchte weiter, spuckte aus und ließ sich wieder auf den Boden gleiten. »Kannst du mir mal meine Flasche geben?«
Ich friemelte sie aus seinem Rucksack und reichte sie ihm. Er nahm einen großen Schluck.
»Es ist nicht nur das Körperliche.«
Ich sagte nichts, was hätte ich auch sagen sollen? Ich ließ ihn reden.
»Der Streit mit Giulia. Immer wieder. Jedes Wort, das sie sagt, ist ein Angriff gegen mich. Die Sache mit Holtmann. Ich halte das nicht mehr aus. Dann soll sie doch gehen.«
»Das ist ja nun mal während so einer Wanderung nicht so einfach«, rutschte es mir heraus.
Sein Blick war vorwurfsvoll.
»Tschuldigung«, sagte ich. »Ist doch auch schon lange her, mit ihr und Holtmann.«
»Ach was. Giulia hat nen anderen. Holtmann. Was weiß ich. Jetzt jedenfalls, nicht vor ein paar Jahren. Sonst wär sie nicht so.«
»Nicht Holtmann?«, fragte ich erstaunt.
»Was weiß denn ich? Kann doch irgendwer sein. Vielleicht du? Du machst doch mit deinem Psycho-Scheiß hier zusätzlich alles kaputt.«
»Entschuldige mal«, sagte ich überrascht, »Ich hab dich grad aufgefangen. Ohne mich lägst du jetzt dort«, ich

zeigte lässig nach unten.
»Und ich habe geholfen, dich und Holtmann hochzuziehen. Würde sagen wir sind quitt.«
Wir saßen einen Moment schweigend. Es wurde kalt am Hintern und der Schnee brannte eisig im Gesicht, Roberts Atmung beruhigte sich.
»Mal ehrlich«, sagte ich endlich, »willst du mich umbringen?«
Er schaute mich an, aber ich konnte seinen Gesichtsausdruck nicht deuten.
»Mal ehrlich«, sagte er, »ich würde gern eine Menge Leute umbringen. Holtmann zum Beispiel. Oder den Typen, der mir meine Frau weggenommen hat. Also Holtmann wahrscheinlich. Aber ich bin genauso wenig ein Mörder wie du.«
Sollte ich ihm das glauben? Ich schaute in die Weite, in den Schnee, sah die Flocken wirbeln, wie ein unendliches, unentwirrbares Puzzle.
»Wir sind doch nur Schafe«, sagte Robert, mehr zu sich selbst als zu mir. »Schafe, die viel reden, aber dann doch nur grasen und warten, bis der Schäfer sie rasiert.«
»Komm«, sagte ich und stand auf, »wir können hier nicht bleiben, hier holen wir uns nur den Tod.«
»Auch ne Idee«, sagte er, nahm aber die Hand, die ich ihm entgegen streckte, und ließ sich hochhelfen.
»Den Gefallen wollen wir Holtmann nicht tun«, sagte ich.
»Wo du recht hast«, sagte er und langsam gingen wir weiter.

45

Die letzten Meter zur Braunschweiger Hütte waren die bisher härtesten der ganzen Wanderung. Obwohl ich die Hütte schon sehen konnte, kostete jeder Schritt unendlich viel Kraft. Es ging steil bergauf, der Schnee lag hoch. Es war wie Treppensteigen, nur mit viel zu hohen, glitschigen Stufen. Vor mir gingen Robert, Giulia und Elke. Von den anderen war nichts mehr zu sehen, die waren bestimmt schon in der heimelig warmen Hütte. Aber die drei vor mir kämpften. Wenn es mir schon schwer fiel, wie hart musste es für sie erst sein.
»Kopf hoch, wir sind gleich da«, rief ich ihnen fröhlich zu. Ich dachte an mein Image in der Gruppe und wie sehr sie mich dafür lieben würden, dass ich ihnen in der Stunde der Not neue Kraft geschenkt hatte. Elke und Giulia sagten nichts, ich hörte sie keuchen, klar, ihnen fehlte die Luft zum Reden. Auch Robert keuchte, trotzdem sagte er etwas. Es klang wie »Birkmüller, halt einfach mal die Fresse.« Undankbares Pack.

Irgendwie hatten wir es dann doch geschafft, einen Schritt nach dem anderen, Kälte und Anstrengung einfach ausgeblendet, und dann standen wir da. So erschöpft, dass wir einfach auf der Terrasse stehen blieben und atmeten. Einfach nur atmeten und nichts dachten. Langsam kam das Bild, das meine Augen registrierten, auch im Kopf an. Was für ein Ausblick. Ein riesiger Gletscher erstreckte sich zur Linken, und ich hatte gedacht, die wären alle schon der globalen Erwärmung zum Opfer gefallen. Wir waren auf über 2700 Metern, so hoch war noch keine Hütte gewesen. Die Luft roch anders, schmeckte anders. Zumindest bildete ich mir das ein. Vielleicht hatte ich aber auch einfach nur Hunger. Ich war allein auf der Terrasse, die anderen waren schon mal reingegangen. Es hatte aufgehört zu schneien, die Luft war klar, die Sicht war weit. Trotz der Erschöpfung fühlte ich mich gut, frei, im Einklang mit mir

selbst.
»Thomas. Beeil dich, in einer halben Stunde gibt's Essen«, rief Hansi aus der Tür zu mir hinüber.
Ich winkte ihm zu als Zeichen, dass ich ihn verstanden hatte.

Auch hier gab es ein Bettenlager, aber jeder hatte seine eigene Matratze. In Windeseile rollte ich meinen Hüttenschlafsack aus. Zufrieden grinste ich und wechselte das durchgeschwitzte Hemd. Wieder einen Tag überlebt. Und mit Robert hatte ich mich fast ein bisschen angefreundet. Es ging voran. Hansi hatte uns eine Stube nur für uns organisiert, gleich links neben dem Eingang, gegenüber der Wirtsstube. Sie sah neu aus, fast edel, mit Holz verkleidet. Ein Heizstrahler sorgte für eine saunaartige Gemütlichkeit. Die anderen war schon da, ich setzte mich neben meinen neuen Freund Robert, der mir sogleich Platz machte, indem er von mir abrückte. Rechts von mir saß Holtmann. Er beachtete mich nicht. Die Braunschweiger Hütte war uns als Hort der gehobenen Küche angepriesen worden. Ich blätterte die Speisekarte durch, tatsächlich, es gab sogar Steak. Mir lief das Wasser im Munde zusammen.
»Einen Zweigelt und das Steak«, bestellte ich bei der jungen Dame, die mit ihrem Block unsere drei Tische abarbeitete.
Sie sah mich verständnislos an. »Ihr kriegt's doch Menu«, sagte sie und ich nickte irritiert und tat so, als habe ich das nur einen Moment lang vergessen.
Es war wie eine ärmliche Silvesterparty. Nacheinander brachte sie Schüsseln und Teller mit allerhand Speiseresten: heiße Kartoffeln, Speck, Gemüse, Frischkäse. Wir drapierten das auf unseren Tellern nach Art eines Raclettes, nur ohne Pfännchen. Ich dachte wehmütig an das Steak aus der Karte und merkte zu spät, dass Holtmann sich den Rest des Specks auf seinen Teller geragt hatte. Neidisch sah ich hinüber, er tat, als habe er

das gar nicht bemerkt und schlug lustvoll zu. Ich pellte mir eine weitere Kartoffel und träufelte den letzten Löffel des irritierend flüssigen Frischkäses darauf. Während die anderen fröhlich schnatterten, trank ich noch ein Glas Zweigelt und fühlte mich überhaupt nicht gut. Das war das erste Mal, dass ich das Hüttenessen nicht vertrug. Ich stand auf und ging raus. Niemand nahm Notiz von mir. Die frische Luft tat mir gut. Ich ging zum Geländer, stützte mich auf und atmete. Atmete tief ein und aus und genoss wieder die Aussicht und spürte die Kälte nicht, es war so heiß in dem Raum gewesen. Plötzlich stand sie neben mir.

»Alles okay?«, fragte Cynthia.

Ich erzählte ihr von dem Zwischenfall mit Robert und wie wir uns danach zusammengerauft hatten. »Du kannst stolz auf mich sein«, sagte ich und sie schaute mich seltsam an. »Robert ist es nicht. Aber ich bleibe dabei, irgendetwas ist faul.«

Cynthia musterte den Gletscher. »Du musst mit Hansi reden. Unsere Ermittlungen laufen ins Leere.«

Ich wusste, dass sie recht hatte. Meine Hand lag auf der Balustrade, auch Cynthia stützte sich so ab. Ich überlegte, und noch ehe ich einen klaren Gedanken fassen konnte, hatte sich meine Hand auf ihre gelegt. Sie schob sie nicht weg. Stattdessen rückte sie ein wenig näher. Ich schaute zu ihr und sah in ihr Gesicht mit den vor Kälte roten Wangen. Sie sah mich erwartungsvoll an. Ich überlegte, wie weit ich gehen sollte. Ich zauderte. Ich wollte es nicht kaputt machen.

»Mir ist kalt. Ich geh wieder rein«, sagte sie schließlich. Klang sie enttäuscht?

»Ich komme mit«, sagte ich. Mir ging es wieder etwas besser.

Die Abendgesellschaft begann sich aufzulösen. Hansi hatte sich bereits zurückgezogen. Die Hüttenwirtin verriet mir, wo ich ihn finden würde. Voller Zweifel suchte ich nach

seinem Zimmer. Wie würde er reagieren? Würde er mich auslachen? Wusste er vielleicht mehr über die Teilnehmer der Wanderung als ich? Hatte er das fehlende Puzzleteil?
Schließlich stand ich vor seiner Tür und war mir immer noch nicht sicher, was ich sagen sollte. Wir haben einen potentiellen Mörder in der Gruppe. Alles, was ich weiß ist, dass es nicht Robert ist. Das klang peinlich und dumm.
Die Tür stand einen Spalt weit offen. War er überhaupt in seinem Zimmer? Ich schielte vorsichtig hinein. Dort stand er, an seinem Einzelbett, was für ein Luxus. Er hantierte an seinem Rucksack. Ich wollte mich räuspern, um ihn auf meine Anwesenheit aufmerksam zu machen, da stockte mir der Atem. Was war das, was er da aus dem Rucksack zog? Alles, was ich sah, war, dass es rot war, lang und rund. Wie eine Kerze. Aber das war keine Kerze. Soetwas hatte ich noch nie gesehen, höchstens im Fernsehen. Es sah aus wie die Karikatur von Sprengstoff. Sprengstoff!
Langsam, leise und rückwärts bewegte ich mich weg von der Tür, dann lief ich fast zum Matratzenlager. Wir schliefen alle in dem gleichen großen Raum. Und bis auf Robert waren alle da und bereiteten sich auf die Nacht vor.
»Schnell, macht die Tür zu«, keuchte ich.
Elke starrte mich mit großen Augen an, irgendwie merkten sie, dass es ernst war. Giulia schloss die Tür. Holtmann räumte ungerührt weiter. Ich beachtete ihn nicht.
Ich berichtete, wie ich zu Hansi hatte gehen wollen und dass ich in seinem Zimmer eine Entdeckung gemacht hatte. Es wurde still, sogar Holtmann musterte mich jetzt aufmerksam.
»Was wolltest du bei Hansi?«, fragte er.
Robert kam zur Tür herein und stutzte. Giulia drückte die Tür wieder zu.
»Robert«, Holtmann grinste. »Du kommst gerade zur rechten Zeit. Unser Held will uns eine neue Verschwörungstheorie mitteilen.«
Robert sah mich feindselig an. »Hört das denn nie auf?«
»Hört mir doch erstmal zu. Ja, vielleicht habe ich es in den

letzten Tagen etwas übertrieben. Und vielleicht lag ich auch nicht immer ganz richtig.«
»Nicht immer?«, höhnte Holtmann.
Aber Giulia hielt ihren Zeigefinger vor die Lippen. »Lass ihn mal ausreden«, gebot sie.
»Hansi hat Sprengstoff im Rucksack. Mehrere Stangen.«
Jetzt war die Katze aus dem Sack und die Reaktion erfüllte mich mit Genugtuung. Elke schaute ungläubig, Holtmann sagte gar nichts, die anderen tuschelten untereinander.
»Es war die ganze Zeit Hansi. Er will uns in die Luft sprengen.« Ich erzählte immer weiter. Wie ich den ersten Verdacht geschöpft hatte, wie seltsam die Stimmung in der Gruppe war, dass mir keiner glauben wollte, aber jetzt sei alles klar. Niemand hörte mir mehr zu.
»Du spinnst«, sagte Holtmann schließlich und es wurde wieder still. »Ich glaube das nicht. Es ist ja nicht das erste Mal, dass du dir so etwas einbildest.«
»Genau, fragen wir Hansi einfach«, sagte Robert.
»Seid ihr verrückt? Ihr wollt euren Mörder fragen, ob er euch umbringen will?«, entgegnete ich.
»Ist doch gar nicht so abwegig«, sagte Cynthia behutsam. Das versetzte mir einen Stich. War sie nicht auf meiner Seite? »Wenn wir ihn direkt fragen, ist es jedenfalls keine Überraschung mehr«, sagte ich. »Dann weiß er, dass wir auf der Hut sind.« Schwaches Argument, aber das war keine offene Diskussion. Es war eher so, dass die anderen mir ihre Entscheidung mitteilten.
»Ich hole Hansi«, sagte Holtmann und ging. Ich hielt mich an einem der Holzpfeiler fest, auf denen die erste Etage des Lagers ruhte. In meinem Magen rumorte es schon wieder. Ich protestierte nicht.
»Kopf hoch, Birkmüller«, sagte Robert. »Du musst dich deinen Ängsten stellen, nur so kannst du sie heilen.« Er war wieder ganz der Alte, unser Esoterikpapst. Immerhin warf mir Cynthia einen Blick zu, den ich als ebenso verschwörerisch wie aufmunternd interpretierte.

Hansi lächelte breit, als er noch vor Holtmann ins Zimmer kam. Er trug bereits Nachtwäsche.
»Nanu, noch nicht im Schlafsack? Uns steht Morgen ein schwerer Aufstieg bevor. Der schwerste der ganzen Wanderung.«
»Thomas hat etwas gesehen. Er wollte es dir lieber selber sagen«, log Holtmann.
Es war ein Moment der peinlichen Stille. Diese Konfrontationsgeschichte war nicht meine Idee gewesen, aber jetzt kam ich nicht mehr raus aus der Sache. Ich räusperte mich verlegen. Es war totenstill.
»Ich wollte eben zu dir, um etwas zu besprechen, da habe ich gesehen, dass du Sprengstoff dabei hast.« Nun war es raus.
Hansi sah mich weiterhin lächelnd an.
»Und?«
Wie meinte er das? Fand er es normal, damit in der Gegend herumzulaufen?
»Du leugnest es nicht?«
»Nein, natürlich nicht. Es ist ja wahr. Ich habe drei Stangen Plastiksprengstoff dabei. Das ist prima, das entzündet sich nicht versehentlich. Der sicherste, den es gibt.«
»Und wofür gedenkst du den einzusetzen?«, fragte ich halb neugierig, halb enttäuscht.
»Nicht ich. Der Wirt der Similaunhütte hat mich gebeten, ihm den mitzubringen. Er möchte eine Terrasse anbauen und dazu muss er eine Gesteinssprengung vornehmen.«
Holtmann lachte verächtlich. »So einfach ist das, Sherlock Holmes. Oder sollte ich besser sagen, Don Quichote?«
Robert schüttelte nur den Kopf. Cynthia legte mir unauffällig ihre Hand auf den Arm und flüsterte: »Wird schon.« Alle anderen wandten sich von mir ab und taten das, was sie schon vor meiner Enthüllung getan hatten, nämlich sich auf die Nacht vorzubereiten. Ich ging duschen. Mir war jetzt richtig schlecht und ich konnte nicht sagen, ob es am Essen oder an der unsäglichen Szene

gelegen hatte. Reichte mir Hansis Erklärung? Ich wusste es nicht. Ich wusste gar nichts mehr.

45

Das Frühstück auf der Braunschweiger Hütte war sehr ordentlich, aber ich hatte kaum Appetit. Ich hatte für mehr als eine Viertelstunde eine der beiden Herrentoiletten in meinem Stockwerk blockiert, sehr zum Unwillen der Wanderer in der Warteschlange, die sich vor den beiden WCs gebildet hatte. Und ich war mir nicht sicher, ob ich mich nicht bald schon wieder zurückziehen musste. Immerhin hatte ich keine Kopfschmerzen mehr. So konnte ich konzentriert zuhören, als Hansi aufstand, um uns mit dem Tagesprogramm vertraut zu machen, während die anderen noch kauten und löffelten.

»Alles, was ihr bisher erlebt habt, war nur ein leichtes Vorspiel. Heute kommt die Königsetappe, das schwerste Tagesprogramm der ganzen Transalp.«

Es wurde ruhiger. Die Löffel blieben im Müsli, nur Robert kaute noch schmatzend.

»Wir gehen zunächst rauf aufs Pitztaler Jöchel. Das liegt auf knapp 3000 Meter Höhe. Von dort runter nach Sölden, mitten in den Skizirkus. Ein Bus fährt uns dann zum Tiefenbachferner.« Hansi sprach ganz sachlich, so als läse er Nummern aus einem Telefonbuch vor.

»Na geht doch, immerhin eine Busfahrt«, versuchte Axel zu scherzen.

»Freu dich nicht zu früh, das dauert grad mal fünf Minuten und wir machen das nur, weil man zu Fuß nicht durch den Tunnel laufen darf. Von dort folgen wir dem Panoramaweg nach Vent, runter auf 1800 Meter. Nach dem Mittagessen geht´s erst hoch zur Martin Busch Hütte und dann weiter zur Similaunhütte. Die liegt wieder auf 3000 Meter.«

Ich überlegte und rechnete. Da kam wirklich einiges zusammen, sowohl an Höhenmetern als auch an Wanderzeit. Den blassen Gesichtern der anderen nach zu urteilen, stellten sie gerade ähnliche Überlegungen an.

»Ich glaube, ich bleibe einfach im Bus und fahre durch bis

zum Mittagessen, wo war das gleich noch?«, witzelte Axel. Doch angesichts der Anstrengung war niemandem nach Scherzen zumute, ganz besonders wenig Hansi. Sein Gesicht wirkte ausdruckslos, doch trotz seiner heiseren Stimme sagte er überraschend kräftig, dass das keine Option war.
»Wir wandern alle zusammen. Und wir werden alle heute Abend bei der Similaunhütte ankommen, noch bevor es dunkel wird. Und darum müssen wir pünktlich um sieben los.«
Er schaute jeden von uns eindringlich an. Dabei verzog er keine Miene, zeigte kein Lächeln. Das hatte er noch nie gemacht. »Und noch etwas. Hier treiben sich Steinböcke herum. Passt bloß auf. Die tragen ihren Namen nicht durch Zufall.«
Ich schaute auf meine Uhr. Zehn vor sieben. Und ich musste vorher noch ein dringendes Bedürfnis befriedigen. Ich betete, dass meine Verdauung danach endlich Ruhe geben würde.

Es schneite nur leicht. Bis zum Pitztaler Jöchel mussten wir 250 Höhenmeter überwinden. Ich hatte mich in meine wärmsten Sachen eingewickelt und brannte darauf loszulegen. Trotzdem wartete ich geduldig, bis sich alle auf den Weg gemacht hatten. Hansi stapfte los und Holtmann war noch immer die Nummer zwei. Ich wollte ihm nicht zu nahe sein. Außerdem hatte ich die Freiheit, die der letzte Mann genoss, zu schätzen gelernt. Ich konnte mein Tempo jederzeit variieren, mich zurückfallen lassen, mir in Ruhe die Gegend anschauen und dann wieder aufschließen. Und vor allem: Ich hatte meine Gruppe im Auge und musste nicht befürchten, dass jemand hinter mir auf dumme Gedanken kam. Schade war nur, dass Cynthia meist in der Spitzengruppe ging, sie hatte mir gesagt, ihr wäre es hinten einfach zu langsam und das konnte ich verstehen. Vor mir gingen wahlweise Robert, Axel, Bohne, Elke oder Giulia und alle fünf waren keine Sprinter. Heute

Morgen aber blieb Cynthia bei mir. Schon nach wenigen Minuten lagen zwischen uns und dem Rest der Gruppe gute zehn Meter und wir konnten in Ruhe reden.
»Glaubst du ihm?«, fragte ich sie.
Sie überlegte. »Du nicht?«
»Natürlich nicht. Die Hütten werden doch sonst auch nicht durch Wanderer versorgt. Die haben ihre Materiallifte.«
»Mit Sprengstoff mag das etwas anderes sein. Ich würde es schon verstehen, wenn Explosives nicht mit dem Lift transportiert werden dürfte, stell dir nur vor, das geht in die Luft und so eine Gondel voll mit Material fällt einem Wanderer auf den Kopf.«
»Sehr wahrscheinlich.«
»Ich denke nur laut. Außerdem, wenn er irgendwem ans Leder wollte, meinst du nicht, dass es dafür subtilere Möglichkeiten gäbe? Als Bergführer könnte er die Natur für sich arbeiten lassen.«
»Vielleicht hast du recht, alles ist unauffälliger als drei Stangen Sprengstoff. Andererseits hätte er für eine Waffe nicht so schnell eine Geschichte parat gehabt.«
»Ich glaube ihm. Ich denke nicht, dass er das Problem ist.«
»Du bist zu gut für diese Welt«, neckte ich sie.
»Du kennst mich nicht«, sagte Cynthia und versuchte, ein ernstes Gesicht zu machen. Das sah selbst schräg von hinten so ulkig aus, dass ich lachen musste und sie sich umdrehte und empört mit ihren Fäusten auf mich einprügelte. Nur mit Mühe bekam ich ihre Arme zu fassen. Ich sah ihr in die Augen und sie hielt meinem Blick stand. Ich senkte meinen Kopf ihrem entgegen, doch noch bevor ich die Lippen spitzen konnte, zerriss ein Schrei die Stille des Morgens.
»Achtung, Steinschlag!«
Ruckartig rissen wir unsere Köpfe herum und schauten den Berg hinauf. Drei Steinböcke sah ich zuerst, dann die Felsbrocken. Ein Dutzend Steine verschiedener Größe rollte herunter, einige in unsere Richtung. Ich gab Cynthia

einen Stoß und warf mich auf sie. Die meisten Steine verfehlten uns, einer traf mich im Rücken, doch dank meinem Rucksack bekam ich davon nicht viel mit.
Langsam rappelten wir uns wieder auf und klopften uns den Dreck aus Hose und Hemd. »Du gehst aber ran«, sagte Cynthia. Der Scherz kam ihr zögerlich über die Lippen. Man merkte ihr den Schreck noch an.
»Tschuldigung«, sagte ich nur, auch noch ganz benommen.
»Ach Quatsch, danke, dass du mich gerettet hast«, sagte sie und ich bildete mir ein es klang irgendwie verliebt.
»Alles in Ordnung bei euch?«, fragte Holtmann, der von vorne zu uns geeilt war. Es war sein Schrei gewesen, der uns gewarnt hatte. Ich nickte nur, während Cynthia ihm wortreich dankte. Immerhin, dachte ich erleichtert, fallen sie sich nicht in die Arme, die Zeit schien vorbei. Ich blickte wieder hinauf zu den Böcken. Langsam schlenderten sie weiter, als ob nichts gewesen sei. Auch Hansi war nun bei uns eingetroffen.
»Die Viecher treten absichtlich Steine los. Und daraus entwickelt sich hier schnell ein ausgewachsener Steinschlag. Der ist schon so manchem zum Verhängnis geworden. Darum wollen wir uns lieber beeilen, die lassen uns so schnell nicht in Ruhe.«
Hansi, Holtmann und Cynthia stürmten voran, ich aber blieb hinten, an meinem angestammten Platz. Nach all dem, was ich auf dieser Wanderung erlebt und überlebt hatte, hatte ich keine Angst mehr, vor niemandem und schon gar nicht vor Steinböcken.
Der Aufstieg war steil, sehr steil. Der frische Schnee unter unseren Füßen und ein schneidender Wind machten es nicht gerade einfacher. Das war die erste Etappe dieses langen Tages und schon die hatte es in sich. Es war gut, dass Cynthia wieder vorne ging, es wäre keine Gelegenheit zum Reden gewesen, ich konzentrierte mich zu hundert Prozent auf den Weg und ging in meinem Rhythmus, eher langsamer als bisher, ich wollte mir meine Kräfte gut einteilen. Giulia war vor mir. Sie hatte heute einen

langsamen Start. Zwischen ihr und Robert klaffte eine Lücke. Elke und Axel bildeten eine Zweiergruppe, davor eine weitere, noch größere Lücke und dann kam die Spitzengruppe, zu der überraschenderweise auch Bohne gehörte. Der hatte sich in den letzten Tagen ganz schön gemacht.

Der letzte Abschnitt war so steil und ausgestellt, dass an der Felswand Stahlseile angebracht worden waren, an denen wir uns dankbar entlanghangelten. Ich sah, wie Giulia zitterte, wenn es neben ihr wieder einmal steil bergab ging und die Steinstufen kniehoch waren. Elke fiel es noch schwerer, sie wurde kurz vorm Ziel sogar noch von Giulia überholt. Aber wir schafften es alle.

Als wir endlich das Pitztaler Jöchel erreicht hatten, keuchten wir ganz schön, mit Ausnahme von Hansi vielleicht. Und von Holtmann. Zeit für eine Pause.

Ich setzte mich etwas abseits, auf einen der Betonsockel der Liftanlagen. Wir waren jetzt mitten in einem Skigebiet, das im Sommer, an den Südhängen fast ohne Schnee, irgendwie nackt wirkte. Wie eine Wunde, die den Bergen geschlagen worden war und die nun offen dalag, blutleer. Elke setzte sich zu mir, wahrscheinlich, weil an dem anderen Sockel, an dem der Rest pausierte, kein Sitzplatz mehr frei war, und sitzen musste sie jetzt, das sah man ihr deutlich an. Ihr Gesicht war ganz rot und ihr Atem rasselte.

»Keine Zigarette?«, wunderte ich mich. Erst jetzt fiel mir auf, dass ich sie schon seit Tagen nicht mehr mit ihren geliebten Gauloises im Mundwinkel gesehen hatte.

»Sind alle«, murrte sie. »Und das Kraut, das sie hier verkaufen, das kommt mir nicht in die Lunge. Das können sie Kindergärten stiften. Und ganz ehrlich. Ich vermisse es auch nicht. Komisch oder? Zum ersten Mal, seit ich 14 war.« Sie lachte heiser und musste husten.

Ich ließ sie zu Atem kommen und genoss die Aussicht. Ich war jetzt schon einiges an überwältigenden Panoramen gewöhnt, hier war es eher interessant, die einzelnen

Liftstationen zu betrachten, ich kannte das bisher nur vom Skifahren, mit Myriaden von Menschen. Ohne die wirkte es so tot. Wie eine Geisterstadt. Teile des Hangs waren mit weißer Plane bedeckt, um den Schnee vorm Schmelzen zu schützen. Ob das wirklich alles Sinn machte, fragte ich mich. Ich ließ Elke an meinen Gedanken teilhaben und sie nickte zustimmend.
»War nie eine große Skifahrerin. Und wenn ich das so sehe, kriege ich auch nicht wirklich Lust.«

46

Aufmunternd klatschte unser Bergführer in die Hände und zeigte den Nordhang hinab. »Da wollen wir hin.«
Vor uns erstreckte sich das Herz des Skizirkus von Sölden, ein riesiger Parkplatz, an dem allerlei Gebäude standen, aus denen uns im Winter bestimmt das Lied vom Anton aus Tirol entgegen geschallt wäre. Jetzt aber, im Sommer, war alles still. Einige wenige Menschen liefen dort rum, scheinbar waren nicht alle Läden geschlossen. Der Gedanke an einen heißen Kaffee gab dem fast verlassenen Ort einen Hauch seiner Attraktivität zurück. Doch zwischen uns und unserem Ziel lag Schnee. Das sah nach einem mühsamen, rutschigen Abstieg aus. Elke stöhnte und Giulia erklärte resigniert, dass sie nicht wüsste, ob sie das schaffen würde. Sie jammerte nicht, sie sagte das ganz sachlich.
Hansi lächelte. »Es gibt noch zwei weitere Möglichkeiten, hier runterzukommen und die werden euch gefallen. Wenn ihr eine Plastiktüte dabei habt, setzt ihr euch da drauf und fahrt Schlitten. Wenn nicht, spielen wir den Yeti und hüpfen im Hopserlauf bergab.«
Ich musste einigermaßen dumm geschaut haben, so dumm, dass es auch den anderen aufgefallen war.
»Klingt komisch«, sagte Hansi zu mir, »macht aber richtig Spaß. Keiner Plastik dabei? Gut so, dann folgt mir und macht einfach das nach, was ich mache.«
Der Schnee lag immer noch kniehoch. Das war hoch genug, dass er mögliche Stürze abbremsen würde. Hansi hüpfte mit dem rechten Bein zuerst in den Schnee, stieß sich ab, landete mit dem linken und kam so in einen Rhythmus, der ihn wie von selbst den Berghang hinabführte. Ich folgte ihm, noch vor Holtmann und den anderen. Und es fühlte sich fast wie fliegen an. Es war so eine Erleichterung, endlich einmal nicht auf jeden Schritt achten zu müssen. Indem ich dicht bei Hansi blieb, musste ich nicht mal darauf achten, ob irgendwo Hindernisse

waren, wobei es durchaus auch ohne sein Vorbild machbar gewesen wäre, den Stützen der Seilbahn auszuweichen. Andere Hindernisse gab es nicht, schließlich liefen wir auf einer Piste. Die Sprünge kosteten Kraft, aber wir kamen rasant voran und schon bald hatten wir den Parkplatz von Sölden erreicht. Ich drehte mich um. Wir hatten den Rest der Gruppe abgehängt, bis auf Holtmann, Cynthia und Bohne, die schnell näher kamen. Elke, Giulia und Axel begannen jetzt erst den Abstieg. Man roch förmlich, dass sie sich nicht recht trauten, ihre Sprünge waren kurz und zaghaft. Schon rutschte Axel weg und lag das erste Mal im Schnee. Offensichtlich verunsicherte das die Nachzügler noch mehr, sie hüpften unrhythmisch, landeten langsam, hatten zu lange Bodenkontakt, kamen dadurch immer wieder ins Rutschen und wurden nur noch ängstlicher. Ich wandte mich ab und ging in das riesige Kuppelgebäude, das so aussah, als würden tausende dort hineinpassen. Ein Lebensmittelladen war geöffnet, der so charmant wie eine Großtankstelle wirkte. Ich holte mir einen Kaffee. Bohne stand direkt hinter mir, er hatte Brezel und Kaffeebecher in der Hand. Auf dem Weg nach draußen kamen wir an einem Automaten vorbei, der kleine steinerne Herzen für zwei Euro das Stück anbot. Bohne blieb stehen. Ich wollte weitergehen.
»Birkmüller, Zeit an unsere Frauen zu denken.«
Er sagte das nicht wie sonst, lustig, albern, blöd. Ich merkte, wie ernst ihm das war, wie sehr ihm seine Familie fehlte, jetzt in diesem Moment. Bohne, dem Clown. Ich suchte eine passende Münze und ebenso wie Bohne zog auch ich eines dieser albernen Steinherzen aus dem Plastikautomaten. Für Susanne. Die mein Herz nicht mehr wollte, nicht einmal eins aus Stein. Aber ich wollte ihr eines schenken, das fühlte ich genau in dem Moment. Es war ein seltsam schönes Gefühl, diesen Augenblick ausgerechnet mit Bohne, mit dem mich sonst nichts verband, zu teilen. Er machte uns zu Brüdern.
Ich setzte mich auf eine der Bänke, die auf dem Parkplatz

standen und schlürfte vorsichtig einen halben Schluck von dem viel zu heißen Kaffee, ohne mir die Zunge zu verbrennen, aber auch ohne irgendetwas zu schmecken. Bohne hatte sich etwas abseits niedergelassen und tippte auf seinem Smartphone. Ich checkte meins, tatsächlich, wir hatten Empfang. Ich beneidete ihn, dass er nach Hause schreiben konnte. Ich hatte Susanne nichts zu sagen, was sie hätte hören wollen und die Kids waren in der Schule.

Holtmann setzte sich neben mich. Wir waren allein, die anderen waren entweder im Laden, in dem sie eine Schlange an der Kasse gebildet hatten, oder nutzten die Segnungen des guten Empfangs.
»Birkmüller, wir müssen reden.«
Ich schaute ihn überrascht an. Wo war sein arroganter Stolz? Er hatte mich gerettet, ich hatte ihm noch nicht mal gedankt, ich hätte den ersten Schritt machen müssen.
»Danke. Kann sein, dass du mein Leben gerettet hast«, sagte ich.
»Ganz so schnell stirbt man nicht.« Er schaute einen Moment gedankenverloren auf das Schneefeld. »Und dann kann es doch ganz schnell gehen. Denke, wir sind quitt.«
Auch ich starrte und wärmte meine Hände an dem Kaffeebecher. Nach dem schlechten Wetter am Vortag war es heute zwar eisig kalt, aber immerhin schien die Sonne.
»Ich will, dass wir Frieden schließen«, sagte Holtmann. »Ich will, dass du weißt, dass ich nicht eifersüchtig oder so etwas bin. Cynthia ist meine Assistentin, nicht meine Freundin. Ich bin verheiratet. Sie ist erwachsen und kann machen, was sie will.«
Ich schluckte. Es war noch nicht lange her, da klang das ganz anders. Worauf wollte er hinaus?
»Hier in den Bergen müssen wir füreinander da sein. Und das waren wir ja auch. Wäre ich allein gewandert, hätte mein Ausrutscher böse enden können. Und dich hätte vielleicht doch so ein alter Bock auf dem Gewissen.« Er

lächelte wieder. »Da müssen wir doch zusammenhalten.«
Ich nickte. Hatte er eine sentimentale Viertelstunde oder was bewegte ihn?
»Ich möchte dir einen kleinen Tipp geben. Nimm es als einen wohlmeinenden Rat eines Kollegen.«
Spätestens jetzt wurde mir flau im Magen. Niemals wäre ich auf die Idee gekommen, Holtmann könnte ein wohlmeinender Kollege sein.
»Lass deine Leidenschaft für das Detektivspielen zwei Tage ruhen. Dann sind wir in Meran. Bis dahin sieh doch in deinen Mitmenschen einfach mal das Gute. Und unterstell nicht jedem, der atmen kann, er sei ein Mörder. Du bist doch ein Mann der Zahlen. Das ist doch schon rein mathematisch nicht sehr wahrscheinlich, dass ausgerechnet in unserer kleinen Truppe ein Verbrecher mitläuft, oder? Du hast doch bestimmt auch den Kommunikationskurs beim alten Semmelmüller noch gemacht.«
Ich nickte.
»Erinner dich. Ich bin okay, du bist okay. Geh positiv auf die Menschen zu. Sei positiv dir selbst gegenüber. Mach es dir nicht schwer, mach es uns nicht schwer. okay?«
Er boxte mir fast freundschaftlich in die Seite. Ich war sprachlos. Holtmann, das Arsch, predigte Nächstenliebe? War das Jüngste Gericht schon so nah? Ich versuchte mich an einem freundlichen Lächeln und nickte. Holtmann nickte befriedigt zurück und stand auf.
»So, Schlange ist weg, ich hol mir jetzt auch einen Kaffee.«
Er ließ mich mit meinen Gedanken zurück. Die anderen hatten sich an einen der Nachbartische gesetzt, sie hatten Holtmann und mich wohl nicht stören wollen. Ich ging nicht zu ihnen rüber. Stattdessen dachte ich nach. Nicht so sehr über Menschenliebe und Verbrechen. Die anderen durften mich gerne alle für verrückt halten, aber ich wusste, was ich wusste. Nein, ich dachte über das Wort Leidenschaft nach. Meine Leidenschaft fürs Detektivspielen, hatte er gesagt. Das war natürlich keine

Leidenschaft, das war Angst, das war Verantwortungsgefühl. Aber wofür empfand ich dann Leidenschaft? Für meine Jungs natürlich. Mit Susanne war das schon komplizierter. Und für meinen Beruf, kam der stereotype Gedanke daher, den ich mir selbst immer wieder gesagt hatte, seit ich mich für ihn entschieden hatte. Aber stimmte das wirklich? Ja, ich mochte Zahlen und ich war gut darin, mit ihnen zu jonglieren. Aber war das meine Leidenschaft? Wollte ich das von ganzem Herzen? Machte mir das so viel Spaß, dass ich jeden Morgen mit einem Lächeln auf den Lippen meinen PC einschaltete?

»Unser Bus ist da«, unterbrach Hansi meine Gedanken. »Bitte einsteigen.«

Ich stand auf, trank den Rest Kaffee mit einem großen Schluck, ging artig zu dem großen Mülleimer, um den Becher zu entsorgen, nahm meinen Rucksack und war froh, dass ich den Gedankengang nicht hatte zu Ende bringen können.

47

Die Busfahrt war so kurz, wie Hansi versprochen hatte. Ich setzte mich nicht mal hin, ich hatte lange genug vor meinem Kaffee gesessen und gegrübelt. Stattdessen musterte ich meine Mitwanderer. Obwohl der Vormittag erst zur Hälfte rum war, zeichnete sich in einigen Gesichtern bereits die Erschöpfung ab. Giulia hatte sogar ihre Augen geschlossen, es schien, als versuchte sie sich an einem Power Nap. Elke wirkte abwesend, Axel saß neben Bohne – beide tippten auf ihren Smartphones herum, wahrscheinlich tauschten sie immer noch provinzielle Neuigkeiten mit zu Hause aus. Neben Holtmann saß Cynthia, die beiden wirkten fit. Ihr Gespräch erinnerte mich allerdings an ein Firmenmeeting, da gab es keine Romantik mehr. Holtmann hatte die Wahrheit gesagt, stellte ich erleichtert fest. An der vorderen Tür stand Hansi. Ich sah sein Gesicht von der Seite, er blickte aus dem Fenster. Ich erkannte keine Regung, kein Lächeln, nur wie er immer wieder den Kiefermuskel anspannte, das zeichnete sich sogar unter seinem Bart ab. Ich war kein Psychologe und niemand hielt mich für einen besonders empathischen Menschen, aber ich war mir sicher, irgendetwas ging in ihm vor, irgendetwas arbeitete in ihm.

Wir erreichten den Tiefenbachferner. Hier, auf mehr als 2700 Metern Höhe begann der Panoramaweg nach Vent. Und er trug seinen Namen zu recht. Noch immer war es eisig kalt, ich hatte alle Kleidung angelegt, die ich dabeihatte. Immerhin war die Luft klar.

»Genießt diese Etappe. Wir werden etwa vier Stunden brauchen und die meiste Zeit geht es bergab. Vent liegt auf 1800 Meter Höhe. Und die ganze Zeit habt ihr einen traumhaften Blick auf die Stubaier und die östlichen Ötztaler Alpen. In Vent werden wir im Hotel zur Post zu Mittag essen und dann kommt der beschwerliche Teil unserer heutigen Etappe.«

Hansi war wieder wie immer, soweit man seine Mimik unter dem Bart erkennen konnte. Auch seine heisere Stimme klang wie an jedem anderen Tag. War ich dabei, mir schon wieder etwas einzubilden? War nach Holtmann und Robert nun Hansi mein nächstes Opfer? Ich musste streng logisch vorgehen. Hansi hatte Sprengstoff dabei, das stand fest. Und ich wusste über ihn weniger, als über jeden anderen aus dieser Gruppe, auch das war ein Fakt. Beides sprach allerdings nicht zwingend dafür, dass er ein Mörder war.

Wieder ließ ich die anderen vorgehen. Das atemberaubende Panorama konnte ich nur genießen, wenn ich eine kurze Pause machte, ansonsten klebte mein Blick am Boden. Der Weg war nicht ungewöhnlich schmal oder schwierig, aber eine lustige Wanderung, bei der man nicht auf den Weg achten musste, war es auch nicht. Vor mir ging Giulia. Der Rest der Seilschaft war schon mehr als zehn Meter vor uns.
»Alles okay bei dir?«, fragte ich.
Obwohl wir nicht sonderlich schnell gingen, wirkte sie kurzatmig. »Geht schon. Bin heute nicht in bester Form.«
Der Weg wurde breiter, wir konnten sogar nebeneinander gehen. Zum ersten Mal seit dem Beginn der Wanderung, als ich jeden meiner Mitwanderer neugierig gemustert hatte, schaute ich sie bewusst an. Sie hatte sich verändert, ich bemerkte keine Schminke in ihrem Gesicht. Und trotzdem wirkte es frischer, jugendlicher. Obwohl sie so erschöpft war, wirkte sie lebendig. Sie sah gut aus. Von einer zeitlosen Schönheit.
»Na, Prüfung bestanden?«, neckte sie mich.
Ich musste lernen, nicht so zu starren, schalt ich mich.
»Mit Stern«, sagte ich. »Du schminkst dich nicht mehr?«, kam ich nicht umhin zu fragen.
Sie schaute indigniert. »Natürlich schminke ich mich.« Sie machte eine Pause. »Aber vielleicht nicht mehr so sehr wie sonst.«

»Gehen die Vorräte zur Neige?«, scherzte ich.
»Quatsch, ich würde doch nie ohne Lippenstift und Lidschatten das Haus verlassen. Es ist auch nicht so, dass ihr es mir nicht wert wärt.« Sie lachte wieder. »Zum ersten Mal seit langer Zeit habe ich das Gefühl, dass ich es nicht brauche.«
Ich schaute sie fragend an.
»Mein Aussehen war immer das Pfund, mit dem ich wuchern konnte. Schminke gibt mir Selbstbewusstsein.«
So hatte ich sie nicht eingeschätzt, auf mich hatte sie vom ersten Tag an stark gewirkt, viel stärker als Robert. Ich sagte es ihr.
Sie pfiff. »Robert. Du weißt, wie ich über ihn denke. Ein Schwächling. Aber es war mein Fehler. Der Mensch macht Fehler, wichtig ist nur, dass man daraus lernt.«
Ich dachte an ihre Affäre mit Holtmann.
Sie sah mich an. »Sag jetzt nichts. Komm mir nicht mit Holtmann.«
»Kannst du Gedanken lesen?«
»Die Männer liefen mir schon immer nach und ich habe es genossen, mit ihnen zu spielen. Als mir klar wurde, dass ich Robert nicht liebe und Leander nicht haben kann, habe ich mir so die Zeit vertrieben. Holtmann war nur einer.«
Ich schaute sie irritiert an.
»Schockiert?«
»Nein«, beeilte ich mich zu sagen. Ich wollte nicht so spießig wirken, wie ich im Grunde meines Herzens wohl war.
»Ich war es schon, vor ein paar Jahren überkam er mich, der Blues. Da wurde mir plötzlich klar, wie wenig mir diese Affären bedeuteten. Und dass ich im Grunde immer noch Leander wollte.«
»Aber?«
»Nichts aber. Ich habe mich auf die Suche gemacht. Ich hatte Angst, er wäre weit fort gegangen, oder wäre mit Frau und Kindern glücklich und somit für mich unerreichbar. War er aber nicht.«

»Keine Frau? Keine Kinder?«
»Und kein Glück. Als ich ihn fand, war er am Boden zerstört.«
»Du hast was mit deinem ersten Mann?«, fragte ich überrascht.
»Sag´s nicht Robert. Obwohl, jetzt, da er das mit Holtmann weiß ... Ich verstehe ihn sowieso nicht. Ich habe ihm gesagt, dass ich nur wegen der Kinder mit ihm zusammen bleibe. Was stellt er sich dann so an?«
»Du bleibst bei Robert, obwohl du, wie hieß er gleich, wiedergefunden hast?«
»Leander. Wir müssen nicht heiraten, um glücklich zu sein.«
»Und trotzdem wanderst du eine Woche mit Robert durch die Berge?«
»Verrückt oder?«, sie lachte kehlig. »Vielleicht aber auch nicht verrückt«, sagte sie leise und nachdenklich.
Ich verstand sie nicht. Aber ich war beeindruckt. Wir gingen jetzt im gleichen Rhythmus, ihre Wangen waren rot vor Kälte, die Kappe mit dem Schriftzug einer Kosmetikmarke stand ihr gut, sie hatte eines dieser Hutgesichter, die jede Kopfbedeckung schmückt. Sie wusste, wo sie ihr Glück finden würde, wenn sie es nicht trotz dieser verqueren Geschichte schon gefunden hatte und darum beneidete ich sie.
Wir sprachen noch von vielen Dingen, von Reisen zu Orten, die wir beide gemacht hatten, von dem Kinderheim Sankt Vinzenz, für das sie ehrenamtlich arbeitete. Je mehr sie erzählte, umso sympathischer wurde sie mir. Sie war schuld, dass ich von dem einzigartigen Panorama nicht sonderlich viel sah, stattdessen sehr viel von dieser einzigartigen Frau. Allerdings huschten meine Gedanken immer wieder zu Susanne und auch zu Cynthia. Was machte ich da eigentlich gerade? Ganz ruhig, sagte eine innere Stimme, sie ist glücklich in ihren ersten Mann verliebt. Du kannst dir deine Gedanken sparen und ich antwortete schuldbewusst, welche Gedanken und pfiff

innerlich unschuldig vor mich hin, was meine innere Stimme mit einem höhnischen Lachen quittierte. Thomas Birkmüller, sagte sie, du magst graue Haare bekommen, aber innerlich bleibst du wohl für immer 16, so wie alle Männer. Schön wär´s, dachte ich wehmütig, schön wär´s. Und lauschte dann wieder konzentriert Giulia, die Anekdoten aus dem italienischen Zweig der Familie zum besten gab, die mich so sehr zum Lachen brachten, dass ich die nervige innere Stimme wieder vergaß.

Wir erreichten das Hotel zur Post deutlich später als alle anderen. Hansi begrüßte uns mit einem anzüglichen Spruch, der wohlwollendes Gelächter provozierte, außer bei Robert und Cynthia. Sie hatte mir einen Platz neben sich freigehalten. Robert hatte das nicht für Giulia getan, er war wohl nur sauer, weil er sich in seiner Ehre gekränkt fühlte. Sie setzte sich neben Hansi und nickte ihm fröhlich zu. Giulia war eine der wenigen Frauen, die ich kannte, die nichts so leicht krumm nahmen.
Vor Cynthia stand eine Suppe, die schon fast gegessen war.
»Ein wunderbarer Weg, findest du nicht?«, fragte sie.
Smalltalk passte nicht zu Cynthia. Ich winkte dem Ober und bestellte eine Portion Geröstelte̲s und eine Johannisbeerschorle, die er Johann nannte. Ich hatte keine Lust langwierig die Karte zu studieren, ich hatte einfach nur Hunger.
»Man sieht ja nicht so viel, meist nur Steine und Schuhe«, sagte ich beiläufig.
»Immerhin hattest du gute Unterhaltung«, sagte sie bemüht locker.
Ich sah sie erstaunt an. Ihr Gesicht wirkte angespannt. Ich überlegte und musste schließlich lächeln.
»Du bist doch nicht eifersüchtig?«
»Ich?«, fragte sie und zog das I so lang wie ein extrem dehnbares Gummiband. »I wo.« Sie lachte angestrengt. »Worauf sollte ich eifersüchtig sein? Auf wen?« Sie lachte gezwungen und sprach nun so leise, dass unsere Nachbarn

ihre Ohren spitzen mussten, um dem Gespräch zu folgen. »Oder habt ihr die Gunst der Abgeschiedenheit genutzt, euch inmitten der einmaligen Bergwelt Österreichs zu vergnügen?« Sie lachte noch eine Spur affektierter, um die Absurdität dieser Aussage zu unterstreichen.

»Einmal das Geröstelte für den Herrn und der Johann.« Er kam gerade zur rechten Zeit. »Prost«, sagte ich und hielt Cynthia mein Glas hin.

»Auf Don Juan«, sagte sie und musste nun selbst grinsen. Sie war scheinbar tatsächlich ein wenig eifersüchtig und ich fühlte mich geschmeichelt und mein Herz schlug schneller.

48

Die Martin Busch Hütte war gut erreichbar, denn der Almweg war so breit, dass ein Auto darauf fahren konnte. Unsere Rucksäcke wurden in einen Pick Up verladen und wir konnten wieder einmal unbeschwert mit unseren kleinen Tagesrucksäcken wandern. Es wäre trotz des langen Tages keine strapaziöse Tour gewesen, wenn das Wetter sich nicht minütlich verschlechtert hätte. Wind war aufgekommen, Wolken zogen schnell über den Himmel und Hansi murmelte etwas von Schnee. Die Aussicht, dass es noch weitergehen würde, bis auf mehr als 3000 Meter zur Similaunhütte, also um die 1200 Höhenmeter an einem Stück hinauf, drückte auf die Stimmung.

Wie schon gewohnt, ging ich am Ende der Gruppe. Auch Hansi ließ es langsam angehen, er hatte noch die Rucksäcke verladen, während die meisten schon gestartet waren. Das Feld hatte sich weit auseinandergezogen. Da der Weg so gar keine Schwierigkeiten bot, hatte unser Bergführer uns die Freiheit gegeben, nicht in der Gruppe zu gehen. Jeder konnte seine eigene Geschwindigkeit wählen. Erst an der Martin Busch Hütte würden wir uns treffen und von dort gemeinsam die letzte Etappe angehen.

Cynthia, Holtmann und Bohne stürmten vorweg. Robert und Elke folgten, dann Axel und Giulia. Ich gab ihnen einen Vorsprung und war gespannt, ob sie durchhalten würden. »Warum übernachten wir nicht in der Martin Busch Hütte? Axel und Giulia werden hart kämpfen müssen, um es bis zur Similaunhütte zu schaffen.«

Hansi verzog keine Miene. Er hatte sich seinen Schal hochgezogen, um sich gegen den eisigen Wind zu schützen.

»Kann schon sein. So eine Alpenüberquerung ist eben kein Kindergeburtstag.«

Blöde Antwort. Er war unser Bergführer und er trug Verantwortung für uns. Bisher hatte er sich solche Sprüche

geschenkt.
»Aber mal im Ernst. So viel weiter ist es nicht. Das schaffen wir schon. Die Similaunhütte liegt bereits in Italien. Wenn du ein Südtiroler Abendessen haben kannst, dann bleibst du nicht in Österreich.«
»Wir machen dieses Mörderprogramm wegen des besseren Essens?«, fragte ich ungläubig.
»Und vor allem, weil wir morgen auf den Similaun hochwollen. Das ist die Krönung der Tour, der schönste und höchste Gipfel den wir besteigen. Das ist zeitlich nicht anders zu schaffen.«
Similaungipfel? Ich versuchte mir die Tourbeschreibung in Erinnerung zu rufen, aber ich hatte sie nur einmal flüchtig gelesen. Ich konnte mich nicht erinnern, ob dieser Gipfel vorkam oder nicht.
»Wie hoch ist der?«
»Über 3600 Meter.«
Ich pfiff. Wegen des Windes war das kaum zu hören. Vielleicht konnten Giulia und Axel einfach auf der Hütte bleiben. Der Gipfel lag, soweit ich mich erinnern konnte, nicht auf dem Weg, es war eher ein Abstecher.
»Mist«, sagte ich. Es hatte zu schneien begonnen. Stark zu schneien. Der Schnee blieb liegen. Ich blinzelte in den Himmel, die inzwischen dichte Wolkendecke ließ befürchten, dass es so schnell auch nicht wieder aufhören würde.

Wir sammelten uns in der Martin Busch Hütte. Während die Pause für unsere Gipfelstürmer aus der ersten Reihe fast schon zu lang war, blieb uns Hinterbänklern nur eine knappe halbe Stunde, um uns aufzuwärmen und einen schnellen Tee zu trinken, an dem wir uns unweigerlich die Zunge verbrannten, da wir ihm nicht die Zeit geben konnten, abzukühlen. Draußen war Winter eingekehrt, sehr ungewöhnlich für die Jahreszeit, wie uns der Hüttenwirt versicherte. Es schneite so stark, dass selbst die Sicht eingeschränkt war. Noch einmal fragte ich Hansi

zaghaft, ob wir nicht doch auf der Martin Busch Hütte übernachten wollten. Süffisant grinsend antwortete er, dass das nicht ginge, selbst wenn wir wollten, die Hütte sei komplett ausgebucht. Ich klopfte Axel aufmunternd auf den Rücken. Er war trotz der Kälte komplett durchgeschwitzt. Auch Giulia war fix und fertig. Mit glasigen Augen starrte sie in die Ferne und klammerte sich an ihre leere Teetasse.
»Weiter geht´s, wir wollen bei dem Wetter lieber nicht in die Dämmerung geraten«, scheuchte uns Hansi auf. Niemand stöhnte, selbst dafür waren wir zu schwach.
»Es sind nur 2 Stunden. Nur 500 Höhenmeter. Kein Problem.«
Er öffnete die Tür, ein Schwall Schnee wehte in die Hütte, wir drängten nach draußen. Wir mussten allein schon deshalb nah beieinander bleiben, da wir sonst den Weg kaum gefunden hätten. Der neue Schnee versteckte die Spuren. Und nun wehte der Wind auch noch von vorne. Mutig gingen wir los. Wir waren kaum zehn Minuten unterwegs, da fühlte es sich bereits an, als seien es Stunden. Jeder Schritt forderte Überwindung. Hansi gab ein strammes Tempo vor. Selbst am Ende der Gruppe hörte ich seine heisere Stimme deutlich: »Tempo halten. Tempo halten.«
So hatte ich ihn noch nie erlebt, so laut, so erregt, so fordernd. Nach ungefähr einer Stunde wurden seine Rufe leiser, bis ich sie im Heulen des Windes, mit der dicken Mütze auf den Ohren, gar nicht mehr hören konnte. Das hieß, er war nun zu weit vorne, die Gruppe war wieder auseinandergerissen. Ich sah Giulias Trekkingjacke und sonst nur Schnee. Es war ein Wunder gewesen, dass sie so lange den Anschluss gehalten hatte. Auch ich war erschöpft, Hansi hatte recht behalten, das war der mit Abstand herausforderndste Tag bisher.

Und dann blieb Giulia einfach stehen.
»Was ist?«, brüllte ich gegen den Sturm an.

»Ich kann nicht mehr.«
»Kleine Pause?«
»Ich geh nicht mehr weiter. Ich kann nicht mehr.«
Ich hörte trotz des heulenden Windes, wie sie nach Luft schnappte. Ich ging ein paar Schritte, bis ich vor ihr stand, fasste sie an den Schultern und sprach langsam, laut und deutlich.
»Giulia, wir haben es fast geschafft.« Ich hatte keine Ahnung, wo wir waren. Vielleicht in der Nähe des Niederjochferner Gletschers?
Sie schüttelte schwach den Kopf und ließ sich in den Schnee sinken. Ich holte ihre Wasserflasche aus dem Rucksack und hielt sie ihr hin.
»Trink einen Schluck, dann gehts dir gleich besser. Wir sind jetzt in Italien, da schmeckt sogar das Wasser anders als in Österreich.«
Ich interpretierte ihr Blinzeln als eine Art Lächeln. In meiner Jackentasche fand ich noch einen Proteinriegel, den ich mir aufgespart hatte, für den Fall, dass meine Kräfte zu Ende gingen. Ich öffnete ihn und brach ihn in zwei Hälften.
»Und ich hab noch einen Riegel aus Zaubertrank. Iss, dann kannst du wieder wandern wie Obelix.«
Jetzt lächelte sie wirklich.
»Wie galant.« Aber sie nahm das Stück und steckte es sich in den Mund. Sie kaute und trank.
»Besser?«
Sie nickte. Zucker wirkte in solchen Momenten Wunder.
Ich schaute in das Schneetreiben, dorthin, wo unsere Seilschaft sein musste. Aber ich sah nichts. Der Weg begann, unter dem Neuschnee zu verschwinden. Wir durften keine Sekunde länger warten, sonst würden wir uns hoffnungslos verlaufen. Ich streckte Giulia meine Hand entgegen und sie griff zu. Ich zog sie langsam hoch, sie war schwer wie ein Mehlsack, sie ließ sich hängen. So würde das ein langer Marsch.
»Komm schon, wir gehen zusammen.« Ich behielt sie an

der Hand. Wir gingen langsam, Schritt für Schritt. Ununterbrochen redete ich auf sie ein, wie auf ein krankes Pferd. Ich lobte ihre Kraft, ihren Mut, ihre Ausdauer.
»Hier ist es touristisch besonders schön, dort oben haben sie den Ötzi gefunden.«
Ich wusste gar nicht mehr, was ich sagte, solange ich nur sprach und sie nur weiter ihre Schritte machte. Es hörte einfach nicht auf zu schneien. Längst war ich mir nicht mehr sicher, ob wir auf dem richtigen Weg waren. Sollte der sich gabeln, würde ich es wahrscheinlich nicht mal merken und wenn doch, hätte ich keine Ahnung, welchen Abzweig wir nehmen mussten. Auch ich war erschöpft, aber weil ich mich ganz darauf konzentrierte, Giulia mitzuschleppen, merkte ich das gar nicht.

Die Kälte kroch durch meine Bekleidungsschichten, erst ganz langsam, dann fühlte ich mich kühl und feucht. Giulia ging es sicherlich genauso. Fast erwartete ich, auf Axel oder Elke oder Robert zu treffen, aber entweder bissen die sich durch, oder wir hatten uns längst verlaufen. Giulia begann zu wimmern. Lange würde das nicht mehr gut gehen, sie lief auf der letzten Reservebatterie. Ich spürte, wie ihre Hand, die ich noch immer hielt, zu zittern begann. Zum Sprechen hatte sie keine Kraft mehr. Bald schon würde sie krampfen, würde zusammenbrechen, einfach liegen bleiben und erfrieren. Ich schob diesen dummen Gedanken mit Macht aus meinem Schädel.
»Wir schaffen das.« Ich erwartete keine Antwort.

Und dann zeichnete sich im Schneetreiben vor uns ein dunkler Schatten ab.
»Wir sind da, die Similaunhütte«, gaukelte ich Giulia vor. Ich fühlte, wie das Zittern ein wenig nachließ. Und tatsächlich, der Schatten verdichtete sich, dort war wirklich eine Hütte. Uns wuchsen Flügel, wir gingen und gingen, ohne Zweifel, voller Zuversicht und dann standen wir vor ihr, konnten das Holz berühren. Giulia fiel mir um den

Hals. Sie drückte mir einen Kuss ins Gesicht, wahllos, einfach nur erleichtert am Leben zu sein, ich spürte ihre eisigen Wangen und die warmen Tränen der Erleichterung, die sie vergoss. Ich schälte mich aus ihrer Umarmung und zog sie in die Hütte. Die Tür stand offen. In der Tür sah ich Cynthia. Sie war rot vor Wut. Sie hatte die Umarmung gesehen, schoss es mir durch den Kopf. Das konnte sie doch nicht falsch verstanden haben?

»Cynthia«, sagte ich, doch sie hatte sich bereits umgedreht und war wortlos gegangen. Ich hatte den Kopf nicht frei, darüber nachzudenken. Ich schloss die Tür hinter Giulia und wir setzten uns so, wie wir waren, auf den dreckigen Hüttenboden und atmeten und genossen die warme Luft. Wir waren am Leben.

49

Wir gingen in die Gaststube. Sie war nicht mal halb gefüllt. Bei diesem Wetter hatte der Weg hier hoch kaum jemanden gereizt. So entdeckten wir den Tisch mit unserer Seilschaft sofort. Hansi stand auf und kam uns entgegen.
»Ich wollte euch schon suchen gehen.«
»Aber natürlich mit der angemessenen Ruhe«, bemerkte ich sarkastisch. Doch tatsächlich wirkte Hansi nicht so unbeteiligt wie sonst, die Furche auf seiner Stirn schien tiefer als sonst, hatte er sich wirklich Sorgen um uns gemacht?
»Bei so einem Wetter ist es schwer zusammen zu bleiben. Axel ist auch eben erst gekommen.«
Giulia warf ihm einen merkwürdigen Blick zu. Sie war noch längst nicht wieder bei Kräften, ging an Hansi und mir vorbei und ließ sich auf die Bank fallen.
»Ich weiss, das fühlt sich dramatisch an. Als wäre man dem Tod gerade so noch einmal von der Schippe gesprungen. Aber ganz so wild ist es nicht. Die Hütten stehen so nah zusammen, ich hätte euch auf jeden Fall gefunden.«
»Dann ist ja gut«, sagte ich ausdruckslos und nahm mir einen Stuhl. Ich fühlte, wie meine Füße langsam wieder warm wurden, aber noch immer war ich irgendwo in der Mitte zwischen Leben und Tod. Ich hatte genug Abenteuer für einen Tag und brauchte jetzt nur noch etwas Warmes in den Magen und einen ebenfalls warmen Platz, an dem ich mich für den Schlaf zusammenrollen konnte.
Neben mir saß Cynthia. Ich begrüßte sie freundlich. Es war ihr Gesicht, ihr Lächeln, das ich mir während des schwierigen Aufstiegs vorgestellt hatte und das mich motiviert hatte. Doch sie drehte sich einfach weg.
»Ihr seid spät, ich bin schon fertig«, sagte sie, stand auf und verließ den Raum. Holtmann und Bohne waren schon gegangen, Robert, Elke und Axel waren fast fertig.
Ich tauschte einen Blick mit Giulia, die erschöpft nickte,

und dann ihre Augen schloss und bestellte zweimal Geröstelteѕ und zwei Glühwein.
Hansi stand auf. »Wir haben zwei Bettenlager für uns, eins für die Damen, eins für die Herren. Und morgen geht´s früh raus. Wir wollen die ersten auf dem Similaun sein.« Er sprach wieder geschäftig, routiniert, als wäre es ein Tag wie jeder andere. Kannte er denn gar keine Gefühle?
»Frühstück gibt´s um sechs, um sieben treffen wir uns vor der Hütte zum Abmarsch.«
Ich nickte.
»Und ich geh jetzt ins Bett. Würde ich euch auch raten. Wir brauchen jetzt Schlaf.«
War das zynisch gemeint? Hansi wurde zusehends seltsam. Fürchtete er das nahe Ende der Tour? Wenn wir erst den Gipfel des Similaun erklommen hatten, ging es nur noch zurück zur Hütte und dann hinab zum Vernagt Stausee. Von dort würde uns ein Bus nach Meran bringen. Wir hatten es so gut wie geschafft. Der nächste Tag war die letzte Etappe. Eigentlich hätten wir alle euphorisch sein müssen.
Waren wir aber nicht.

Giulia und ich saßen also allein beim Abendessen. Die Bedienung, ein junges Mädchen, fragte, ob es noch ein Glühwein sein dürfte. Giulia antwortete, zwei könnten nicht schaden, da sei kaum Alkohol drin. Ich nickte und schätzte, dass höchstens ein Drittel Tee war.
»Danke«, sagte Giulia. »Ohne dich wäre ich hier heute nicht raufgekommen.«
»Hast ja gehört, Hansi hätte dich geholt.«
Sie sah unglücklich aus, wehmütig, getroffen. »Ja«, sagte sie. »Du musst mir einen Gefallen tun«, sagte sie.
Ich schaute sie irritiert an. »Ist eine blöde Geschichte. Ich hab eine Notariatssache am Laufen und habe mir ein wichtiges Dokument an das Hotel in Meran senden lassen, in dem wir morgen Abend übernachten. Aber ich Dussel habe mich verrechnet. Ich dachte, wir kämen dort heute

schon an. Und damit es nicht in die falschen Hände gerät, habe ich den Notar das Hotel anweisen lassen, es zurückzuschicken, wenn es bis Mittag des Folgetages nicht abgeholt ist.«
Ich schaute sie ungläubig an. Das war eine verrückte Geschichte. »Was ist das für ein Dokument?«
Sie schaute verlegen und räusperte sich.
»Okay, geht mich ja auch nichts an.«
»Kein Problem. Ich lasse mich von Robert scheiden. Und ich will es so schnell wie möglich hinter mich bringen.«
»Aber du wirst es verpassen. Wir kommen erst morgen Nachmittag in Meran an.«
»Kannst du es für mich abholen?« Sie würde den Abstieg allein nicht schaffen, sie würde wahrscheinlich den Weg nichtmal finden. Mir traute sie das zu.
»Du meinst, ich soll morgen früh direkt runter ins Tal und so schnell ich kann nach Meran, um das Dokument noch vor zwölf in Empfang zu nehmen.«
Sie nickte und schaute mich an wie ein junger Hund, flehend, mit großen Augen. Frauen können so etwas und es verfehlte seine Wirkung nicht. Ich wurde weich.
»Aber sie werden es mir nicht geben.«
»Ich schreibe dir eine Vollmacht.«
»Die Seilschaft müsste ohne mich auf den Similaun«
»Sie haben Hansi.«
Ich nippte an meinem Glühwein. Morgen war der letzte Tag mit Cynthia. Ich musste ihr erklären, was sie da gesehen hatte. Ich wollte sie nicht allein auf den Berg gehen lassen. Da war diese Sache mit dem Sprengstoff. Ich glaubte noch immer nicht, dass diese Reise gut ausgehen würde. Wenn ich aber morgen früh direkt ins Tal ginge, was sollte mir dann schon passieren? Aber wie selbstsüchtig war das? Ich musste auch auf die anderen achtgeben. Du willst ihnen doch nur beweisen, dass du recht hattest, meldete sich meine innere Stimme wieder zu Wort. Ich ärgerte mich nur kurz darüber, denn ich wusste,

so ganz unrecht hatte sie nicht. Ich nahm noch einen Schluck Glühwein, es war der Letzte.
»Und?«, fragte Giulia. »Machst du´s?«
»Ich überleg´s mir. Wir sehen uns beim Frühstück.
»Gut. Ich schreib dir schon mal die Vollmacht.«

Sie ging zu Bett, ich aber blieb noch sitzen und bestellte einen Almdudler. Ich war in diesem Zustand, in dem man zu müde ist, ins Bett zu gehen. Ich hatte ein seltsames Gefühl, das mich nicht zur Ruhe kommen ließ und ich wusste nicht recht, warum. Ein Mann in meinem Alter brachte mir das Getränk.
»Das habt ihr euch verdient. War wirklich schlechtes Wetter, und so etwas im Sommer.«
Ich nickte und nahm einen großen Schluck. »Wo ist denn das nette Mädel, das uns bedient hat?«
»Ja, wenn´s spät wird können sich meine Jungs und Mädels mal ausruhen, ist ja auch nicht so voll heute, da übernehm ich die letzten Bestellungen.«
»Das ist nett. Und auf so einer Hütte gibt es ja immer was zu tun.«
»Allerdings. Letztes Jahr erst haben wir angebaut. Grad haben wir die Schuhwärmer repariert. Die Arbeit hört nie auf.«
»Und dann die neue Terrasse«, fiel mir ein.
»Was für eine neue Terrasse?«
»Na die, für die Hansi dir den Sprengstoff mitgebracht hat.«
Er schaute mich mit großen Augen an. »Der Hansi, das ist euer Bergführer, oder? Und der hat mir Sprengstoff mitgebracht?«
»Du bist doch der Hüttenwirt?«
»Ja klar.«
»Vielleicht habe ich ihn auch falsch verstanden. Oder er hat sich einen Scherz mit mir erlaubt.«
»Ja«, lachte der Wirt, »das glaub ich wohl. Wir sprengen doch hier keine Terrassen in den Berg. Das ist doch alles

Naturschutzgebiet.«
Darauf hätte ich auch selber kommen können. Was aber hatte Hansi dann mit dem Sprengstoff vor? Tausend Gedanken schwirrten in meinem Kopf herum. In großen Schlucken leerte ich das Glas. Ich stand auf, zog mir meine Jacke über und ging raus auf die Terrasse. Ich brauchte frische Luft. Ich musste denken.

Es hatte aufgehört zu schneien. Auch der Wind wehte nicht mehr. Aber es war kalt und diesig. Die Sonne musste gerade untergegangen sein, aber davon war durch den weißen Schleier nichts zu sehen. Ich atmete langsam ein und aus. Und plötzlich war alles klar. Hansi hatte etwas vor mit dem Sprengstoff. Und zwar morgen. Und Giulia wollte, dass ich morgen nicht bei der Gruppe war. Da musste es einen Zusammenhang geben. Wie auch immer der aussah, ich würde auf den Similaun gehen und dort würde sich alles aufklären. Ich gähnte herzhaft. Mir fielen fast die Augen zu. Und ich musste noch meinen Hüttenschlafsack auspacken. Ich ging wieder in die Similaunhütte und wünschte dem Wirt eine gute Nacht.

50

Ich machte die ganze Nacht kein Auge zu. Immer wieder sah ich den Sprengstoff, hörte ich die Worte des Wirts, die Geschichte von Giulia. Ich war mir sicher, dass Hansi uns alle in die Luft sprengen würde. Langsam dämmerte es. Zum tausendsten Mal schielte ich auf meine Uhr, betätigte den Knopf, der das fahle Licht aktivierte. 5:59 Uhr. 6:00 Uhr. Ich streifte den Hüttenschlafsack ab, krabbelte aus meinem Lager und zog die Vorhänge vor den Fenstern weg, damit es wenigstens etwas heller wurde.

»Alle mal herhören, ich muss euch was sagen.«

Niemand war wach. Ich hörte, wie sich jemand umdrehte, jemand anderes sich im Lager aufrichtete. Ich klopfte mit meiner Faust an die hölzerne Wand.

»Ist schon gut«, schimpfte Axel. »Was ist los?«

»Ich habe gestern mit dem Hüttenwirt gesprochen«, sagte ich mit meiner lautesten Stimme, doch ohne zu schreien. »Er kennt Hansi nicht und weiß nichts von dem Sprengstoff.«

»Birkmüller, du Psychopath. Deswegen weckst du uns? Geht's schon wieder los?«, schrie mich Robert an.

»Versteht ihr nicht? Der will uns alle in die Luft sprengen.«

»Halt doch einfach mal die Schnauze«, sagte Bohne.

Hilfesuchend blickte ich zu Holtmann, der sich in seinem Lager aufgesetzt hatte und mich mit großen Augen anstarrte.

»Bist du dir sicher, dass das der Hüttenwirt war?«

»Das hat er gesagt.«

»Glaubst du ernsthaft, der Hansi sprengt die Similaunhütte?«

Er zog es ins Lächerliche, ich hätte es wissen müssen. Ich überlegte, ob ich ihnen von Giulias seltsamem Vorschlag berichten sollte. Aber sie würden den Zusammenhang nicht sehen, sie würden das für eine weitere Wahnvorstellung halten, das machte meine Geschichte nur noch unglaubwürdiger.

»Keine Ahnung, er wird den Sprengstoff nicht für ein Geburtstagsfeuerwerk durch die Alpen tragen.«
»Und wenn doch? Oder wenn es eine andere, einfache Erklärung gibt?«
»Warum erzählt Hansi dann diese Lüge über die Sprengung für eine Terrasse?«
»Vielleicht will er uns überraschen?«
»Zweifellos wird er das«, bemerkte ich sarkastisch.
»Thomas. Ich habe dir einen Rat gegeben. Ich meine es gut mir dir.« Holtmann sagte das so freundlich, wie ich ihn noch nie erlebt hatte. Fast glaubte ich ihm.
»Aber du machst es immer wieder kaputt. Denk mal drüber nach.«

Ich hatte keine Zeit, darüber nachzudenken. Fünf nach sechs. Ich musste wenigstens Cynthia warnen. Wenigstens sie wollte ich vor dem Unheil bewahren. Ich ging aus dem Zimmer, direkt zum Damenwaschraum, dort würde ich sie abfangen. Ich wollte mit ihr sprechen, ohne dass Hansi in der Nähe war. Ich wusste nicht genau, warum, aber ich wollte Hansi nicht gegenübertreten. Ich fürchtete, er hätte eine weitere plausible Ausrede, die mich alt aussehen ließ.
Ich musste nicht lange warten, Elke und Cynthia kamen gemeinsam. Cynthias Haare waren wirr vom Schlaf, sie trug lange Funktionsunterwäsche und ihre Augen waren verquollen. Und trotzdem sah sie umwerfend aus. In diesem Moment liebte ich sie mehr als je zuvor.
»Cynthia.«
Überrascht sah sie mich an.
»Hör mir zu.« Ich erzählte ihr hastig von meinem Gespräch mit dem Hüttenwirt. Ärgerlich drehte sie sich von mir weg. Im Gehen sagte sie, dass ich das ja wohl selbst nicht glaubte. Ich könne diese Geschichte ja meiner neuen Freundin erzählen.
»Warte.« Doch sie war schon in den Waschraum gegangen.
»Elke.«
Sie ging hinter Cynthia, hörte mich rufen, blieb stehen,

drehte sich zu mir um, streckte mir den ausgestreckten Mittelfinger ihrer rechten Hand entgegen und verschwand dann ebenfalls im Waschraum. Ich ließ mich auf den Boden sinken und lehnte mich an die Holzwand. Ich verbarg meinen Kopf in meinen Händen. So fand mich Giulia.

»Thomas, was ist?«

Auch ihr berichtete ich von meiner abendlichen Begegnung.

»Dann gehst du also für mich ins Tal?«, fragte sie hoffnungsvoll und ich verstand endgültig, dass ihr Vorschlag und die Sache mit dem Sprengstoff sehr wohl miteinander zu tun hatten. Ich schüttelte den Kopf.

»Nein, jetzt erst recht nicht. Ich kann das nicht. Verstehst du das?«

»Bitte!«

»Nein.«

»Es tut mir leid.« Ihr Blick berührte und verstörte mich.

Sie ging in den Waschraum. Ich stand langsam auf und stellte erst jetzt fest, dass ich nur Unterhose und Unterhemd trug. Ich ging zum Herrenwaschraum und hielt meinen Kopf unter eiskaltes Wasser. Ich spürte es kaum.

Die Stimmung beim Frühstück war ausgezeichnet, denn das Wetter hatte sich von einem Tag auf den anderen großartig entwickelt. Es war fast zehn Grad wärmer als am Vortag und die Sonne lachte von einem wolkenfreien Himmel.

»Denkt an den Sonnenschutz«, mahnte ein sichtlich gut gelaunter Hansi. Das Frühstück war köstlich. Nur ich aß lustlos.

»Das wird heute der Höhepunkt unserer Reise«, sagte Hansi mit seiner heiseren Stimme und fuhr sich mit der rechten Hand durch seinen Bart, als freue er sich auf Weihnachten.

»Denkt an gestern«, versuchte ich ein letztes Mal die Gruppe umzustimmen. »Ihr wart an eurer Grenze. Nein,

ihr wart darüber hinaus. Wollt ihr das heute nochmal erleben? Dort oben ist es kälter als hier. Das sind sechs Stunden harte Wanderung. Über 3600 Meter. So hoch waren wir die ganze Woche noch nicht.«
»Die Wanderung dauert nur vier Stunden«, sagte Hansi.
»Birkmüller, es reicht«, sagte Bohne. »Wir haben es geschafft gestern, alle. Das Schlimmste ist überstanden. Heute holen wir uns die Belohnung. Oder?« Er hob seine Tasse mit dem frischgebrühten Kaffee, dessen behaglicher Duft scheinbar die Sinne meiner Mitwanderer betäubte. Und sie taten es ihm nach.
»Auf die Besteigung des Similaun«, sagte Holtmann.
»Auf die Besteigung des Similaun«, sprachen sie ihm nach und tranken Kaffee statt Bier. Nur ich starrte aus dem Fenster und wusste nicht, wie ich ihnen helfen konnte. Unauffällig schielte ich zu Giulia hinüber, sie aber spielte das Spiel mit, lächelte unnatürlich und hatte nur Augen für Hansi.

51

Ich trug den Sonnenschutz der Stärke 50 auf meine Lippen auf und fühlte mich ohnmächtig. Was sollte das? Gegen eine Explosion half das nicht. Wir würden alle sterben. Aber meine Mitwanderer grinsten, weil Axel einen besonders schlechten Witz erzählt hatte. Nur ich konnte nicht mal eine Grimasse schneiden und erntete dafür ein Kopfschütteln von Holtmann.

»Packen wir's«, sagte Hansi und ging los. Dieses Mal war ich der erste, gleich hinter ihm, noch vor Holtmann. Ich wollte so nah bei Hansi sein wie möglich, um sofort reagieren zu können, wenn es losging. Wenn er tat, was immer er vorhatte. Ich war so nervös, hätte ich meine Hand ausgestreckt, sie hätte sicherlich gezittert. Und doch war die Wanderung herrlich. Zunächst gingen wir schräg abwärts in Richtung der Gletscherzunge. Der Blick auf die Spitze des Similaun, auf den schneefreien Fels vor dem hellblauen Himmel, war atemberaubend und für einen Moment war ich mir nicht mehr sicher, was real war und was nur in meinen Gedanken geschah. Es war doch alles gut? Der Gletscher stieg zunächst nur flach an. Immer wieder sah ich Spalten.

»Sollten wir uns nicht anseilen?«, fragte ich.

Hansi hatte uns in einem seiner längeren Vorträge vor den Gefahren von Gletschern gewarnt und beschrieben, das man sich anseilte und viele Meter Abstand ließ, so dass, wenn ein Wanderer in eine Gletscherspalte stürzte, er von den anderen Mitgliedern der Seilschaft gehalten wurde.

»Ist hier nicht nötig«, sagte er knapp, aber nicht unfreundlich.

»Sind das Gletscherspalten?« Ich wies auf die doch recht häufigen Risse.

Er nickte. »Aber wenn sogar du die siehst, sind sie nicht gefährlich. Ein Problem sind die, die unter dem Weg verborgen liegen. Aber hier gehen so viele Gruppen rauf, da bleibt keine Spalte unentdeckt.«

Ich fragte nicht weiter nach. Stattdessen brachte ich unser Gespräch auf die Drohne. »Stimmt. Heute haben wir perfektes Wetter um das auszuprobieren.«

Nach mehr als einer Stunde kamen wir an eine Abzweigung. Da hatte tatsächlich jemand einen Wegweiser auf den Gletscher gesetzt, ein Steinhaufen, der mit Pfeilen und Farben besprüht war. Hansi folgte, ohne auch nur eine Sekunde nachzudenken, dem linken Pfad.
»Hansi«, rief ich ihm zu. Ich war stehengeblieben. Holtmann, der hinter mir ging, schloss auf und studierte neugierig den Steinhaufen.
Auch Hansi verharrte. »Was ist?«
»Zum Gipfel geht es doch rechts?« Es war so offensichtlich. Ich sah den Gipfel, sah Teile des Wegs, sogar einige weitere Wegweiser.
»Ach ja? Warst du schon mal oben?«, fragte er, mit einem Hauch von Ärger.
»Äh, nein«, druckste ich und schaute hilfesuchend zu Holtmann, der nur mit den Achseln zuckte. Er war anscheinend zu demselben Schluss gekommen wie ich.
Hansi kam drei Schritte zurück, inzwischen waren auch die anderen angekommen.
»Also gut. Man kann hier direkt hochgehen. Aber bei diesem schönen Wetter können wir den anderen Weg nehmen. Auch wenn es nicht so aussieht, ist er etwas kürzer und bietet auch noch die besseren Aussichtspunkte. Kommt ihr jetzt mit oder wollt ihr lieber alleine gehen?«

Mir fehlten die Argumente, es blieb nur ein mulmiges Gefühl. Der Weg schlängelte sich in scheinbar konstantem Abstand vom Gipfel auf gleicher Höhe über den Gletscher, bis wir an eine Spalte kamen, die so breit und so tief war, dass wir sie nicht umgehen konnten. Erfreulicherweise war dort eine stabil wirkende Metallkonstruktion errichtet worden, über die wir gingen. Es fühlte sich unheimlich an. Vielleicht auch deshalb, weil

Hansi uns vorgehen ließ.
»Folgt einfach dem Weg, der ist ja bei diesem Wetter nicht zu verfehlen. Ich schaue mal, das alle hier heil rüberkommen, auch unsere Spezialisten mit Höhenangst.«
Ich wusste nicht, wen er meinte. Wahrscheinlich war ich derjenige, dem Höhe am meisten ausmachte und ich ging ja vorne weg.
Wir ließen die Brücke hinter uns. Der Gipfel war nun nicht mehr zu sehen, stattdessen fiel unser Blick auf ein gigantisches Schneebrett, das über uns hing.
»Holtmann, schau dir das an.« Ich zeigte mit dem Arm auf die Schneemassen.
»Die Natur bietet immer wieder eindrucksvolle Bilder. Man kommt sich so klein vor«, sagte er beeindruckt.
Er hatte sich verändert. Ich hatte Holtmann noch nie das Wort klein im Zusammenhang mit ihm selbst sagen hören. Vielleicht steckte in dem arroganten Egomanen doch irgendwo ein ganz normaler Mensch. Ich schmunzelte.
Und dann hörte ich die Explosion.

52

Die Explosion kam aus der Richtung, aus der wir gekommen waren. Ich drehte mich um, so wie alle anderen auch. Wir sahen eine Dampfwolke, die gerade in sich zusammenbrach und an ihren Rändern ausfaserte und sich verteilte.
Holtmann schaute sich um.
»Wo ist Hansi?« Der Rest der Gruppe war hier. Warum war Hansi so weit hinter uns?
»Hat er sich etwa selbst in die Luft gesprengt?«, fragte Axel.
Ich starrte in die Ferne, dorthin, wo die Reste der Explosion bereits in alle Winde verweht waren und versuchte zu erraten, welchen Sinn das gehabt haben könnte. Lange musste ich darüber nicht nachdenken, da kam Hansi, lebendig. Schlagartig wurde mir klar, dass Hansi die Brücke gesprengt hatte und uns so den Rückweg zur Similaunhütte abgeschnitten hatte.
»Du lebst«, rief Robert. »Gab es eine Fehlzündung?«
Hansi lachte heiser.
»Du hast die Brücke gesprengt«, stellte Holtmann fest.
»Erraten«
»Warum?«
»Damit niemand auf die dumme Idee kommt, unsere traute Runde zu verlassen.«

Er war bei uns angekommen und wir stellten uns vor ihm auf, wie wir es seit fast einer Woche so oft gemacht hatten und doch war alles anders. Hansi zog eine Pistole aus seinem Rucksack und hielt sie hoch.
»Ihr wisst, was das ist?«
»Klar, die Signalpistole. Wenn wir in Bergnot geraten«, sagte Elke.
Liebevoll strich er mit der linken Hand über den Lauf der Pistole, während er sie mit der rechten hielt.
»Habt ihr schon mal gesehen, wie Signalmunition in einem

Körper ausbrennt? Bei der Bundeswehr gibt es dazu schöne Lehrfilme. Das ist ein schmerzhafter Tod. Wenn die erst einmal brennt, kannst du sie nicht mehr löschen. Damit sie auch auf See funktioniert. Du weißt, dass du stirbst, und du wünschst dir den Tod, damit die Schmerzen aufhören, aber es dauert und dauert. Das wollen wir doch nicht?«

Die sonst so taffe Elke schlug sich die Hände vors Gesicht. Ich konnte mir nicht vorstellen, dass sie jetzt weinte. Und doch hörte ich sie schluchzen.

»Er hat nur einen Schuss. Wenn wir alle einfach weiterrennen, erwischt es nur einen«, sagte Holtmann.

Aber er klang nicht so kaltblütig, wie er wahrscheinlich gern geklungen hätte. Und auch nicht so entschlossen. Die anderen starrten auf ihre Füße.

»Schlaumeier. Lauft nur. Ihr habt doch das Schneebrett gesehen. Da könnt ihr eine halbe Stunde laufen und es hängt immer noch über euch. Ihr kommt hier nicht weg.«

»Also schön«, sagte Holtmann grimmig. »Wir sind hier und wir bleiben hier. Was willst du?«

Eins musste man Holtmann lassen, er verlor nicht die Nerven. Robert war auf die Knie gesunken und wimmerte. Die anderen standen scheinbar unter Schock. Auch ich war seltsam ruhig. Das alles schien wie in Zeitlupe zu geschehen, wie in einem Film, den ich schon oft gesehen hatte. Ich hatte ja die ganze Zeit damit gerechnet, dass etwas in der Art passieren würde. Und jetzt hatte ich nicht mal erhöhten Puls. Eher empfand ich Neugierde.

»Was ich will? Das ist doch mal eine gute Frage«, sagte Hansi. »Aber erstmal habe ich eine Frage an euch. Habt ihr wirklich geglaubt, dass ihr durch Zufall hier seid? Fünf Menschen aus derselben Firma? Alle aus derselben Stadt? Wie naiv muss man eigentlich sein, das zu glauben? Thomas, Axel, Horst, Elke, Robert, ihr alle habt diese Tour beim Modder gewonnen. Ich wette, ihr wisst nicht einmal mehr sicher, ob ihr überhaupt ein Los gekauft

habt.«
Wie recht er hatte. Elke schaute betreten zu Boden. Unserem tiefenentspannten Robert sah man den Ärger über sich selbst ebenfalls äußerlich an.
»Was würdet ihr sagen, wenn ich euch erkläre, dass es auf dem Modder gar keine E5-Tour zu gewinnen gab? Dass diese Briefe alle von mir kamen?«
Er hatte uns in eine Falle gelockt. Und ich hatte die ganze Zeit geahnt, dass es eine Falle war.
»Übrigens auch der Brief an dich, Adalbert, kam von mir. Ich wusste, dich krieg ich nicht mit einem einfachen Gewinn rum. Ich erinnere mich so gut an deine beiden wichtigsten Fragen. Was bringt mir das? Was hab ich davon? Aber wenn man das weiß, ist es so leicht, den passenden Köder für dich zu finden. Und hier bist du.«
»Wer bist du?«, fragte Holtmann tonlos.
»Wir kommen dazu. Aber ich bin noch nicht ganz durch. Cynthia, dich habe ich nicht eingeladen. Du bist so eine Art Kollateralschaden. Dafür darfst du dich bei deinem Topmanager bedanken.«
Cynthia zeigte keine Regung. Ich konnte mir nicht mal vorstellen, wie es in ihr aussah. »Und nun werdet ihr euch fragen, warum Giulia hier ist. Sie hat die Reise ja auch selbst gebucht.«
»Stimmt«, sagte Robert. »Ist sie auch so ein Kollateralschaden?«
»Sag es ihm!«
»Ich bin hier, weil ich ihn liebe.«

53

»Meine Name ist Leander van Selig und ihr alle habt mein Leben zerstört. Das hier ist meine Rache.«

Holtmann stöhnte erstaunt auf, Elke stieß einen spitzen Schrei aus und Robert griff sich in die Haare.

»Was soll denn das?«, rief Holtmann. »Das ist doch alles ewig her.«

»Adalbert, Adalbert.« Leander wedelte mit der Signalpistole. »Lass mich einfach mal ausreden. Ich weiß, Zuhören ist nicht deine starke Seite, aber ich glaube, heute ist es besser für dich.«

Holtmann sagte nichts.

»Ihr alle habt mein Leben zerstört. Ich habe alles verloren. Meine Liebe, meine Arbeit, meinen Sport. Ich hatte verzweifelt einen Job gesucht, aber spätestens, nachdem mir die liebe Elke die Sache mit den Tennismädchen angehängt hatte, war ich erledigt.«

»Das warst du doch schon davor«, sagte Elke ausdruckslos.

»Ich hatte einen Vertrag bei der Globsoft vorliegen, unterschriftsreif. Wir hatten lange verhandelt, ich hatte eine Sperrfrist von der Waldstein AG. Am Tag des letzten Gesprächs kam die Diffamierung. Sie haben die Verhandlungen sofort abgebrochen.«

»Das wusste ich nicht«, sagte sie tonlos.

»Das entschuldigt gar nichts. Nachts um zwei nahm ich meinen Mercedes, den ich am nächsten Tag hätte abgeben müssen, fuhr auf die Autobahn, gab Gas, und setzte ihn mit über zweihundert gegen einen Brückenpfeiler aus Beton.«

Es herrschte betretenes Schweigen.

»Aber hier stehe ich. Es hat nicht funktioniert. Verletzt war ich, schwer sogar. Aber am Leben. Ihr glaubt vielleicht, ihr würdet mich ohne Bart erkennen«, krächzte er. »Das glaube ich nicht. Darunter würdet ihr nur Narben sehen, und nochmals Narben. Sogar meine Stimme hat sich durch den Unfall verändert. Ich bin nicht mehr der

Leander van Selig, den ihr kanntet. Der Gutmütige, der Rechtschaffene, der, mit dem man alles machen konnte, auf dessen Kosten man Witze machen konnte, den man demütigen konnte. Oh nein. Ein halbes Jahr habe ich in Krankenhäusern und Rehabilitationseinrichtungen verbracht. Am Anfang war da der Schmerz darüber, dass ich noch lebte. Dass ich noch immer ein sinnloses Leben lebte. Und dann habe ich langsam verstanden, warum ich noch am Leben war. Meine Mission war nicht erfüllt. Es gab eine höhere Macht und sie wollte nicht, dass ich diese Erde verließ. Ich musste erst wieder gut machen, was man mir angetan hatte. Diese Macht hatte mich am Leben gelassen, damit ich Rache nahm. Das war meine Bestimmung. Denn wie heißt es im zweiten Buch Moses: Auge um Auge, Zahn um Zahn, Hand um Hand, Fuß um Fuß, Brandmal um Brandmal, Beule um Beule, Wunde um Wunde.«

Er sagte das, so laut er konnte und seine heisere Stimme schnitt scharf über den Gletscher, und obwohl die Sonne strahlte, fühlte ich mich wie am Tag des Jüngsten Gerichts. Wenn jetzt der Teufel persönlich neben ihm aufgetaucht wäre, hätte mich das nicht überrascht.

»Ich bin die Rache«, sagte er. »Nur noch dafür lebe ich. Euer Tod ist meine Erfüllung. Wenn ihr sterbt, kann auch ich endlich sterben.«

»Leander«, rief Giulia, Tränen in den Augen und Verzweiflung in der Stimme. »Tu es nicht. Überleg es dir noch mal.«

»Giulia. Warum? Du hast es die ganze Zeit gewusst, oder?«, fragte ich sie.

Leander nickte ihr zu. »Erzähl die Geschichte. Alle sollen es wissen.«

Sie wischte sich die Tränen aus den Augen.

»Das ist Leander. Mein erster Mann. Meine große Liebe. Ich habe einigen von euch von ihm erzählt. Mit zwanzig habe ich ihn geheiratet. Vier Wochen später habe ich ihn mit Robert betrogen. Ich wurde schwanger, habe mich von ihm scheiden lassen. Und ich war nie wieder glücklich. Und dann dachte ich, das Schicksal gibt mir eine zweite Chance. Ich wollte ihn wiedersehen, suchte nach ihm, und fand ihn in einem Sanatorium, in dem er sich von seinem Unfall erholte. Nach all den Jahren war er mir fremd geworden, aber es gab nichts, was die Liebe nicht heilen konnte, ich musste ihn nur zurückgewinnen. Ich wollte alles für ihn tun, dann würde es wieder werden, wie es einmal war.«

»Du würdest für ihn töten?«, fragte ich.

»Ich war sicher, ich würde ihn überzeugen können zu leben, mit mir zusammen.« Sie ging zu Leander und versuchte, ihn zu umarmen, er aber schob sie mit der linken Hand zur Seite.

»Jetzt nicht, Liebling. Jetzt nicht.«

»Leander. Es ist noch nichts passiert. Lass uns gehen. Lass uns ein neues Leben anfangen. Nur wir zwei. In einem anderen Land. Lass uns das alles vergessen.«

»Vergessen? Wie könnte ich das? Schau sie dir an: Robert Schröder. Mein bester Freund. Der vier Wochen nach meiner Hochzeit meine Frau verführt hat. Ich hätte ihn damals schon erschießen sollen. Dr. Adalbert Holtmann. Für den ich jahrelang die Kastanien aus dem Feuer geholt habe. Dem ich loyal gedient habe. Und als ich einmal etwas für meine Karriere tun wollte, die er mir verweigert hat, weil er mich für sich gebraucht hat, hat er mich kalt lächelnd abserviert, hat er mich mehr oder minder rausgeschmissen.«

»Wenn du so toll warst, warum hat dich die andere Abteilung denn dann nicht genommen?«, fragte Holtmann.

»Scheinheilig bis in den Tod, der Herr Doktor. Weil du mich hinter meinem Rücken schlecht gemacht hast. Weil drei Tage vorher der Herr Supercontroller mich vor der versammelten Firma lächerlich gemacht hat. Einem Kollegen in den Rücken gefallen ist, nur um allen zu zeigen, was für ein toller Controller er ist. »

Ich schluckte. Ich hatte nicht gewusst, dass diese

Betriebsversammlung ihn seinen Job gekostet hatte.
»Und weil diese beiden Scherzkekse«, er zeigte mit der Waffe auf Axel und Bohne, »mich lächerlich gemacht hatten. Ich war nie eine Leuchte mit dem Computer. Das war in meinem Job auch nicht wichtig. Erst haben sie mir den Streich mit dem Computer, der ein Holzmodell war, gespielt und dann dafür gesorgt, dass jeder in der Firma davon erfuhr. Das war ja so lustig. Dass es mich am Ende meine Existenz gekostet hat, das war ihnen egal. Hauptsache einmal laut gelacht.«
Axel und Horst schauten sich betreten an.
»Und Frau Herzog hatte ich ja schon erwähnt. Die Frau, die mir nicht nur mein Hobby genommen hat, sondern deren Rufmord auch Schuld daran war, dass ich keine neue Stelle mehr gefunden habe. Zum Besten des Vereins. Ha.«
Er spuckte in den Schnee.

»Leander. Ich liebe dich. Bitte.« Giulia ging neben ihm in die Knie, schlang ihre Arme um seine Beine.
»Ich liebe dich auch«, sagte van Selig. »Immer noch. Aber so wie damals kann ich nicht mehr lieben. Und verzeihen kann ich das auch nicht. Ich bin nur ein Mensch, kein Heiliger.«
»Bitte, bitte, bitte«, weinte sie.
»Es ist ein schönes Ende, mit dir gemeinsam in den Tod zu gehen. Du hast doch gewusst, was ich vorhabe.« Er klang jetzt entrückt, als wäre er im Geiste schon auf der anderen Seite, nicht mehr von dieser Welt.
»Aber du musst das nicht tun. Wir können leben.«
Van Selig zitterte, ich sah es an der Waffe.
»Da ist nichts mehr, was leben will«, sagte er hart.
»Dann verschone wenigstens Cynthia. Sie trägt keine Schuld. Lass sie laufen«, versuchte ich es.
Er sah erst mich spöttisch an, dann Cynthia. »Pech, meine Liebe, aber da du ja alles daran setzt, so zu werden wie Holtmann und Birkmüller, deine großen Vorbilder, trifft es nicht die Falsche.«

E5

»Du bist ein Monster, van Selig«, sagte ich.
»Stimmt. Und ihr habt mich erschaffen.«

54

»Wie willst du denn überhaupt eine Lawine auslösen?« Holtmann gewann langsam die Fassung zurück. »Die Explosion an der Brücke hat das Schneebrett ja scheinbar nicht beeindruckt.«
»Schlaumeier. Der Sprengstoff sollte tatsächlich am besten am Abriss hochgehen. Und genau das machen wir jetzt.«
Leander ließ sich auf die Knie nieder und öffnete geschickt mit seiner linken Hand den Rucksack, während er mit der rechten die Signalpistole hielt.
»Giulia, pack doch mal aus.«
Giulia schien mir wie in Trance. Sie zog zwei Pakete Sprengstoff aus dem Rucksack. Es waren die, die ich schon aus der Hütte kannte. Und dann ein seltsames Gerät mit vier Propellern. Er hatte tatsächlich eine Drohne dabei. Holtmann wurde blass, soweit man das im glänzenden Schnee unter der strahlenden Sonne erkennen konnte.
»Jetzt klemm bitte ein Paket Sprengstoff in die Ladeluke. Dann starten wir das Ding und fliegen es da hin.« Er zeigte mit dem linken Arm in Richtung Gipfel. »Und dann macht es bum.«
Giulia, die noch immer vor der Drohne kniete, sah ihn an. »Das soll ich tun?« Ihre Stimme klang ängstlich, höher als sonst, dünn, brüchig.
»Ja, wenn du mich liebst, dann beweis es mir.« Dabei sah er ihr tief in die Augen.
»Ich liebe dich«, sagte sie mit einer Betonung, die ich nicht deuten konnte. Sie nahm die beiden Sprengstoffpakete, in jede Hand eines, und warf mir einen Blick zu. Den jedenfalls verstand ich. Mit einem großen Satz war ich bei Leander und stürzte mich auf ihn. Er feuerte die Leuchtpistole ab, aber ich hatte im Sprung mit meiner Linken nach seinem rechten Arm gegriffen, der Schuss verfehlte mich. Ich versuchte, Leander zu Boden zu ringen, doch er war viel stärker als ich. Kaum hatte er seinen rechten Arm aus meiner Umklammerung befreit,

versetzte er mir einen Haken, der mich ins Taumeln brachte. Ich ließ ab von ihm, landete unsanft auf dem Boden. Ich hatte auf Hilfe von Holtmann oder Axel oder sonst wem gehofft, doch die anderen standen wie angewachsen, gelähmt vor Angst.
Nur Cynthia kam zu mir, fragte, ob ich verletzt sei, doch ich blickte Giulia nach, die einfach losgelaufen war, den Berg hinab, vom Schneebrett weg.
»Bleib stehen, hier sind überall Gletscherspalten, da ist viel zu gefährlich«, rief Leander ihr nach und lief gleichzeitig los, um sie einzuholen.
Cynthia legte mir die Hand auf den Arm.
»Geht schon. Schätze, ich krieg einen blauen Fleck«, beruhigte ich sie.
Giulia blieb stehen, drehte sich um. Ich erahnte den ängstlichen Blick, den sie Leander jetzt bestimmt zuwarf. Doch mir war klar, dass es ihm nicht um Giulia ging, für ihn waren wir alle längst gestorben. Er wollte nur den Sprengstoff.
»Lauf weiter«, schrie ich, doch es war bereits zu spät, er hatte sie erreichte und versuchte ihr die beiden Pakete abzunehmen. Und dann ging alles ganz schnell. Ich habe es in dem Moment gar nicht richtig begriffen, aber offenbar hatte Giulia bereits direkt über einer Gletscherspalte auf dünnem Eis gestanden. Es war dick genug gewesen, sie alleine zu tragen, doch als Leander dazukam, waren sie beide zusammen zu schwer. Kaum stand er neben ihr, brachen sie ein, verschwanden im Eis, vor unseren Augen, als hätten sie sich aufgelöst
Ich rappelte mich auf, lief hinterher, wollte sie aus der Spalte retten, doch ich war erst ein paar Meter weit gekommen, da zerriss eine Explosion die Stille. Schnee spritzte meterweit aus dem Loch in die Höhe, in das Leander und Giulia verschwunden waren. Die Druckwelle riss mich zu Boden. Und dann war alles still. Langsam drehte ich mich um, starrte auf das Schneebrett. Aber glücklicherweise war die Kraft der Detonation

hauptsächlich nach oben gerichtet gewesen, der Schnee blieb, wo er war. Die anderen standen immer noch in Schockstarre, sie schienen gar nicht zu begreifen, was gerade passierte. Ich verstand sie nur zu gut, mir ging es ähnlich. Ich ließ mich in den Schnee fallen, schloss die Augen und atmete. Dann zählte ich langsam bis zehn. Den Trick hatte mir Robert verraten. Kluger Mann. Jedenfalls war ich am Leben. Waren wir am Leben. Alle. Bis auf Giulia und Hansi. Leander.

Ich habe nicht lange so dort gesessen, aber es kam mir wie eine Ewigkeit vor, wie ein Aufenthalt zwischen Leben und Tod, jenseits von Zeit und Raum. Ich öffnete die Augen, rappelte mich auf und mit Cynthia, die neben mir gekauert hatte, ging ich zu der Stelle der Explosion. Doch wir fanden nur eine Mulde vor, die mit Schnee gefüllt war.
»Wir können nichts für sie tun«, sagte ich und fühlte den Schmerz. Wegen Giulia.
»Sie haben die Explosion nicht überlebt«, sagte Cynthia. Tränen standen ihr in den Augen.
Ich nickte.
»Gehen wir nach Hause«, sagte Cynthia.
Wir konnten nicht einfach zurück zur Hütte gehen, die Brücke war ja zerstört. Also blieb nur der Weg über den Gipfel. Wir sammelten die anderen ein. Niemand sagte etwas. Es war nicht mehr sehr weit, nach einer guten halben Stunde standen wir am höchsten Punkt unserer Reise. Das Wetter war herrlich, die Sicht schöner, als alles was wir bisher gesehen hatten und doch hatten wir dafür keine Augen. Wir verharrten für ein paar Minuten, tranken etwas, aßen ein paar Bissen von unseren Müsliriegeln, dann gingen wir weiter, immer noch schweigend, wie auf einer Beerdigung und das war es ja auch. Eine Beerdigung ohne Erde.

Ich erzählte dem Wirt der Similaunhütte, was geschehen war. Er rief bei der Bergwacht an. Wir würden uns in

Meran bei der Polizei melden müssen, schärfte er uns ein. Ob er mir die Sache mit dem Sprengstoff überhaupt abnahm, wusste ich nicht, vielleicht hielt er es für einen ganz normalen Bergunfall, wie sie jedes Jahr zu Dutzenden passierten. Jedenfalls durften wir gehen.

Es ging steil bergab, aber nach einer Woche in den Alpen störte uns das nicht. Mit den Gedanken waren wir sowieso ganz woanders. Dass wir uns auf den Fels konzentrieren mussten, lenkte uns ab. Bald schon konnten wir den Vernagt Stausee unten im Schnalstal sehen, wie er uns leuchtend blau lockte. Das Tisental wurde langsam flacher, der Weg einfacher, das letzte Stück führte uns über Almwiesen, es war wie ein Spaziergang. Cynthia ging neben mir.
»Es tut mir leid«, entschuldigte sie sich und wirkte irgendwie verlegen.
»Was sollte dir leidtun?«, fragte ich.
»Du hattest recht mit Hansi. Ich hätte dir vertrauen sollen.«
Ich schwieg.
»Und ich hatte keinen Grund, eifersüchtig zu sein.«
Ich lächelte. »Du warst wirklich eifersüchtig? Ich nehme das als großes Kompliment.«
»Das ist es auch«, feixte sie.
»Danke«, sagte ich.
»Wofür?«
»Dass du da warst. Ohne dich hätte ich diese ganze Sache nicht durchgehalten.«
Sie boxte mir sachte an den Arm und schenkte mir einen Blick, an den ich mich für immer erinnern wollte. Unsere Seelen waren verbunden, wir brauchten nur wenige Worte.

Endlich erreichten wir den Tisenhoff. Jetzt erst merkte ich, wie hungrig ich war. Draußen vor der Hütte ließen wir alles stehen und liegen und bestellten Bratkartoffeln, Spiegeleier und Speck und erst jetzt brachen alle Dämme und alle redeten durcheinander. Sie entschuldigten sich überschwänglich bei mir, lobten meinen selbstlosen Einsatz und sogar Holtmann klopfte mir auf die Schulter. Ich sagte nichts, trank meinen Almdudler, aß meine Bratkartoffeln und genoss es für einen Moment, mich von den Bergen und der Woche in der Natur zu verabschieden. Mit Giulia und Hansi war auch in mir etwas gestorben. Etwas, das mit den beiden überhaupt nichts zu tun hatte, etwas, das in den Bergen geblieben war.

Der Hüttenwirt hatte uns erklärt, wie wir von hier aus mit dem Bus nach Meran kommen würden. Elke hatte die Reisepapiere dabei und fand heraus, in welchem Hotel für uns Zimmer reserviert waren. Ich war schon gespannt, ob das stimmte, schließlich hätten wir die gemäß Hansis Plan nicht mehr gebraucht. Aber eine Alpenüberquerung ohne Zimmer? Die Gefahr, dass jemand argwöhnisch geworden wäre, wäre wohl zu groß gewesen.

»Irgendwie ist das wie ein Henkersmahl nach der Hinrichtung«, bemerkte Axel schmunzelnd und ich freute mich, dass er seinen Humor wiedergefunden hatte.

Robert saß neben Elke und erklärte ihr die Vorteile der Meditation. Ich vermutete, er stand noch unter Schock, wahrscheinlich sprach er sich so vor allem selbst Kraft zu. Cynthia saß neben mir und ich spürte ihren Arm an meinem Arm. Und dann lehnte sie ihren Kopf an mich und mir wurde warm ums Herz.

55

Wir saßen in einem Straßencafé direkt an der Passerpromenade, schlürften unseren Cappuccino und genossen die warme Abendluft. Es war wie im Urlaub. Als hätte der gestrige Tag nie stattgefunden. Aber natürlich saßen die Erinnerungen wie Kraken in den dunklen Gängen unserer Gehirne, jederzeit bereit hervorzubrechen und die Idylle zu stören.

»Wo ist eigentlich Holtmann?«, fragte ich in die Runde. Er war der Einzige, der fehlte.

»Er ist gleich nach dem Termin bei den Carabinieri los. Hat sich einen Mietwagen genommen. Dringende Geschäfte«, erklärte Cynthia.

»Typisch«, sagte ich mit einem schiefen Grinsen.

»Schade«, sagte Axel. »Ich hatte mich an ihn gewöhnt, er gehört dazu.«

Wir waren spätestens seit der Sache am Similaun eine Gemeinschaft, die mehr verband als so manche Familie. Und ob ich ihn mochte oder nicht, Holtmann gehörte genauso dazu wie all die anderen, mit denen ich hier am Tisch saß. Wir würden diese Wanderung nicht vergessen können.

»Ich muss gestehen, ich hatte ein bisschen Angst vor der italienischen Polizei«, überlegte Elke laut. »Aber dann war es ja doch ganz harmlos.«

»Weil Gott sei Dank der Bericht der Bergwacht zu dem passte, was wir erzählt haben«, bemerkte Robert. »Sonst hätte das viel länger gedauert.«

»Warum auch nicht? War ja auch so«, bemerkte ich.

»Nur die Fotos der Überreste, die sie aus dem Schnee gekratzt haben, die hätten sie mir meinetwegen nicht zeigen müssen.«

Elkes Gesicht zeigte noch immer ihr Entsetzen. Es war aber auch kein schöner Anblick gewesen. Ich hatte Angst, dass mich die Bilder in meinen Träumen verfolgen würden.

»Wenn die DNA-Untersuchung abgeschlossen ist, dürfte die Sache erledigt sein. Identifizieren konnte man sie ja anhand der Überreste nicht mehr«, sagte ich und schaute zu Robert. Immerhin war Giulia seine Frau gewesen. Aber er nahm es mit Fassung. Ich weiß nicht, ob es daran lag, dass die beiden sich längst auseinander gelebt hatten oder vielmehr daran, dass er seine Trauer für sich behielt. Ich vermutete, er fraß es in sich hinein, er verdrängte es. Er würde noch lange daran zu knabbern haben.
»Wie haben eure Kinder eigentlich reagiert?«, fragte ich ihn. Ich musste an Ben und Mike denken und mir wurde ganz anders.
Er schluckte. Seine stoische Fassade bekam Risse, doch schnell fing er sich wieder.
»Ich habe es ihnen noch nicht gesagt. Das kann man doch nicht am Telefon machen. Ich sag es ihnen morgen, wenn wir zu Hause angekommen sind.«
Ich meinte, eine Träne in seinem rechten Auge zu sehen, aber vielleicht täuschte ich mich auch. Für einen Moment schwiegen wir. Elke legte ihre Hand auf Roberts Arm und nickte ihm zu.

»Was ich mich frage ist allerdings, wie uns ein Bürohengst wie Leander so sicher durch die Berge führen konnte. Ich habe ihm den Bergführer jede einzelne Minute der Wanderung lang abgenommen«, sagte ich zu Robert, der ihn am besten und am längsten gekannt hatte.
»Ganz einfach«, antwortete er. »Sein Großvater kam aus Oberstdorf. Er hat fast immer die Sommerferien dort verbracht, bis sein Opa gestorben ist. Da war er, glaub ich, sechzehn. Bis dahin war er viel in den Bergen. Sein Großvater war bei der Bergrettung, daher kannte er Hinz und Kunz. Wahrscheinlich kannte er auch den Leiter der Bergschule von Kindesbeinen an. Oberstdorf ist ja ein Kaff, da kennt jeder jeden. Da hat er bestimmt gesagt, er macht eine private Bergtour, kleiner Freundschaftsdienst, keine große Sache.«

Ich nickte bedächtig und suchte im Internet nach der Einwohnerzahl von Oberstdorf. Weniger als zehntausend. Hatte ich nicht gedacht.
»Was ich nur nicht verstehe, ist, was er davon hatte. Was bringt ihm das, wenn wir alle sterben? Was bringt es ihm, selbst zu sterben? Heißt es nicht, Vergebung ist die schönste Rache?«, fragte Robert, mindestens so sehr sich selbst wie uns.
Es begann zu dämmern, eine Punkerin, die ich im beschaulichen Meran nicht erwartet hatte, flanierte die Promenade herunter. Ich genoss die letzten Strahlen der wärmenden Sonne.
»Wie sagt der Herr Lessing so schön: Rache ist keine Zierde für eine große Seele«, sagte ich.
»Man könnte auch einfach sagen, Rache macht hässlich«, sagte Cynthia nachdenklich. »Rache ist schließlich auch nur eine Form von Hass, das Wort hässlich kommt von Hass, wenn auch eher im Sinne von hassenswert.«
Die Bedienung brachte Axel und Bohne jeweils ein Bier, und für uns andere einen Spritz. Wir prosteten uns zu.
»Rache ist doch was für die Wilden. Bei uns gibt´s die Polizei, die Gerichte. Da braucht man keine Rache. Jedenfalls keine mit Gewalt, vielleicht eine mit ein bisschen Spaß«, sagte Axel.
»Na ja, realistischerweise ist van Selig jede Menge Unrecht geschehen, gegen das die Justiz nichts gemacht hat: Der Rufmord wäre nicht beweisbar gewesen, das Bloßstellen, das sich über ihn lustig machen, seinen Namen auf die Abbauliste setzen, das ist alles nicht strafbar, das sind alles Bagatellen, die aber in Summe zu einem großen Unrecht wurden«, wandte ich ein. »Polizei und Justiz haben van Selig nicht geholfen, Gerechtigkeit zu finden. Da meinte er wohl, er muss sich selbst helfen.«
»Rache macht ein kleines Recht zu einem großen Unrecht«, sagte Robert nachdenklich.
»Du hast wohl für alles einen Spruch aus dem Poesiealbum?«, neckte ihn Elke.

»Aber ist doch so. Er hatte sicherlich Recht damit, dass wir an seinem Unglück Mitschuld hatten. Aber das rechtfertigt doch nicht die Todesstrafe.«
»Es gibt sowieso keine Gerechtigkeit«, sagte Cynthia.
»Stimmt und beginnt nicht genau dort, wo Gerechtigkeit endet, die Rache?«, fragte ich.
»Aber was soll das bringen?«, sagte sie. »Rache macht doch das Unrecht nicht ungeschehen. Sie ändert die Vergangenheit nicht. Und auf die Zukunft kam es ihm ja nicht an. Sollte sie eine pädagogische Wirkung haben? Tote lernen nicht.«
Ich dachte nach und nippte an meinem kühlen Spritz. »Zumindest hätten wir alle nach dem Tod in einer Lawine so ein Unrecht nicht wieder anrichten können.«
»Wir sind keine Verbrecher«, sagte Axel kopfschüttelnd.
»Und vor allem sind wir nicht tot«, sagte Bohne und hielt uns sein Glas hin. »Auf Leander und darauf, dass er uns vergibt.« Wir stießen an.
»Vielleicht war der Versuch der Rache heilend?«, überlegte ich.
»Tolle Sache«, sagte Cynthia, »Also sollte versuchte Rache erlaubt werden, um die Täter zu bessern und ihnen ihr Verhalten vor Augen zu führen?« Nach einer kurzen Pause, in der niemand Lust hatte, etwas zu sagen, fuhr sie fort. »Die meisten haben doch gar keine Chance, ihr Verhalten zu bereuen, weil ihnen der Umfang seiner Auswirkungen nicht bewusst ist.«
»Muss man denn erst den ganzen Umfang des Schadens kennen?«, fragte ich. »Dass das, was wir gemacht haben, nicht in Ordnung war, war uns doch irgendwo klar. Aber es war uns leider auch irgendwo egal. Ich jedenfalls hab mir gar keine Gedanken darüber gemacht, was es bedeutet, jemanden so bloßzustellen.«
Axel nickte. »War doch nur Spaß, war nicht böse gemeint.«
»Wir haben uns natürlich nicht groß Gedanken gemacht, stimmt schon«, sagte Bohne.
»Mir war der Verein einfach wichtiger. Leander war mir

egal. Es tut mir so leid. Ich habe immer für meinen Beruf gelebt.« Elke wurde noch leiser. »Andere Menschen waren mir nie wichtig. Ich will gar nicht wissen, wem ich noch alles auf den Schlips getreten bin.«
»Der Mensch ist schlecht«, sagte ich.
»Na ja, der Mensch ist eher schwach«, sagte Cynthia.
Robert nickte. »In jedem von uns steckt Gott, aber ebenso auch der Teufel. Es tobt ein ewiger Kampf gegen das Böse in uns, und auch wenn es nur ein wenig Bosheit ist, wir dürfen im Kampf dagegen niemals nachlassen.«
»Ach Robert«, Elke versuchte sich an einem Lächeln, »Du bist einfach zu gut.«
»Ich finde es tragisch. Indem er sein Leben der Rache gewidmet hat, hat er es zugelassen, dass das Unrecht, das ihm widerfahren war, immer präsent blieb, dass er es nicht überwinden konnte. Seine Wunden blieben offen, er gab ihnen nicht die Gelegenheit, zu heilen. Und das Universum mag es nicht, wenn man ihm ins Handwerk pfuscht. Es rächt sich an denen, die ihm seine Rache abnehmen wollen.«
»Robert, Robert, du meinst, wir wären sowieso unter einer Lawine begraben worden?«, neckte ich ihn.
»Ich jedenfalls werde in Zukunft Lawinengefahr weiträumig meiden«, sagte er und versuchte sich an so etwas wie einem Grinsen.
Ich hob mein Glas. »Und auf Giulia, unsere Retterin.« Auch die anderen prosteten sich zu, mit betretenen Gesichtern. Leander hatte den Tod gesucht und gefunden. Giulia war das Leben gewesen. »Sie war eine tolle Frau«, sagte ich nach einem tiefen Schluck Spritz und keiner wagte es, mir zu widersprechen. Jetzt endlich liefen Robert Tränen über die Wangen. Ich hoffte, sie würden ihm helfen, mit sich ins reine zu kommen.

56

»Wir bummeln noch ein bisschen an der Passer entlang«, verabschiedeten sich Robert und Elke.
»Und ich geh jetzt noch ein paar Bier zischen. Ist ja der letzte Abend in Freiheit. Wer kommt mit?«, fragte Axel. Bohne erhob sich, er musste nicht antworten. Ich schüttelte nur den Kopf, Cynthia sagte, sie wolle noch den Sonnenuntergang genießen.
Er war schön, die Sonne verschwand hinter den Bergen, nicht so ein Wunder wie mitten in den Alpen, aber schön. Wir tranken unseren zweiten Spritz und mussten nicht viel sagen. Irgendwann gab sie mir ihre Hand. Ich nahm sie und hielt sie fest. Wir lächelten und waren im Wesentlichen damit beschäftigt, glücklich zu sein.
Ich schaute sie unauffällig von der Seite an. Das Licht der untergehenden Sonne enthüllte ihre ganze Schönheit, wie eine Statue, wie ein Gemälde. Und obwohl Cynthia ein ganz anderer Typ war als Susanne, musste ich jetzt an sie denken. Ich erinnerte mich daran, wie ich Susanne kennengelernt hatte, dass sie damals genauso schön gewesen war. Wie sehr ich in sie verliebt gewesen war, wie ich nachts aufgewacht war und an sie dachte. Wie ich einmal mit voller Absicht eine rote Ampel überfahren hatte, nur um zwei Minuten früher bei ihr zu sein.
Als die Sonne verschwunden war und die Straßenlampen angegangen waren, machten wir uns auf den Weg zurück zum Hotel. Noch immer hielt ich ihre Hand, wir schlenderten durch die kleinen Straßen wie zwei Teenager. Aber ich war kein achtzehn mehr. Schon lange nicht mehr.
Unsere Zimmer lagen im zweiten Stock des einfachen drei Sterne Hotels, dass MSE für uns ausgesucht hatte. Ich begleitete Cynthia bis zu ihrer Zimmertür. Sie zog den Schlüssel mit dem massiven Messinganhänger aus ihrer Handtasche und winkte damit einladend. Ich nahm sie in die Arme und gab ihr einen Kuss auf die Stirn.
»Bitte verzeih mir. Du bist die perfekte Frau. Aber du bist

nicht für mich bestimmt«, sagte ich.
Sie nickte. »Ich weiß.«
»Ich wünsche dir alles Gute. Ich bin froh, dass ich dich kennenlernen durfte.«
Sie gab mir einen sachten Kuss auf den Mund und verschwand in ihrem Zimmer. Ich spürte noch ihre weichen Lippen, roch das zweifellos teure Parfum, das ich nicht kannte, und fragte mich, was ich da eigentlich eben gesagt hatte.

»Susanne Birkmüller«, meldete sie sich.
»Ich weiß, es ist spät.«
»Es ist schön, dass du anrufst«, sagte sie ganz ruhig.
»Danke«, sagte ich und genoss es, ihre Stimme zu hören. Einen Moment sagten wir beide nichts und es war gut so, es war nicht peinlich, es fühlte sich an wie zu Hause.
»Ich würde dich gern auf einen Kaffee treffen«, sagte sie. »Wann bist du wieder zurück?«
»Morgen«, sagte ich. »Ich rufe dich an, ja?«
»Ich freu mich«, sagte sie und legte auf. Und ich wusste, alles konnte wieder gut werden.

57

Montagmorgen. Ich klopfte an die Tür des Zimmers des Personalleiters der Waldstein AG. Jürgen machte mir selber auf.

»Adelheid ist schon zum Mittagessen«, entschuldigte er seine Sekretärin. »Wie kann ich dir helfen? Du warst ja schon ewig nicht mehr hier. Kaffee?«

»Nein, lass nur. Ich bin nicht zum Kaffeetrinken gekommen.« Ich gab ihm den Brief.

»Was ist das? Deine Kündigung?«, witzelte Jürgen.

»Genau das.«

Er machte große Augen. »Das gibt es doch nicht. Du gehörst doch zum Inventar. Du hast doch mindestens ein Jahr Kündigungsfrist.«

»Achtzehn Monate. Ich habe schon mit Dieter gesprochen. Wenn du zustimmst, würde er mich freistellen. Wegen Mitbewerb und so. Dann bin ich ab sofort weg. Ich habe meinen Schreibtisch schon ausgeräumt.«

»Thomas, ich habe gehört, dass du Ärger zu Hause hast. Aber hast du dir das gut überlegt? Woanders ist das Gras auch nicht grüner, so einen Job musst du erstmal wieder finden. Oder willst du auswandern? Du gehst doch nicht wirklich zur Konkurrenz?«

»Quatsch, natürlich nicht. Ich nehme mir erstmal eine Auszeit. Und dann, mal sehen. Vielleicht fang ich als Controller im St. Vinzenz an.«

»In dem Kinderheim?«, fragte er ungläubig.

»Ja genau, ich habe gehört, die suchen jemanden.«

»Da verdienst du nicht mal die Hälfte, wenn überhaupt.«

Ich nickte. »Oder ich geh zu einer Bergschule. Oder werde Hüttenwirt.«

»Es war die Wanderung, stimmt's?«

Ich nickte wieder. »Mir ist da einiges klar geworden. Über mich. Vielleicht werde ich auch Detektiv.«

Hans stöhnte. »Du weißt schon, dass du ziemlich penetrant sein kannst?«

E5

»Oder ich studiere doch noch Psychologie«, sagte ich und er lächelte.
»Ich kann dich gut verstehen. Ich habe auch schon hundertmal überlegt, hier hinzuschmeißen.«
»Mach's doch.«
»Du hast gut reden. Unser Haus ist noch nicht abbezahlt, die Jungs studieren beide und Moni arbeitet nicht. Das Geld hält mich hier gefangen. Übrigens bist du heute schon der zweite, der uns verlässt.«
»Ach, wer denn noch?«
»Holtmanns Assistentin. Die ist schon wieder weg. Geht nach New York.«
»Ich kenn die. Die war echt gut«, sagte ich versonnen.
»Ja, ja«, sagte Jürgen, »Für die Firma vielleicht ein größerer Verlust als der Supercontroller.« Er zwinkerte.
Ich nickte ihm freundschaftlich zu. »Du kommst mal auf einen Kaffee, hoffe ich?«
»Gerne, ich freue mich auf Geschichten über die Freiheit.«

WEITERE BÜCHER VON MARCUS SCHNEIDER

Wenn Ihnen dieses Buch gefallen hat, so möchte ich Ihnen die Lektüre meines Krimis „Mein ist dein ganzes Herz“ an eben dieses legen. Es ist der Auftakt zu einer Reihe von Geschichten über die Reporter Karl und Linn und wurde vorteilhaft besprochen.
Falls Sie noch nicht erwachsen sind oder etwas zum Vorlesen suchen, so böten sich die Geschichten „Krzschrk“, über die Freundschaft mit einer Außerirdischen und
„Der gestohlene Wunsch“ über eine Begegnung mit einer Fee an.
Gern gelesen wird auch die siebenbändige Reihe über die kleine Zauberin „Eviana“.
Für die jüngsten habe ich vier Büchlein mit Gutenachtgeschichten über „Mausolus“, den Spinatpiraten geschrieben. Ich würde mich freuen, wenn etwas für Sie dabei wäre.

37619373R00143

Printed in Poland
by Amazon Fulfillment
Poland Sp. z o.o., Wrocław